DIANA
VERLAG

Bjarne Reuter

Die zwölfte Stufe

ROMAN

Aus dem Dänischen von
Knut Krüger

Diana Verlag
München Zürich

Die Originalausgabe erschien unter dem Titel
Barolo-Kvartetten bei Gyldendal, Kopenhagen

1. Auflage

Satz: Filmsatz Schröter, München
Druck und Bindung: Pustet, Regensburg
Printed in Germany

ISBN 3-8284-0071-X

1

»*Sind Sie nervös?*«, fragte die Frau mittleren Alters, deren kurzes, scheckiges Haar an das Fell eines Leoparden erinnerte. Ihre bräunlichen Lippen umspielte ein verschmitztes und wissendes Lächeln. Anne war sicher, sie früher schon einmal gesehen zu haben. Sogar mehrere Male. In Berlin, Mailand und New York, ja sogar in den finstersten Träumen ihrer Kindheit. Sie gehörte zu den Typen, die sich ihren Weg quer durch die Menge bahnen, den Blick starr auf ihre Beute gerichtet, die sie mit gierigem Ausdruck mustern. Den Kopf hatte sie in den Nacken gelegt, die Augen halb geschlossen, doch der Mund quittierte Annes Wahl der Schuhe, des Gürtels und der Brille mit einer sachlichen, nach innen gekehrten Miene. Die Frau hielt das Programmheft in der Hand. Auf der Vorderseite zeigte eine Fotomontage den weltberühmten Pianisten frei schwebend mit großen, silberfarbenen Flügeln.

Anne zückte ihren Kugelschreiber und hörte sich sagen, dass nicht sie es sei, die Anlass zur Nervosität habe, und platzierte ihr Autogramm so, dass es wie ein Glorienschein über dem Kopf des Solisten stand.

Die Frau beugte sich ihr vertraulich entgegen und flüsterte: »Ihr Strumpf, Frau Zeeberg.«

Anne murmelte etwas Unverständliches und wich ein Stück von der Frau zurück, die Annes Bein mit einer Mischung aus Wollust und Widerwillen anblickte. Die Frau presste eine Hand unter ihre Brust und deutete mit dem kleinen Finger. »Der rechte.«

Anne dankte für den Hinweis und versuchte in der Menge zu verschwinden, aber die Frau ließ sich nicht abschütteln und fixierte Anne mit erwartungsvollem Blick. Der Zugang zur Frau des Pianisten war die Laufmasche in deren Strumpf.

Anne erhöhte das Tempo und schlängelte sich durch das erwartungsfrohe Publikum, das Wein aus Pappbechern trank und Pistazienkerne knabberte. Sie erreichte die Garderobe und zog eine Flasche Cola aus ihrer Handtasche. Hastig stürzte sie die süße Flüssigkeit hinunter, die im Hals sprudelte und aus ihrer Nase schäumte. Sie krümmte sich zusammen, hustete und wischte sich mit dem Taschentuch den Mund ab, schraubte den Verschluss auf die Flasche, spürte, wie eine Luftblase in der Kehle festsaß und rülpste unüberhörbar. Für einen Augenblick stand sie x-beinig da und zählte bis zehn, atmete tief durch und erblickte die Leopardenfrau, die wie ein Quecksilbertropfen aus der Menschenmenge glitt. Die Pupillen der Frau waren unnatürlich groß; ihr massiver Körper verströmte einen disharmonischen Geruch nach verdorbenem Fleisch, altem Parfüm und saurer Erde.

»Zeppe wird doch wohl vor vollem Haus spielen heute? Ich hoffe, es macht Ihnen nichts aus, dass ich ihn Zeppe nenne, ich habe Ihre Ehe ja von Anfang an verfolgt und alle Hochzeitsbilder in mein kleines Album eingeklebt. Santa Maria della Salute, Venedigs schönste Kirche. Sie trugen ein graues Kostüm und einen schwarzen Hut mit breiter Krempe. Sehr hohe Absätze, vielleicht etwas zu hoch für David, aber sonst war alles perfekt, selbst das Wetter … ach nein, es hat ja in Strömen gegossen. Wie konnte ich das vergessen. Sie wären ja beinahe weggeschwommen. Ihre Kleider waren klitschnass. Darf ich Anne zu Ihnen sagen?«

Anne versuchte sie zu überhören. Sandte ihr einen raschen, flackernden Blick, der signalisieren sollte, dass hier die Grenze war.

Die Frau legte den Kopf auf die Seite und blinzelte.

»Darf ich Ihnen einen guten Rat geben, Anne? Einen, der vielen Prominenten von Nutzen sein könnte.«

»Ich muss jetzt leider gehen.«

Anne drängelte sich durch die Schar von Ehemännern und Ehefrauen, die missmutig Platz machten. So sehr sie die Konzerte ihres Mannes auch genoss, so waren ihr das Gedränge und die aufdringlichen Blicke der Öffentlichkeit doch zunehmend unerträglich.

Sie blieb stehen und schätzte die Situation ab. Der größte Teil des Publikums hatte seine Plätze bereits eingenommen, doch an der Bar war es immer noch brechend voll. Sich durch die Haare fahrend betrachtete sie die Schlange vor der Damentoilette, wo der kalte Krieg ausgebrochen war. Man beäugte einander. Jeder Millimeter wurde mit Zähnen und Klauen verteidigt, doch Not kennt bekanntlich kein Gebot, also tat sie das Unerhörte, ignorierte die wütenden Zurufe, kämpfte sich zur Toilette vor und fand eine freie Kabine.

Der Raum war schmal. Anfangs hatte sie sich nur ein wenig klamm am Rücken gefühlt; jetzt schwitzte sie wie ein Maurergeselle. Sie vermisste einen Spiegel, ein Handtuch, ein Bad sowie einen Föhn und spürte, wie ihre Haut gleichzeitig kalt und warm wurde. Die Kleider spannten und die Schuhe drückten, es stank nach schwerem Parfüm, es gab zu wenig Sauerstoff und viel zu wenig Platz, und als sie sich auf den Deckel setzte, um die Einlagen aus ihren Schuhen zu nehmen, bemerkte sie, dass der eine Strumpf nicht nur eine kleine Laufmasche hatte, sondern einen breiten Streifen, der vom Oberschenkel bis zur Ferse verlief. Sie biss die Zähne aufeinander, riss sich die Strümpfe herunter und redete sich ein, die Ohrringe seien die Ursache aller Probleme. Resolut nahm sie beide ab, schmiss sie in die Toilette und spülte. Danach atmete sie dreimal tief durch und glättete ihren Rock.

Der eine Ohrring lag immer noch in der Schüssel. Anne spülte erneut. Der Ring bewegte sich nicht.

Vor der Tür diskutierten zwei Norwegerinnen über die Zusammenstellung des Programms. Die eine machte sich nichts aus Schubert und schon gar nichts aus seiner Klaviersonate in c-moll, während die andere sagte, dass sie sich von den drei stinklangweiligen Stücken Saties überhaupt nichts verspreche. Die Frauen klangen aggressiv, jung und ziemlich kompetent, und waren eigentlich nur gekommen, um Zeeberg seine berühmten Oktaven greifen zu hören. Sie verabredeten, vielleicht schon zur Pause zu gehen.

Anne steckte sich einen Finger in den Hals und erbrach sich. Danach trocknete sie sich den Mund mit Toilettenpapier ab und spülte erneut. Sie holte die Colaflasche, ein Erfrischungstuch und eine Muschelschale aus der Handtasche. Nahm einen Schluck, gurgelte, spuckte aus, blickte auf die Uhr, hastete zum Eingang des Konzertsaals und fand rasch die zwölfte Reihe Mitte.

Ihr Platz variierte natürlich.

Vor drei Jahren hatte ihr David alle Konzertsäle dieser Welt aufgelistet und angegeben, wo sich jeweils der Platz mit der besten Akustik befand.

Sie steckte die Hand in die Tasche und spürte die braune Muschelschale, die nicht dort liegen sollte – unschuldig, wie sie war; vom großen Meer an Land gespült an einem Tag im September, an dem gold- und kohlefarbenes Licht über einer See glimmte, so grün, dass es einem durch Mark und Bein ging.

Von mir für dich, meine geliebte Annie. Aber du hast Recht. Was soll man mit einer Muschelschale von der Nordsee anderes anfangen, als ihren Finder zu vermissen und gleich der Schale Heimweh zu empfinden?

Auf der Bühne gingen die Scheinwerfer an. Der Anblick des schwarzen Flügels und der dazugehörigen Bank machten ihr wie immer ein wenig Angst. David bevorzugte seit Jahren dieselbe maritime Bühnendekoration, die so stilisiert war, dass auch kleinere Säle sie bewältigen konnten. Das Modell aus Sperrholz und Pappe stand bei ihnen zu Hause und stellte eine geöffnete Auster dar. Boden, Decke und Wände waren nicht voneinander getrennt, sondern durch die schneeweiße Innenschale der Muschel stofflich verbunden, mit dem Flügel im Zentrum als schwarze Perle.

Der Solist war dafür bekannt, sein Publikum warten zu lassen, damit die notwendige Stille eintreten konnte.

Als er endlich die Bühne betrat, begrüßte ihn der Beifall genau so, wie er ihn haben wollte: kurz, prasselnd und kontrolliert, wie ein Akkord, den man mit dem linken Pedal unterbricht. Das zeugte von einem erwartungsvollen und erfahrenen Publikum.

An diesem Abend agierte die Managerin des Pianisten, Mrs. Reeves, höchstpersönlich als Notenblattwenderin. Sie genoss das Rampenlicht, ließ sich aber selten zu dieser Tätigkeit herab, die sie David zufolge auch nicht sonderlich gut beherrschte. Sie kannte nur wenige Stücke so gut, dass sie fähig gewesen wäre, ihm professionell zu assistieren. Außerdem handelte es sich um eine szenische Überflüssigkeit. David Zeeberg beherrschte seinen Schubert aus dem Effeff und benötigte weder Noten noch Notenblattwender.

Angela Reeves hieß eigentlich Ludmilla Raduwitz. Sie stammte aus einem östlich des Urals gelegenen Dorf, hatte sich im Laufe der Jahre jedoch einen weitgehend angelsächsischen Lebensstil zugelegt. Ihrem jetzigen Arbeitgeber zufolge war sie dreimal verheiratet gewesen. Das erste Mal mit ihrem Lehrer vom Konservatorium, das zweite Mal mit einem Gebrauchtwagenhändler aus Detroit und das dritte und vorläufig letzte Mal mit Mr. Melwyn Reeves, der eine Agentur für klassische Pianisten in der Baker Street in Boston betrieb, wo es von dieser Spezies nur so wimmelte. Doch nach einer Lehrzeit von nur wenigen Monaten trennte sich Ludmilla von Melwyn und schlug ihre Zelte in New York auf, wo sie eine Agentur gründete, die sich vor Sol Hurok nicht zu verstecken brauchte.

Angela war gerade fünfzig geworden, sah jedoch älter aus. Sie besaß kurze Glieder, einen robusten Körperbau und konnte die Spuren jahrelangen Alkoholmissbrauchs auch nicht durch ein Make-up kaschieren, das neben ihren unvorhersehbaren Stimmungsschwankungen zu ihren Markenzeichen gehörte. Sie wirkte wie eine Mischung aus blondierter Vorstadttussi und ostdeutscher Buchhalterin, war aber in Wahrheit ein Vollbluttemperament, ein nicht zu bremsendes Energiebündel mit der verblüffenden Fähigkeit, stets ihren Willen durchzusetzen. Nach einer kurzen Diskussion über die Wahl des Quartiers, die Anzahl der Notausgänge, die Länge der Pause und den Zeitpunkt der Gagenzahlung gab es nämlich keinen anderen Willen mehr als den ihren. Angela besaß eine Wohnung in Wien und ein Büro in Manhattan, das ihr Stützpunkt war. Wenn sie David anrief, dann meistens mitten in der Nacht – vielleicht weil sie nicht an die Zeitverschiebung dachte, vielleicht weil sie wusste, dass sie damit die junge Ehefrau des Meisters in Rage brachte. Das Verhältnis zwischen Anne und Angela hatte sich im Verlauf von fünf Jahren von offenem Hass über bilaterale Kälte in Gleichgültigkeit verwandelt.

Anne war der Managerin ihres Mannes erstmals im Büro seines Londoner Verlegers vorgestellt worden. Und obwohl David Angela als die menschliche Antwort auf eine Cruisemissile beschrieben hatte, war die frisch verheiratete Anne auf die Direktheit der Managerin schlecht vorbereitet.

Die beiden Frauen waren unter sich gewesen, nachdem David den Raum verlassen hatte, um sich auf der pittoresken Feuertreppe neben den malerisch platzierten Blumenkübeln fotografisch verewigen zu lassen.

»Ich hab's ja schon immer gesagt, Geld ist einfach alles.«

Angela ließ den Satz in der Luft hängen, doch da Anne ihn nicht kommentierte, musste sie selbst fortfahren: »Leute, die das Gegenteil behaupten, sind entweder religiös oder stinklangweilig.«

Angela nippte an ihrem Weißwein.

»Einige würden vielleicht sagen, die Liebe ist alles.« Anne lächelte mit gespielter Unschuld.

»Honey – don't think you can fool me.«

Die Managerin steckte einen braunen Zigarillo auf eine vergilbte Spitze.

Anne trat ans Fenster und schaute in den Hof hinunter, in dem David sich von einem jungen Fotografen und dessen noch jüngeren Assistentin herumdirigieren ließ. Sie wollten, dass er sich seine langen, dünnen Finger vors Gesicht hielt. David war wie immer die Freundlichkeit selbst, steckte die Hände jedoch in die Taschen und war ansonsten ein einziges großes Lächeln. Es war allgemein bekannt, dass er sich gern fotografieren ließ, die Hände jedoch als Privateigentum betrachtete.

Angela ging zu Anne und strich ihr eine blonde Locke aus der Stirn, die ihr aus der Spange gerutscht war. Anne steckte sie wieder fest. Sie mochte es nicht, von Angela berührt zu werden. Sie mochte es ohnehin nicht, von anderen Leuten berührt zu werden, doch von Angela mochte sie es am allerwenigsten.

»Du kümmerst dich um dein Aussehen und ich kümmere mich um meine Arbeit, but please don't think you can fool me.«

»Ich glaube nicht, jemanden zum Narren halten zu können, und dich schon gar nicht, Angela.«

Anne wandte dem Fenster ihren Rücken zu. Im Raum wurde es dunkel. Die Managerin senkte den Blick. »Und rede mir bitte nicht nach dem Mund.«

»Ich liebe David. Würde ich ihn nicht lieben, hätte er mich nie geheiratet. So einfach ist das.«

»Everybody loves him, even himself.«

Angela stellte ihr Glas auf den Tisch. Nach ihrer Bijouterie zu urteilen, hatten ihr die Prozente an David Zeebergs Konzerten ein angenehmes Leben verschafft. Das Geld hatte jedoch nicht ihren persönlichen Stil beeinflusst, der zunehmend eine demonstrative Note bekam, die ihren schlechten Geschmack noch in den Schatten stellte. Warum Frauen mit Oberschenkeln wie kanadisches Treibholz unbedingt hautenge, hellrote Hosen tragen mussten, die auch noch die kleinste Ausbuchtung zu ihrem Recht kommen ließen, war im Grunde ein Mysterium, doch Angela Reeves konnte sich wohl aufgrund ihres Berufes einen Freibrief ausstellen.

Sie blickte Anne prüfend an.

»Wie alt bis du, Schätzchen? Zweiunddreißig. Zeppe ist fünfundsechzig. Ich brauche dir nicht zu sagen, wie viel er auf dem Konto hat, aber Zeppe hat nun mal beschlossen, einhundertdrei Jahre alt zu werden, und ich habe geschworen, ihn am Leben zu halten, auch wenn die Ärzte ihn längst für tot erklärt haben. Nur dass du Bescheid weißt.«

»Gibt es noch mehr, worüber wir deiner Meinung nach sprechen sollten, Angela?« Anne gab ihrer Stimme einen beiläufigen Klang.

»Fürs Erste nicht, aber wir werden sicher noch hinreichend Gelegenheit haben, uns miteinander zu amüsieren.«

»Ich kann's kaum erwarten. Du findest selbst hinaus?«

Angela ging zur Tür und öffnete sie sperrangelweit.

»Ein Jammer, dass er dieses eine Mal in der Bar in Bangkok seine legendäre Selbstbeherrschung verloren und nur mit dem Unterleib gedacht hat. Ich gebe dir drei Jahre, Sweety.«

»Es war in Hanoi.«

»What difference does it make?«

»None whatsoever.«

Anne öffnete das Fenster. Die Luft in dem niedrigen Raum war drückend von abgestandenem Parfüm und frisch erblühter Eifersucht.

Angela knallte die Tür zu und stampfte auf Anne zu.

»Manchmal frage ich mich, ob es eine Schule oder eine Akademie gibt, die Leute wie dich hervorbringt.«

»Ich glaube, die nennt man Leben, Angela.«

»Ach, du glaubst, die nennt man Leben? Wahrscheinlich hast du Recht. Das Leben ist ja so vielfältig.«

»Und schillernd.« Anne sandte der Managerin ihr strahlendstes Lächeln.

Angelas Mimik wechselte vom Ironischen ins Spöttische.

»Von deiner Sorte, Honey, gibt es so viele wie Mücken in Lappland, und die Götter wissen, dass es nur so wimmelt von alten Idioten, die sich einbilden, noch mal dreißig zu sein, nur weil sie ein zwanzigjähriges Zuckerpüppchen heiraten. Das Problem dabei ist nur, dass Zeppe eine einzigartige Persönlichkeit ist.«

Angela legte ihre dicken Finger auf die Fensterbank. Schon die Hände gerieten zum Klischee: die fette Frau mit den vulgären Ringen und dem teilweise abgeblätterten Nagellack. Anne studierte sie vom kleinen Finger bis zum kleinen Finger. Zehn russische Würste.

»Du vergleichst unsere Hände, Schätzchen? Tu das nur.« Angela drehte ihre Handflächen ins Licht. »Was diese Pranken nicht schon alles angefasst haben. Keine Arbeit ist ihnen zu schade. Sie muss sich nur lohnen. So ist das eben, Sweety, von nichts kommt nichts, und das große Los zieht man nur auf dem Jahrmarkt.«

»Habe ich das große Los gezogen?«

»Freie Auswahl auf allen Regalen.«

»Ich fürchtete wirklich, du könntest Recht haben.«

»Wenn es nur das schnelle Geld wäre, hättest du mich einen Dreck interessiert, doch David ist der klügste Mensch, den ich kenne, ein wandelndes Lexikon. Ich habe zwölf Jahre meines Lebens damit verbracht, ihn nach Boston, London, Berlin und Moskau zu begleiten, und ich habe jede Sekunde genossen. Er weiß alles, was sich zu wissen lohnt, geht damit aber nicht hausieren. Sprich mit ihm über Poesie – er hat alles gelesen. Frag ihn über Klee, Rauschenberg und Monet aus – er hat die richtige Antwort parat. Fahr mit ihm nach Val d'Isère – er ist der schnellste Mann auf der Loipe, und sollte es deiner Aufmerksamkeit entgangen sein, was ich kaum glaube, dann kann es seine Privatsammlung mit dem Guggenheim-Museum aufnehmen. Kannst du ihm wirklich das Wasser reichen? Very sorry, but no, Mrs. Zeeberg. Was hast du noch gemacht, als ihr euch kennen lerntet? Du hast als freiberufliche Journalistin für einen alternativen Radiosender gearbeitet. Das langbeinige Mädchen mit der großen Hornbrille, dem zerknitterten Notizblock und dem alten Kassettenrecorder. Deine Kleider klebten am Körper, weil es so furchtbar heiß ist in Bangkok.«

»Es war in Hanoi, und wir hatten Aircondition.«

»Du kannst Bach nicht von Beethoven und Burgunder nicht von Bordeaux unterscheiden. Du hast nie etwas anderes als die *Vogue* gelesen. Kurz gesagt: Du bist eine billige Imitation.«

»Leider hast du ganz Recht.«

»Nicht ganz, Sugar, nicht ganz, denn du bist kalt wie Treibeis. Und hast du deine Beute erst mal gepackt, lässt du nicht locker, bis du sie ausgesaugt hast bis auf den letzten Tropfen. Du bist nicht besonders klug, Anne aus Helsingør, aber ziemlich clever.«

»Willst du etwa behaupten, wir seien uns ähnlich?«

Angela lächelte säuerlich. »Deine Schmeicheleien kannst du dir sparen.«

Der erste Anschlag. Kraftvoll und doch empfindsam. Die alten Finger haben die Stärke der Jugend wiedererlangt. Der Saal lauscht andächtig, doch erst nach einer Viertelstunde hat er ihn für sich gewonnen. Alles verläuft nach Plan. Jetzt könnte man eine Stecknadel fallen hören, denn David Zeeberg ist berühmt für seine Phrasierung. Bei Sinatra hätte man von Timing gesprochen.

Dann kommt der Höhepunkt, die äquilibristischen Finger, die berühmten Oktaven, die er schneller greift als er eigentlich kann. Daher das Risiko. Daher das Gefahrenmoment. Er balanciert am Rande des Abgrunds. Das Publikum hält den Atem an. Einige haben sich erhoben, um diesem Akt der Todesverachtung aus nächster Nähe beizuwohnen.

Er lässt die Hände über den Tasten schweben, die Finger gespreizt, der Nacken gespannt.

Der Pianist schließt die Augen und lehnt sich zurück.

Ein Handy piept.

Der Ton klingt vertraut, wenn auch gedämpft durch die Tasche, in der sich das Handy befindet.

Ein zorniges Murmeln breitet sich aus und verwandelt sich fast in Entsetzen, als Anne, ohne jemanden anzublicken, den Saal verlässt.

Auf der Bühne laufen die Finger über die Tasten.

Die weißen Haarsträhnen hängen dem in sich gekehrten Pianisten ins Gesicht, das Konzentration, Schmerz und Wollust ausstrahlt.

2

Sie stand im ersten Stock und betrachtete die Regentropfen, die auf die Stufen fielen, die zum Wasser hinunterführten. Wie kleine, geschäftige Projektile trafen sie auf die vierundvierzig algengrünen Stufen, um sich in vierundvierzig spiegelblanken Pfützen zu sammeln, bevor sie ihren Weg zum Badesteg fortsetzten.

Auf dem Nachttisch lag das besagte Handy. Es konnte die Farbe wechseln, ja sogar transparent werden und das Bild des Gesprächspartners zeigen. Ein Kerl, der am Strand entlangläuft. Ein nackter Körper. Der Grund, warum sie das Konzert verlassen hatte und direkt nach Hause gefahren war.

Aus dem Wohnzimmer erklang *Night in Tunesia*, gespielt von Charlie Parker. Die Platte gehörte zu den wenigen Dingen, die sie mit in die Ehe gebracht hatte, und es war das richtige Wetter, um sie aufzulegen.

Sie zündete sich eine Zigarette an, öffnete die Tür zum französischen Balkon und beobachtete die Gardine, die sich im Nachtwind bauschte. Sie hatte die hauchdünnen Gardinen immer als ein wenig exotisch empfunden. Ein persönlicher Schutzschild. So dünn wie Gaze. Charlies Altsaxofon, der Rauch der Zigarette, die Dunkelheit der Nacht, die Bewegung der Gardinen, der Geruch nach Feuchtigkeit, Virginiatabak und dem Eau de Toilette von Kenzo.

Anne hielt sich den Stoff an die Lippen und flüsterte durch die hauchzarten Fasern. »Ein Picknickkoffer, ein Aquarell von Hué, Charlie Parker, Miles Davis und Stan Getz.«

Ihre gesamte Habe. Dazu noch ihre spärliche Garderobe und eine Mitgift von minus 1200 Kronen. Er war amüsiert, und sie wunderte sich, dass Schulden so komisch sein konnten. Wir kommen nackt auf die Welt, und genauso hatte sie es am Anfang empfunden, wenngleich sie nicht blind gewesen war für die ungeschriebenen Regeln, die von jeher das Los der Frauen und der Schüssel zur Macht in einer Zweierbeziehung gewesen sind. Angela hatte dies als Schule oder Akademie bezeichnet, und es war beides. Allerdings endete die Ausbildung einer Frau nicht mit einer Abschlussfeier, sondern mit einem Diplom, das den Geschlechtsgenossinnen, die mit einem einzigen Blick die Note der Konkurrentin erkannten, wie ein Neonschild entgegenleuchtete.

Das schwache Geschlecht. Was für ein Witz.

Und in Annes Fall gab es keine Absolventin, die ein gleichwertiges Zeugnis hätte vorweisen können, denn sie, die mit leeren Händen in die Ehe gegangen war, hatte die größtmögliche Belohnung erhalten.

Sie schloss die Balkontür und erblickte ihren Körper in dem ovalen Spiegel. Die Dunkelheit hatte einen Kreis um sie geschlagen. Eine Nebelgestalt, koloriert vom Regen. Das Licht war fast dasselbe wie vor knapp sechs Jahren, als ein tropischer Sturzregen Hanois Altstadt in ein großes Schlammloch verwandelt hatte. Zu diesem Zeitpunkt hatte sie sich in einer Rikscha auf dem Weg vom Kim Lien Hotel zum Ho Chi Minh-Mausoleum befunden. Als der Regen kam.

Verschwunden waren die Stände und Werkstätten, die russischen Lastwagen, das Gewimmel der Motorroller und schwer beladenen Fahrräder. Doch kein Volk der Welt ist auf einen Schauer besser vorbereitet als das vietnamesische, das unverdrossen seine Tätigkeiten fortsetzt und darauf wartet, dass der Regen vorübergeht. Auch der magere Rikschafahrer ließ sich nicht aufhalten, zog seine Kappe in die Stirn und strampelte unbeirrt weiter, doch Anne war binnen zwei Minuten klatschnass geworden und stieg in der Ngo Quyen Street vor dem Pullman Metropole Hotel aus.

Der Fahrradfahrer lachte sie an und wedelte mit seinen Eindollarscheinen.

»Wirklich lustig, diese Vietnamesen«, murmelte sie. »Ich sterbe beinahe vor Lachen.«

Vor dem Hoteleingang versuchte sie ihre Kleidung in Ordnung zu bringen, während sie sich fragte, ob sie sich eine Tasse Tee in dem teuersten Hotel der Stadt überhaupt leisten konnte. Vielleicht würde man sie gar nicht hereinlassen. Sie wrang ihr Kleid aus und strich sich in dem Bemühen, wie eine Stammkundin zu wirken, das Haar aus der Stirn. Vergewisserte sich, dass die Tasche mit den Kameras und dem Tonbandgerät wirklich geschlossen war, holte tief Luft und bemühte sich um ein selbstsicheres Auftreten.

Er stand in der Lobby und faltete gerade eine Zeitung zusammen. Es wimmelte von Menschen – mehrheitlich Amerikaner, die Schutz vor dem Regen gesucht hatten –, doch sie sah nur ihn. Er trug ein hellblaues Polohemd, eine graue Bundfaltenhose sowie handgefertigte schwarze Schuhe. Es war die Art und Weise, wie die Kleidung am Körper saß – maßgeschneidert bis ins kleinste Detail. Alles wirkte inszeniert, so als sollte er genau an dieser Stelle mit der *Washington Post* stehen, voll konzentriert, doch gleichzeitig gelassen und mit beneidenswert trockenen Schuhen. In der Sekunde, in der Anne das Hotel betrat, begegneten sich ihre Blicke. Sie sandte ihm ein entschuldigendes Lächeln, als würden sie sich bereits seit Jahren kennen. Als sei sie die Frau, auf die er gewartet hätte, und die jetzt, mit halbstündiger Verspätung in jämmerlicher Verfassung vor ihm stand. Sie wusste nicht, wer er war, ging jedoch direkt auf ihn zu, dankbar, ein freundliches Gesicht zu erblicken.

»What a mess.« Ihre erste Bemerkung. Drei Wörter, deren Akzent er sofort erkannte.

»Danish or Dutch?« Er kniff ein Auge zu. »Ich tippe auf dänisch.«

Anne gab ihm ihre nasse Hand. »Anne Veksø-Larsen, Kim Lien Hotel, ein früherer Aufenthaltsort für russische Arbeiter, was man der Architektur und dem Ambiente immer noch anmerkt. Und erst das Frühstück, ich kann Ihnen sagen. Niemand spricht etwas anderes als Vietnamesisch, aber geschrieben steht alles auf Russisch. Unglaublich, was man in dieser Gegend für sein Geld bekommt.«

Sie lächelte gequält, nickte nervös und bereute ihren ganzen Auftritt. Er wirkte ein wenig zerstreut, als käme ihm gerade etwas ganz anderes in den Sinn, nahm ihre Hand, vielmehr den äußersten ihrer Finger, und führte sie die Treppe hinauf.

»Anne Veksø-Larsen, darf ich mir als Ihr Landsmann erlauben, Ihnen ein warmes Bad oder eine Tasse Tee, einen Mokka oder etwas anderes anzubieten?«

Als sie unter dem warmen Wasserstrahl stand, wusste sie, dass sie ihn schon früher gesehen hatte, war sich jedoch nicht sicher, ob er Politiker, Schauspieler oder Geschäftsmann war. Er hatte sich nicht die Mühe gemacht, sich vorzustellen, was ihr Gefühl verstärkte, dass sie ihn sogleich hätte erkennen sollen, und als sie versuchte ihre Kleider trocken zu föhnen, entdeckte sie Notenpapier sowie einen altmodischen Füller samt einer französischen Biografie, die sein Gesicht auf dem Cover zeigte: *David Zeeberg, Le Maître.*

Sie nahm ihre Brille und schlug das opulente Werk auf, das Schwarzweißfotos aus verschiedenen Konzertsälen zeigte, aber auch Bilder vom Maître als jungem Mann in Chicago, Mailand, Rom und Paris. Auf Long Island stand er in kurzem Hemd neben einem strahlenden John F. Kennedy und auf der Spanischen Treppe flirtete er mit Maria Callas und zehn anderen Frauen. Auf der Rückseite des Umschlags sah man ihn gar im Vatikan, während er ein angeregtes Gespräch mit Seiner Heiligkeit führte.

Sie legte das Buch an seinen Platz zurück. Anne schaute sich um, öffnete eine Schublade und erblickte eine Armbanduhr mit Tom-&-Jerry-Zifferblatt, zwei Batterien, einen Stadtplan von Berlin, eine Handlotion sowie einen Augenbrauenstift.

Es war ihr nicht möglich, ihren Drang zu beherrschen, sich in der Suite umzusehen, während sie seinen weißen Bademantel trug. Sein Geruch hing immer noch darin, und sie atmete ihn tief ein. So wohnen die Reichen, dachte sie, und so riecht Le Maître. Nach Geld.

Sie griff zu ihrer Kamera, sprang aufs Bett und verschoss einen ganzen Film mit Aufnahmen des Interieurs. Warum, wusste sie nicht, doch es konnte der Tag kommen, an dem ihr eine Dokumentation vielleicht von Nutzen wäre.

»Ich war da. Ich, Anne, im Pullman Metropole Hotel in der Stadt der Städte, ausgerechnet Hanoi. Kennedy, die Callas, der Papst und Anne Veksø-Larsen.«

Auf dem Tisch lag ein kleines Schokoladentäfelchen von der Art, wie es das Personal liegen lässt, nachdem es das Zimmer gereinigt hat. Sie riss das Papier herunter und stopfte sich das ganze Täfelchen auf einmal in den Mund und lachte beim Kauen und trank direkt aus dem Hahn und stellte fest, dass das Leitungswasser im Pullman Metropole Hotel ganz anders schmeckte als im Kim Lien Hotel. Dort hatte sie sich zwar nie getraut, direkt aus der Leitung zu trinken, doch der Geruch nach Rost, Schwefel und zwei, drei anderen Ingredienzien verbreitete sich jedes Mal, wenn sie den Hahn aufdrehte, wobei der billige Deo-Stick, den sie auf dem Markt erstanden hatte, dem Mief nur einen zusätzlichen Gestank nach Alkohol hinzufügte. »So riecht man also nach Spiritus und Alkohol, während man durch die Stadt geht, aber ein vor Ort erstandenes Deo ist einfach unerlässlich, besonders wenn man zweimal in der Woche Durchfall kriegt, weil man einen grünen Salat gegessen oder einen Strohhalm benutzt hat.«

Vom Bett aus sprang sie auf das Sofa, stolzierte ins Bad und ließ die beiden kleinen, hübsch eingepackten Seifenstücke in ihrer Handtasche verschwinden, während sie sich nach weiteren Dingen umsah, um den sie den Maître im Handumdrehen erleichtern konnte.

Sie stellte sich nah vor den Spiegel. »Frage Nummer eins: Was weiß Anne Veksø-Larsen über klassische Pianisten?« Grübel, grübel. »Nicht das Geringste. Frage Nummer zwei: Welche Werke der klassischen Musik sind ihr bekannt? So einige. Wie wär's mit einem Beispiel? Nun, wir könnten ja mit Vivaldis Vier Jahreszeiten anfangen, instrumentiert für Panflöte und Maultrommel. Glänzende Idee, Klassik für Arme, das wird sicher ein erbauliches Gespräch.«

Sie setzte sich auf die Bettkante und verkündete das Ergebnis: »Totales Fiasko.« Doch noch ist nichts verloren, dachte sie, schließlich ist man immer noch jung und attraktiv, obwohl man die Dreißig hinter sich und seit neunzehn Tagen nichts als gekochten Reis gegessen hat. Also sei nicht so vorlaut, sondern gib das hart arbeitende, selbstlose Mädchen aus dem hohen Norden, leicht erkennbar an ihrem dankbaren Lächeln, ihrem natürlichen Auftreten und ihrem festen Hintern. Wäre Charlie Chaplin noch am Leben, hätte er mich als armes Blumenmädchen besetzt.

Sie entfernte den letzten Rest Mascara und schaltete den Föhn an, der Made in China und darauf spezialisiert war, die Haare elektrisch aufzuladen, sodass sie in alle Richtungen abstanden.

»Ich habe ein halbes Kilo Schokolade zwischen den Zähnen und keine Zahnbürste und außerdem aus der Leitung getrunken. Fehlt nur noch, dass ich den Hanoi-Galopp kriege, während wir Sandkuchen essen und über Onkel Ho diskutieren.«

Es klopfte an der Tür. Auf dem Flur stand ein uniformiertes Mädchen mit einem in Plastikfolie eingeschlagenen Baumwollkleid in der Hand.

Es passte natürlich wie angegossen.

Sie begegnete ihrem generösen Sponsor in der Lobby, während er mit einem Kellner sprach, der ihnen einen Tisch im Restaurant zuwies.

David Zeeberg war die Ruhe selbst, sehr aufmerksam, doch exakt mit dem Grad an Zerstreutheit, der ihn in Annes Augen besonders interessant machte. Alles an ihm war schön, vor allem seine Hände. Die Art, wie er sie benutzte. Wie er die Serviette zusammenlegte, die Zitrone aufschnitt oder den Löffel trocknete, bevor er ihn auf die Untertasse legte. Sie dachte, hier gibt's keine Spur von dem weichlichen Getue, das sonst überall in der Stadt zu beobachten ist. Zeebergs Männlichkeit entsprang seiner Selbstsicherheit, seiner Ruhe und seiner Offenheit. Sie war fasziniert von seinen emailblauen Augen, die sie eingehend, doch keineswegs indiskret anblickten. Offensichtlich fanden sie Gefallen an dem, was sie sahen, bewahrten sich jedoch eine Spur von Reserviertheit, die den Abstand zwischen ihnen zum Ausdruck brachte. Einen Abstand, den sie zu eliminieren trachtete.

»Danke für das Kleid. Das Pulman Metropole hat einen ausgezeichneten Geschmack.«

»Mir gefällt der alte Name, Thong Nhat Hotel, besser.«

Er ließ eine Zitronenscheibe in den Tee gleiten und fragte, was sie in Hanoi tue.

Anne wählte ihre Worte mit Bedacht.

»Ich betreibe Recherchen. Mit Kamera und Tonbandgerät. Ich bin freiberufliche Journalistin. Was das bedeutet? Das bedeutet, dass man morgens, mittags und abends Reis isst. Am Sonntag sogar gekochten Reis.«

Er antwortete mit einem Lächeln, schien sich aber nur mäßig zu amüsieren.

Anne erwog, sich die Zunge abzubeißen.

»Und was hat Sie nach Hanoi verschlagen, Herr Zeeberg? Ich muss zugeben, dass ich weiß, wer Sie sind.«

»Ich finde, wir sollten uns duzen. Ich besuche eine ehemalige Schülerin von mir. Eine junge Frau, die ihre Wurzeln hier hat. Sie kam nach dem Krieg mit den Amerikanern, als sie noch ein Säugling war, nach Dänemark. Jetzt ist sie in ihre Heimat zurückgekehrt.«

»Sie unterrichten also?«

»Ja, das heißt, heute unterrichte ich kaum noch. Mittlerweile habe ich nur noch zwei Schüler, allerdings zwei sehr begabte. Bei einem handelt es sich um eine junge Frau namens Kim, Hoa Kim Sun, eine äußerste talentierte, ehrgeizige und fleißige Pianistin. Der andere ist halb Däne und halb Schwede, heißt Jonas Berg, ist nicht ganz so fleißig, besitzt vielleicht auch etwas weniger Talent, doch beide haben viel Durchsetzungswillen und gehen auch längst ihre eigenen Wege.«

Anne nickte und war felsenfest davon überzeugt, dass ihre Haare die Konsistenz welker Salatblätter hatten. Obwohl sich in dem Raum vier riesige Ventilatoren drehten, war sie in Schweiß gebadet.

Er sagte etwas über das Land im Allgemeinen, und sie antwortete ihm mit einem gewaltigen Niesen, das beinahe den Tisch umgeworfen hätte.

»Das liegt an den Ventilatoren«, sagte er lächelnd. »Die Angestellten behaupten, dass sie das Essen von den Tellern wehen, wenn sie mit voller Kraft laufen.«

Sie lachte und nieste erneut, bekam Schluckauf und musste auf die Toilette gehen, wo sie das tat, was sie besser nicht getan hätte – sie sah in den Spiegel.

In Hanoi war eine neue Zeit angebrochen.

Das Taxi rollte die lange Kieseinfahrt hinauf und verschwand aus ihrem Blickfeld.

Sie stieg die Treppe hinunter. Hörte ihn ein paar Worte mit dem Chauffeur wechseln und öffnete die Tür.

»Willkommen zu Hause.«

»Aber Anne, du hättest doch nicht auf mich zu warten brauchen.«

Er küsste sie auf die Wange, stellte seine Tasche auf einen Stuhl, nahm einen Kleiderbügel und ließ sich aus seinem feuchten Mantel helfen.

»Du hast den Kamin angemacht.« Er rieb sich die Hände und löste seine Fliege.

»Es war ein fantastisches Konzert, David.«

Er wiegte den Kopf hin und her. »Heutzutage ist doch alles fantastisch.«

»Du weißt doch, wie ich das meine, und im Grunde hasse ich dieses Wort genauso wie du. Es tut mir Leid, dass ich früher gehen musste, aber die Luft war einfach unerträglich.«

Sie nahm ihn an der Hand. »Komm in die Wärme.«

Der Wintergarten wurde nur durch das Kaminfeuer und die fünf kleinen Kerzen, die auf der Fensterbank standen, erhellt. Der Tradition gemäß tranken sie ein Glas Portwein aus den zierlichen blauen Gläsern, die er ihr auf der Hochzeitsreise geschenkt hatte.

Normalerweise pflegte er eine halbe Stunde mit geschlossenen Augen dazusitzen, um wieder zu sich selbst zu kommen, doch am heutigen Abend war er gesprächiger als sonst. Es ging um die üblichen Probleme mit der Akustik und mit Angela und nicht zuletzt um die Schwierigkeit, bei diesem Wetter ein Taxi zu bekommen.

»Doch das Publikum war fast perfekt«, fügte er hinzu. »Kein Husten, kein Rascheln mit Karamellpapier.«

Ihr fiel auf, dass er dünner und dicker zugleich geworden war. Die Haut schien schlaffer, während der Bauch deutlicher in Erscheinung trat. Vielleicht nannte man das Gebrechlichkeit.

Er nahm ihre Hand und betrachtete ihre Finger. Sie dachte an seine Fähigkeit, in sie hineinzuschauen. Darum hatte sie es ihm sogleich sagen wollen.

Es war mein Handy, das gepiept hat, David.

Sogar den richtigen Tonfall hatte sie bereits geprobt, sachlich und entschuldigend, aber ohne Larmoyanz. Es war ja auch unverzeihlich gewesen, ein unerhörter Fauxpas, doch nicht zum ersten Mal verspürte sie eine Regung, die neu und einschneidend für sie war. Sie empfand Mitleid. David Zeeberg war an sich kein Mensch, der zum Mitleid herausforderte, im Gegenteil. Im Grunde ging es ja auch gar nicht um das Handy. Immerhin bestand die Möglichkeit, dass er sich danach erkundigen würde, wer seine Frau mitten während seines Konzerts anriefe, und sie würde antworten, der Mann im Mond, und genauso durchsichtig aussehen wie der Mondschein. Stattdessen setzte sie sich neben seinem Stuhl auf den Boden. Spürte seine Hand auf ihrem Kopf.

»Niemand kann so Feuer machen wie du, Anne. Ich glaube, Frauen haben eine geheime Beziehung zum Feuer«

»Wenn das als Kompliment gemeint ist, dann vielen Dank.«

Sie löste seine Schnürsenkel und zog ihm die Schuhe aus.

»Du musst todmüde sein, Liebster.« Sie legte die Hand auf sein Bein und spürte die Knochen unter der Haut. Einst waren ihr seine Knie als die rührendsten der Welt vorgekommen. Sie kannte zumindest keinen anderen Menschen, der Wülste über den Knien hatte.

»Komisch, dass du das sagst, Anne. Ich fühle mich gar nicht müde. Aber du siehst ein wenig erschöpft aus.«

»Ach, wirklich?«

»Hast du ein anstrengendes Leben, Anne?« Er legte den Kopf in den Nacken und lächelte.

Sie hatte ihn noch nie auf diese Weise lächeln gesehen, und warum sagte er die ganze Zeit Anne zu ihr, wenn er es nicht tat, um Distanz zu schaffen? Abgesehen davon, dass er wirklich sterbensmüde aussah. Sein Lächeln war erzwungen und passte nicht zu einem Menschen, dessen Erfolg nie auf Kosten seiner Natürlichkeit gegangen war. Eine Natürlichkeit, die ihn in die Lage versetzte, genauso unbeschwert mit dem Taxifahrer zu plaudern wie mit dem Gärtner oder der Frau, die ihn auf der Straße ansprach.

»Ich habe kein anstrengendes Leben«, flüsterte sie, »ich führe ein Luxusleben, das weißt du genau.«

Seine Finger glitten durch ihr Haar. Seine Nägel berührten ihre Kopfhaut.

»Ist dir das unangenehm?«

»Nein, ich liebe es, wenn du mich berührst.«

Er stand auf, ging zur Stereoanlage und drehte *Bird's Nest*, ein ohnehin nicht gerade leises Stück, auf volle Lautstärke.

Anne schenkte sich ein zweites Glas Portwein ein und bemerkte, dass er seines nicht angerührt hatte. Er stand mitten im Zimmer, mit geschlossenen Augen, und wackelte unmusikalisch hin und her. Wenn es irgendetwas gab, das der perfekte Zeeberg nicht beherrschte, dann war es Tanzen. Das hatte sie oft amüsiert, doch wie er stets sagte: »Gute Liebhaber können nicht tanzen.«

Früher hatte sie ihm Recht gegeben.

Sie lehnte sich an ihn und nahm seine Hand. »David, ich muss dir etwas erzählen.«

»Wann war das noch, dass er *Bird's Nest* geschrieben hat?« Er musste laut reden, um die Musik zu übertönen.

Sprache ist verräterisch, dachte sie. Ein Mann, der fünf Sprachen beherrscht, drückte sich nicht so umständlich aus.

Anne warf die Hände in die Luft. »Nach dem Krieg? Vielleicht vor dem Krieg. Ist das so wichtig?«

»Man sagt, dass sein Vater Alkoholiker war. So was kann man hören. Die Leute glauben, das verbergen zu können, dabei kann man es hören. Darum ist es auch ein Meisterwerk«, fügte er hinzu. Er legte die Arme um ihre Hüften, während er sich unnatürlich zu einer Musik wiegte, die ihr hässlich und böse vorkam. Sie befreite sich aus seinen Armen, ging zum

Wintergarten und löschte die Kerzen, die nicht von selbst ausgegangen waren.

Er stand immer noch an derselben Stelle und schaukelte unrhythmisch hin und her. Seine Augen waren geschlossen, doch sie kannte ihn gut genug, um zu wissen, dass all seine Sinne hellwach waren. Er registrierte jede Veränderung bis ins kleinste Detail. Trotz der Wülste über den Knien und der ersten Anzeichen eines Buckels hatte das Alter seinen Sinneswahrnehmungen nichts anhaben können. Ein Umstand, der die Menschen in Erstaunen versetzte. Er brauchte keine Brille und konnte immer als Erster selbst den zartesten Duft wahrnehmen und identifizieren. Seine verständliche Angst, das Gehör zu verlieren, war unbegründet. Sein absolutes Gehör versetzte ihn in die Lage, selbst den kleinsten Misston zu registrieren, das Detail einer falschen Betonung, die Andeutung einer Stimmungsschwankung.

Anne ging in die Eingangshalle und die Treppe hinauf und dachte, ich gehe in die Eingangshalle und die Treppe hinauf und laufe rascher über den genoppten Läufer als gewöhnlich, obwohl sich mein Körper doppelt so schwer anfühlt.

Vor der Tür zum Schlafzimmer mit den dünnen Gardinen dachte sie an ihren Körper, der gepflegt und wohlriechend war. Rein, doch nicht steril; makellos, aber nicht langweilig. Der Kimono war ein Geschenk von ihm gewesen, auf der Brusttasche standen ihre Initialen. Er war weder rosa noch lachsfarben, sondern leuchtend wie der Mund einer Auster. Einst war er für sie das schönste Kleidungsstück gewesen, das sie besaß, doch vor dem Spiegel mit der hauchzarten Gardine kam er ihr billig und vulgär vor. Sie hasste sich für diesen Gedanken.

Eine halbe Stunde später kommt er zu ihr nach oben. Sie sitzt im Bett, während das Buch über Cézanne auf ihren Knien ruht.

»Ich dachte daran …« Er bricht mitten im Satz ab, zieht sich am Ohrläppchen und betrachtet den Türrahmen, während er den Satz vollendet: »... ein paar Tage in der Rue de Vaugirard zu verbringen.«

Sie nimmt die Lesebrille ab. »Möchtest du, dass ich mitkomme, oder willst du lieber allein sein?«

Er setzt das Studium des Türrahmens fort.

»Simon Rattle hat kürzlich angerufen. Wir wollen uns treffen. Ich habe ihn schon eine Ewigkeit nicht mehr gesehen.«

»Ich komme gerade nicht darauf, wer das ist.«

»Rattle? Der neue Dirigent der Berliner Philharmoniker. Er will mit mir über sein Repertoire sprechen. Ich bin ja schließlich alt genug, um mich noch an Herbert zu erinnern.«

Erst jetzt blickt er sie an. »Herbert von Karajan.«

Er öffnet die Tür zum Badezimmer und schließt sie behutsam hinter sich. Sie nickt und murmelt etwas, das wie »ach so« klingt, hört ihn ins Bad gehen, sich die Zähne putzen, mit den Schlaftabletten hantieren und Wasser lassen. Für das Letzte benötigt er immer mehr Zeit. Ein Umstand, der ihn vor Jahren dazu veranlasste, laut vor sich hinzusummen, in der Hoffnung, sie würde es nicht bemerken.

Er wäscht sich die Hände und kommt zu ihr herein. »Vom Geräusch des Regens kriegt man nie genug.«

Anne seufzt und glättet sein Laken. Normalerweise vermied David alle Plattitüden.

Alles ist abgedroschen. Du selbst bist abgedroschen. Sagt eine Stimme, die sich zu Wort meldet, wenn Anne allein ist. Die Stimme einer Frau, die fünfzehn Jahre älter ist als sie, obwohl Anne sie mühelos als ihre eigene erkennt. So spricht die Erfahrung, so klingen Warnungen. Die Stimme kommt tief aus ihrem Inneren. Aus einer bislang unbekannten Tiefe. Das Wort »unwürdig« steigt ihr wieder ins Bewusstsein, wie die Blasen aus einem Mund, der langsam auf den Grund sinkt.

Anne legt das Buch beiseite und streckt ihre Arme nach ihm aus.

Er öffnet die Hand. »Die lag unter dem Spiegel.«

Das sonderbare Lächeln befindet sich nun in Gesellschaft zweier glotzender Altmänneraugen. Es liegt etwas in seinem Blick, das sich zu amüsieren scheint, etwas Spöttisches, das sie nicht versteht.

»Ich war doch neulich im Sommerhaus.« Anne wirft die Muschelschale auf den Nachttisch, wo sie im grellen Licht hin und her schaukelt.

Sie hätte sie natürlich nicht werfen, sondern ruhig auf den Nachttisch legen sollen. Sagt die Frau mittleren Alters.

Kann man sich durch die Art und Weise verraten, in der man eine Muschelschale auf den Nachttisch wirft? Die Frage erübrigt sich.

»Es ist jedes Jahr dasselbe.« Anne wendet ihm den Rücken zu und rückt ihr Kissen zurecht. »Man vermisst alles so sehr, den Geruch nach Meer und Teer, die Geräusche des Nichts. An die Sehnsucht gewöhnt man sich nie.«

Sie lässt es wie eine Entschuldigung und eine Klage klingen. Gemeint ist beides.

»Du bist doch gerade erst fünf Tage dort gewesen, Anne.«

Die freundlichen emailblauen Augen zwinkern, während sie Anne ansehen. Vielleicht ist er nur müde, denkt sie. Oder er zwinkert, weil er mir ein Signal senden will. In diesem Fall ist es angekommen, doch ich weiß nicht, was es bedeutet. Früher haben wir keinen Code benutzt.

Sein starrer Blick wandert über ihr Gesicht. Er nimmt ihre Hand und küsst ihre Fingerspitzen, während sein Blick weiter umherschweift, obwohl er längst gefunden hat, wonach er suchte.

»Schlaf gut, Anne.« Er löscht die Nachttischlampe und lässt sie in der Dunkelheit zurück, deren grünlicher Schimmer vom Regen, vom See und den vierundvierzig Stufen herrührt.

Die Nacht tritt in den Raum. Die lange, schlaflose. Eine Abfolge von Bildern. Ein Kerl, der mit den Wolken um die Wette läuft. Ein lachender Mund.

Das Röntgenbild eines durchsichtigen Lebens.

Er hat ihr den Rücken zugewandt, aber sie weiß, dass er nicht schläft. Auch er starrt in die Nacht und lauscht. In dieser Dunkelheit kann man nicht miteinander sprechen. Nur lauschen. Und sie belauschen einander. Sie spürt seinen Atem wie einen Kloß in ihrem Hals. Er liegt vollkommen still, doch sie kennt ihn gut genug, um zu wissen, dass all seine Sinne hellwach sind.

3

Der Badesteg war klein und viereckig, und bei der feuchten Witterung ein ziemlich unsicherer Aufenthaltsort. Obwohl sie seit fast fünf Jahren in dem Haus am Furesee wohnte, war es das erste Mal, dass sie ein paar Brotkrumen für die Enten mitnahm. Ich bin nicht der Typ, der Enten füttert, dachte sie. Zum einen, weil ich Enten nicht ausstehen kann, doch vor allem, weil es verschwendete Zeit ist.

Sie wandte ihr Gesicht dem aschgrauen Himmel zu und lächelte ironisch. Wenn man sie jetzt beobachtete, könnte man sie glatt für einen uneigennützigen Menschen halten. Doch wer die Welt betrügt, betrügt vor allem sich selbst, und das hatte mitunter die merkwürdigsten Folgen. Am Tag zuvor hatte sie David gegen seinen Willen zum Flughafen begleitet. Er hatte die Maschine um 16 Uhr 20 genommen, denn so hatte er es am liebsten. In Paris, sagte er gern, kommt man am besten in der Dämmerung an.

Im Taxi hatte er über dieses und jenes geredet, doch vor allem über das Treffen mit Simon Rattle und die Wahl des Repertoires für das beste Orchester der Welt. Im Grunde hatte er Selbstgespräche geführt und sich dann, wie immer, mit dem Fahrer über die Champions League unterhalten.

Als sie sich in der Abflughalle voneinander verabschieden, küsst er sie auf die Wange und sendet ihr sein flüchtigstes Lächeln, dreht sich im Aufzug noch einmal um und wirft ihr eine Kusshand zu. Er ist eine in jeder Beziehung untadelige Erscheinung. Seine Kleidung sowie sein Geschmack vereinen das Beste vom Besten mit zehn Prozent Anonymität. Ganz gleich, ob im Kilt oder im Trenchcoat – David Zeeberg hebt sich immer von der Menge ab. Besonders an diesem Tag, an dem er, entgegen seiner Natur, eine spontane Reise ins Ausland unternimmt und sein sonst so gemessener Gang von zielstrebigen, eiligen Schritten abgelöst wird.

Während des Frühstücks, als er Verträge, Rezensionen und die Post durchsah, hatte sie ihn gefragt, ob er ihr etwas sagen wolle. Ob es etwas gebe, worüber sie sprechen sollten.

Er knüllte eine Kritik zusammen. »Was sollte das sein, Anne?«

»Ich weiß nicht. Ich habe das Gefühl, wir haben uns so weit voneinander entfernt.«

»Das finde ich gar nicht. Wirklich ganz und gar nicht, Anne.«

Er faltete die Kritik wieder auseinander.

»Vielleicht sollte ich mitkommen.«

»Aber du machst dir doch gar nichts aus der Pariser Wohnung. Fahr lieber nach Kandestederne. Ja, ich finde, das solltest du tun.«

»Ich bin doch gerade erst dort gewesen.«

»Ich glaube, du hast ein Bedürfnis nach Einsamkeit. Die brauchst du, um wieder zu dir selbst zu kommen.«

»Zu mir selbst zu kommen?« Sie lehnte sich über den Tisch. »Ich bin ganz bei mir. Sieh mich an, David. Wie kommst du nur darauf, etwas so Merkwürdiges zu sagen?«

»Ich sehe dich an, Anne. Es gibt nichts, was ich lieber tue. Selbst wenn ich mit geschlossenen Augen im Flugzeug sitze, sehe ich dich vor mir. Dein Lächeln, deinen Blick, deine weichen Lippen. Du bist der perfekte Mensch.«

»Der perfekte Mensch?« Sie schüttelte irritiert den Kopf.

Er lächelte, ohne sie anzublicken. »Vielleicht sind es nur Kinder, die perfekt sind. In all ihrer Unschuld.«

»Warum habt ihr keine Kinder bekommen, du und Maria?«

Er blickte auf. »Hast du dir mal die letzten Pressefotos angeschaut? Ich sehe aus wie Henry Kissinger. Du kannst in deiner nächsten Ehe noch Kinder bekommen. Außerdem habe ich schon zwei Kinder« – er schaute auf die Uhr –, »Kim und Jonas. Das ist die beste Art, Kinder zu haben. Sie hören mir zu, wenn ich rede, und verschonen mich mit ihren privaten Scherereien.«

Hoa Kim Sun und Jonas Berg. Seine einzigen Schüler. Früher sah er sie genauso oft, wie ein viel beschäftigter, oft reisender Vater seine Kinder sieht. Zeitweise wohnten sie sogar bei ihm. Jetzt mussten sich beide um ihre eigene Karriere kümmern. Soweit Anne wusste, hatte er sie zu der Zeit kennen gelernt, als beide noch eine gemeinsame Klasse auf der Waisenhausschule besuchten. Später hatte er ihre musikalische Ausbildung gefördert und selbst den Klavierunterricht übernommen, als ihr Talent so offenkundig wurde, dass sie das Konservatorium besuchen konnten. In seinem Büro hing ein uraltes Foto, dass die beiden als Teenager zeigte. Den schlaksigen Jonas mit den struppigen Haaren und der großen Brille und die kleine, stämmige Kim mit dem ewigen Lächeln und den brennenden Ambitionen.

Anne schenkte ihm Tee ein. »Vermisst du sie nie?«

»Sie gehen eben ihre eigene Wege. Man darf sich an Menschen nicht klammern, schon gar nicht an seine Stiefkinder. Jeder hat das Recht auf einen gewissen Freiraum. Den haben wir beide schließlich auch. Ist es nicht am besten, wenn jeder einen privaten Raum besitzt, in dem er ganz für sich sein kann?«

»Und der andere bleibt draußen stehen und wartet, bis sich die Tür öffnet?«

Er lächelte. »Jede Tür hat schließlich ein Schlüsselloch, Anne, das ist der Trick dabei.«

»Ach, ich verstehe.«

Er vertiefte sich in einen Zeitungsartikel, doch sie sah ihm an, dass er nur zum Schein las, genauso wie er nur zum Schein redete und aus seiner Komödie auch gar keinen Hehl machte, im Gegenteil. Sie sollte es ihm anmerken.

Anne begann den Tisch abzuräumen. »Wie geht es eigentlich Jonas? War seine Freundin nicht schwanger?«

»Wenn man darüber nachdenkt, wie viele Verhütungsmöglichkeiten es heute gibt, begreift man gar nicht, dass so etwas überhaupt passieren kann. Wann hast du mit ihm gesprochen?«

Er nahm den Wirtschaftsteil der Zeitung.

»Das ist schon länger her. Er schien sich darüber zu freuen, dass er Vater wird.«

»Jonas weiß eben nicht, was er will. Das hat er noch nie getan. Wir haben zumindest verschiedene Auffassungen darüber. Außerdem ist das Thema inzwischen aus der Welt.«

»Es gibt also kein Kind?«

»Es gibt keine Freundin und es gibt auch kein Kind, und Herr Berg kann sich wieder auf seine Arbeit konzentrieren.«

»Hat Kim nie einen Freund gehabt?«

»Dazu hat sie gar keine Zeit. Im Moment bereitet sie sich auf ein Konzert mit den Münchner Philharmonikern vor. Sie weiß, was sie will, und sie weiß, was das erfordert.«

»Und Jonas?«

»Jonas pendelt zwischen Stockholm und Kopenhagen, um die unbegabten Kinder ehrgeiziger Eltern zu unterrichten.«

Anne nickte. »Und dazu ist Kim zu gut?«

Er stand auf und holte die ausländischen Zeitungen. »Kim handelt wohlüberlegt und zielstrebig. Sie ist erwachsen geworden und gibt mir die Hand, wenn wir uns sehen. Jonas will immer noch die große Umarmung. Er hat angefangen, Papa zu mir zu sagen.«

»Er sagt Papa zu dir?« Anne legte lächelnd die Hand an die Wange.

»Ich weiß nicht, ob mir das gefällt, aber so ist er eben.«

»Warmherzig?«

»Ungestüm.«

»Und dir ist eine gewisse Distanz am liebsten, nicht wahr?«

Er schaute sich mit abwesender Miene um. »Ja, so ist es wohl. Soll ich jetzt ein schlechtes Gewissen haben?«

»Eltern werden mit schlechtem Gewissen geboren.«

»Dann will ich keine Kinder haben.«

Anne seufzte. »Wie sieht Kim heute aus?«

»Immer noch ziemlich pummelig. Ich glaube, ihr Aussehen ist ihr schnuppe. Früher waren wir oft skilaufen, weil ich dachte, sie würde dadurch abnehmen, aber als Skiläuferin ist sie ein hoffnungsloser Fall.«

Er stand auf. »Da war doch ein Buch, das ich mitnehmen wollte. Was war das noch gleich?«

»Nimm mich mit nach Paris, David.«

Er ging zum Bücherregal. Anne stand auf und legte die Arme um ihn.

»Sag jetzt nicht, ich soll zum Sommerhaus fahren.«

»Das war nur ein Vorschlag. Ich hab's, es war der alte Roman von Susan Sontag, der über Vulkane. Ich lege ihn zum Handgepäck.«

Er hatte das Buch nicht mitgenommen. Packen war ohnehin nicht seine Stärke. Sie sah es auf dem Couchtisch liegen, als sie vom Flughafen nach Hause kam. Im Buch stand eine Widmung: *Für Zeppe von Susan – in Dankbarkeit.*

Sie ging um elf ins Bett, nachdem sie ein spätes Abendessen in Form eines grünen Salats und dreier Zigaretten zu sich genommen hatte. Lag eine halbe Stunde lang wach, lauschte den Raben des Waldes und dem weichen Regen, der unschlüssig auf das Dach plätscherte.

Eine Stimme sagt: »Im rechten Hinterreifen war fast keine Luft mehr.«

Anne steht an der Tankstelle in Sorgenfri. Ein Tag im April. Ein schwindelnd hoher Himmel. Kristallklare Luft.

»Das habe ich gar nicht bemerkt. Ist das gefährlich? War er wirklich fast platt?«

»Ich habe ihn wieder aufgepumpt. Jetzt kaufe ich mir erst mal einen Liter Buttermilch.«

»Hört sich gut an. Danke für die Hilfe.«

»Keine Ursache. Ich heiße Lauritz, das heißt, eigentlich heiße ich anders.«

»Und wie heißt du?«

»Sag einfach Lau zu mir.«

»Okay. Hallo, Lau.«

»Hallo, Johanne.«

Sie lacht. »Nah dran, aber trotzdem falsch. Ich heiße Anne.«

Er nimmt ihre Hand und betrachtet ihre Finger. Sagt, mit diesen Fingern verstehe sich das von selbst. »Richtige Anne-Finger. Darf ich Anni zu dir sagen?

»Meinetwegen kannst du tun, was dir gefällt.«

Sie geht zum Auto. Er bewegt sich nicht von der Stelle.

»Hast du kein Auto?«

Er schüttelt lächelnd den Kopf, blickt zum Himmel und seufzt.

»Aber auftanken muss man trotzdem.«

Sie lacht und öffnet die Tür ihres Wagens. Schützt sich mit der Hand vor der Sonne.

»Danke für die Hilfe mit dem Reifen.«

»War doch eine Kleinigkeit.«

Sie setzt den Wagen in Bewegung, überlegt es sich an der Ausfahrt anders und rollt zuruck.

»Wo willst du hin – du, der kein Auto hat?«

»Dahin, wo du hin willst.«

Das hatte er letztes Jahr gesagt. Und seitdem immer wieder.

Anne legte sich unter die Decke und baute sich eine Höhle, wie damals als kleines Mädchen, wenn sie ihre Ruhe haben wollte.

»Es kann nie anders zwischen uns werden, das wissen wir, Lau.«

»Ja, das wissen wir.«

»Denn wir leben im Verborgenen.«

»Ja, wir leben im Verborgenen. Was verbergen wir?«

»Ich weiß es nicht, aber ich weiß, dass es Leuten, die etwas zu verbergen haben, schlecht ergeht, wenn sie sich nicht in Acht nehmen.«

Sie hatte den Großteil der Nacht von ihm geträumt. Im Traum befinden sie sich in den Dünen, während sie mit einer Zeitung auf ihn einschlägt. Er sitzt splitternackt im weißen Sand und hält sich schützend die Arme über den Kopf. Dann läuft sie den schmalen Weg hinauf, schneidet sich am Strandhafer, bekommt das Haus in den Blick, stürmt in das geräumige, helle Wohnzimmer und lässt sich auf den Boden fallen. Ihr Puls reißt sie beinahe in Stücke, doch erst jetzt – während sie die Stellen untersucht, an denen ihr der Strandhafer die Haut aufgeritzt hat – erblickt sie einen dunklen Raum, den sie bisher nie bemerkt hatte. Aus dem Dunkel starren sie zwei Augen an.

Als sie am nächsten Morgen erwachte, setzte sie sich abrupt auf, rutschte im Bett blitzartig nach hinten und streckte die Arme aus.

Der Traum steckte ihr immer noch in den Knochen. Sie schaute auf den Boden.

»David!«, rief sie. »David, bist du's?«

Das Geräusch war verschwunden. Sie wusste es ja genau. Das Hause verschluckte sämtliche Geräusche, sodass es keinen Sinn hatte zu rufen. Dennoch ging sie zur Treppe, lehnte sich über das Geländer und rief erneut.

»Wenn du's bist, dann komm jetzt rauf!«

Sie setzte sich auf die oberste Treppenstufe. »Obwohl ich weiß, dass du in Paris bist. Oder bist du das gar nicht?«

Sie lachte über sich selbst und betrachtete ihre Hände, die zu zittern begonnen hatten. »Warum zittern meine Hände? Ich weiß genau, warum meine Hände zittern.«

Wieder im Bett, nahm sie zum ersten Mal seit langer Zeit ein Stesolid. Früher hatte sie Beruhigungstabletten eingenommen, wenn sie betrunken gewesen war.

Ein wenig benommen ging sie ins Bad, zog sich an, schnitt in der Küche frisches Bauernbrot in kleine Würfel, überlegte es sich anders, ging wieder ins Bett und blieb bis zur Dämmerung unter der Decke.

Enten waren nicht anspruchsvoll, sondern nahmen auch mit Roggenbrotrinde vorlieb. Die Sonne verschwand um Punkt sechs, doch am Seeufer wurde es nie richtig dunkel. Nur still und geheimnisvoll.

Schon als sie zum ersten Mal im Haus gewesen war, hatte David gesagt: »Hier drinnen herrscht die Zivilisation, doch von der Furcht einflößenden, gnadenlosen Natur trennt uns nur millimeterdünnes Glas. Wir sind in ihrer Gewalt, meine Liebste.«

»In ihrer Gewalt«, wiederholte sie und sprach, den Enten zugewandt, weiter: »Was für ein Luxus, eine Wohnung im Quartier Latin mit Blick auf den Jardin de Luxembourg zu besitzen, diesen Liliputstaat, bevölkert von Menschen, die nichts anderes im Sinn haben, als Schach, Tennis und Pétanque zu spielen. Der einzige Ort auf dem Planeten, wo jeden Tag Sonntag ist.«

Die Fünf-Zimmer-Suite in der Rue de Vaugirard, Heimat für den größten Teil seiner Kunstgemäldesammlung. Er hatte ihr damals die Lichtverhältnisse, die Raumaufteilung und die einzigartige Akustik erläutert. Sein erster Flügel stand im hintersten Zimmer vor einer hohen, teils goldlackierten Vitrine mit pastellfarbenen Porzellanfiguren, von denen eine hässlicher war als die andere. Kostbare Perversionen, dicklich, infantil und voll verklemmter Erotik, glasierte Pobacken fröhlicher Hirten und Hirtinnen.

Die Sammlung seiner ersten Frau. Maria. Schwedin. Da Angela Reeves sie nie kennen gelernt hatte und David nur selten von ihr sprach, war sie ein ziemlich unbeschriebenes Blatt. Anne wusste von Maria, dass sie nicht nur Fayencen gesammelt hatte und aus Västerås stammte, sondern darüber hinaus Kunsthistorikerin und zwölf Jahre jünger als ihr Mann gewesen war, der ihr die Pariser Wohnung zum dreißigsten Geburtstag geschenkt hatte.

Neben ihrer Sammelleidenschaft in Bezug auf Fayencen hatte Maria eine verhängnisvolle Liebe zum Kajakfahren gepflegt. Neben dem Treppenabsatz hing ein armseliges Foto von ihr, das David längst hatte entfernen wollen, doch Anne hatte für den Erhalt des Bildes gekämpft. Immerhin war es Maria gewesen, die seinerzeit das Haus gefunden und mit sicherem Geschmack eingerichtet hatte, indem sie klassisches dänisches Möbeldesign mit italienischer Moderne kombinierte.

Maria hatte ihr Leben an einem Morgen im August verloren, als sie die Stufen hinuntergehen wollte, um das Boot zu Wasser zu lassen.

Anne leerte die Plastiktüte und wandte dem See den Rücken zu. Sie stand vor dem Steilhang mit den vierundvierzig Stufen, die zum Haus hinaufführten.

Man wusste natürlich nicht, auf welcher Stufe Maria gestrauchelt war, doch Anne konnte es sich denken. Zählte man von oben, war es die zwölfte Stufe. Die zwölfte Stufe unterschied sich nicht von den zweiunddreißig anderen – wenn man die Tatsache außer Acht ließ, dass keine ganz der anderen glich –, aber wenn sie auf der zwölften Stufe stand, gab diese auf alarmierende Weise nach. Das war natürlich nur ein Gefühl, doch zu dem Gefühl gehörte eine Theorie: Die meisten Menschen bewegten sich auf den steil abfallenden, oft glitschigen Stufen ähnlich. Zu manchen Jahreszeiten waren sie wirklich lebensgefährlich, auch für den Vorsichtigsten. Im August waren sie von Moos und Algen, Farnen und Unkraut dermaßen überwuchert, dass man beinahe das Gefühl bekam, in dieser grünen Wildnis zu verschwinden. Daher lag es nahe, das Haus als Orientierungspunkt im Blick zu behalten, bevor man auf Stufe Nummer vierzehn die Uferkante erblickte. War man, wie Maria und Anne, ungefähr 170 cm groß, sah man den letzten Teil des Hauses auf Stufe Nummer zwölf. Es war nur natürlich, sich noch einmal umzudrehen, bevor man weiterging. Und genau an dieser Stelle geschah im Spätsommer des Jahres 1980 das Unglück. David war auf Tournee gewesen und wurde aus Mailand nach Hause gerufen. Die Ärzte klärten ihn darüber auf, dass Maria auf der Stelle tot gewesen sei und nicht gelitten habe. Jetzt hing ihr Bild an der Wand, ein trauriges Schwarzweißfoto, aufgenommen auf der Pont Neuf, während das grelle Frühjahrslicht ihr Gesicht einerseits erhellte, andererseits vollkommen unkenntlich machte. Die Wohnung in der Rue de Vaugirard war ihr Ein und Alles gewesen, und genau wie ihre kleinen, glänzenden Porzellanfiguren wohnte Maria bis auf den heutigen Tag darin.

Als Anne das erste Mal in der Pariser Wohnung übernachtet hatte, war sie frühmorgens aufgestanden. David schlief noch tief und fest. Draußen dämmerte es bereits. Ein Geräusch hatte sie geweckt, ein leises, insistierendes Tropfen. Die großen, schweren Vorhänge, die dem Schutz der kostbaren Gemälde dienten, waren zugezogen. Anne öffnete die Tür zum dunklen Flur, lief an den Zimmern entlang und erblickte Maria sofort. Ihre Kleider waren nass, und es tropfte von ihrem grauen Kleid mit den zerrissenen Ärmeln. Das Gesicht war vollkommen farb- und ausdruckslos, aber die Augen blickten Anne eindringlich an, die sich an der Wand abstützen musste, um sich auf den Beinen zu halten. Es war ihre erste Begegnung, später folgten noch viele. Von allen Menschen – auch den sensitivsten – in Davids Umkreis war es nur Anne, der in der Rue de Vaugirard Maria begegnete.

Sie kehrte dem See den Rücken und ging die vierundvierzig Stufen hinauf. Setzte ihre Füße mit Bedacht, zählte wie immer mit, hielt auf Stufe Nummer zweiunddreißig inne und ging dann ganz bis nach oben, wo man den besten Blick auf das Haus hatte.

Ihr Handy piepte. Sie setzte sich auf die Treppe und hielt den Apparat an ihr Ohr.

»Ja?«

»Hallo.« Die Stimme am anderen Ende der Leitung klang heiser, es knisterte ein wenig.

»Mit wem spreche ich?« Sie hielt sich mit der freien Hand das andere Ohr zu.

»Ich bin's, Jonas. Jonas Berg.«

Anne legte sich vor lauter Überraschung die Hand auf den Kopf. »Hallo, Jonas. Hier ist Anne.« Sie lachte laut. »Das ist aber lange her.«

»Ja, äh, hallo Anne, wie schön, mit dir zu sprechen. Tja, wie die Zeit vergeht, und plötzlich ist es Winter.«

Anne blickte über den See. »Ich habe mich schon gefragt, wann Jonas und Kim uns mal besuchen kommen. Wir müssen uns doch kennen lernen. Wo steckt ihr denn?«

»Tja, wo stecken wir, Anne?« Er schniefte.

»Bist du erkältet? Du klingst so heiser.«

»Ja, hier oben ist richtig Winter. Wir haben gestern den ersten Schnee bekommen, und die Wohnung ist nicht besonders warm, deshalb musste ich auch eine Mütze aufsetzen. Ich habe immer noch das Foto von dir und Zeppe an der Wand hängen. Das von der Hochzeit. Wie hübsch du aussiehst, Anne. Und du hast auch die passende Stimme dazu.«

Anne lachte und warf den Kopf zurück. »Rufst du aus Stockholm an?«

»Ja, ich hoffe, ich störe nicht.«

»Aber nein, im Gegenteil. Sehen wir dich bald?«

»Ganz bestimmt, Anne, aber du weißt ja, wie das ist.«

Im Hintergrund hörte sie jemand Klavier spielen.

»Unterrichtest du gerade, Jonas?«

»Ja, ich habe eine Schülerin hier. Neun Jahre, sehr begabt. Die kleine Sigrid Frederiksson. Sie spielt *Für Elise.* Ist Zeppe zu Hause?«

»Nein, er ist gerade nach Paris gereist, um sich mit Simon Rattle treffen.«

»Mit *dem* Simon Rattle?«

»Genau.«

»Du großer Gott. Simon Rattle.«

»Yes, what a life!«

Anne schlenderte dem Haus entgegen.

»Äh, Anne, ich muss jetzt leider gehen. Aber wir sollten uns wirklich einmal kennen lernen, unbedingt.«

»Ja, Jonas, das tun wir ganz bestimmt. Schön, deine Stimme wieder zu hören.«

Er hustete. »Ja, das finde ich auch. Mach's gut, Anne.«

»Mach's gut, Jonas, und grüß mir Stockholm.«

Sie steckte das Handy in die Tasche und schüttelte lächelnd den Kopf, wurde jedoch ernst, als sie an den Blumenstrauß dachte, den sie drei Tage nach der Hochzeit in Venedig per Kurier bekommen hatte. Den telegrammartigen Gruß auf der weißen Standardkarte. Den extrem kurzen Anruf von Hoa Kim Sun, den David damit entschuldigt hatte, Kim sei schüchtern und asozial im besten Sinne des Wortes. Anne hatte ihn schon zigmal mit der Frage konfrontiert, ob Jonas und Kim ihr womöglich bewusst aus dem Weg gingen, weil sie sich nie bei ihnen blicken ließen, wenn sie einmal im Land waren. Seine Standardantwort war immer gewesen, dass das Leben der beiden viel zu chaotisch sei, um sich solcher Dinge bewusst zu werden.

Von der Garage aus, die sich an der Nordseite des Hauses befand, ging sie am Eingang vorbei und bog um die Ecke, bis sie zum Arbeitszimmer mit den hohen, beinahe sakralen Fenstern kam, den leuchtenden, naturbelassenen Wänden und dem schwarzen Flügel in der Mitte des Raumes. Sie schlenderte weiter bis zu den Glastüren des Kaminzimmers, die den See mit einem langen blauen Atem ansaugten.

Er stand direkt hinter der Scheibe.

Anne zuckte zusammen und wich unwillkürlich ein Stück zurück, als sie sah, wie sich der Türgriff bewegte und die Glastüren aufglitten.

4

Da der Aschenbecher des Autos bereits voll war, löschte sie die Zigarette, indem sie die Wagentür öffnete und die Glut auf dem Beton ausdrückte.

Sie hatte ihn vom Haus in die Garage gezerrt, wo sie sich in den einzigen Raum setzten, der ihnen gemeinsam war, ins Auto.

Er lehnte den Nacken gegen die Kopfstütze und tat so, als ob er schliefe. Sein zerknittertes, stets schneeweißes Baumwollhemd stand offen; ein wenig Sommerbräune war immer noch zu sehen. Von den Hüften abwärts war er nackt.

Anne schloss die Augen. Mein Parfüm, dachte sie, hängt schwer und schwül im Auto, vermischt sich mit dem Geruch der Polster und dem unverkennbaren Öldunst der Garage. Kurz gesagt: Hier stinkt es förmlich nach Erotik.

Sie legte die Hand auf seinen flachen Bauch und stellte fest, dass er dünner geworden war. Bei jedem Wiedersehen hatte er sich eine Spur verändert. Obwohl er nie etwas anderes trug als verschlissene Jeans, ein knittriges Hemd und Schuhe ohne Socken, sah er jedes Mal ein wenig anders aus. Seine Eleganz kam von innen, lag in seinen Bewegungen, die langsam und ungezwungen, entspannt und dennoch athletisch waren. Die Veränderlichkeit war ein Teil seiner Integrität. Nie zuvor war sie einem Menschen begegnet, der auf diese Weise Ungebundenheit mit absolutem Gleichgewicht in Einklang brachte.

Vielleicht war er deswegen Busfahrer geworden. Um auf der Straße innere Ruhe zu finden und gleichzeitig seine Sehnsucht nach Ungebundenheit zu befriedigen. Anfangs hatte sie sich gewundert, dass es so wenige Themen gab, über die sie miteinander sprechen konnten, und wie viel sinnloses Pseudowissen er angehäuft hatte.

»Wer spielt das?«

Er steht im quadratischen Musikzimmer des Sommerhauses und leert einen der fünf Buttermilchkartons, denen er jeden Tag den Garaus macht.

Kandestederne im August.

»Das ist Pablo Casals. Sag mal, was sollen wir nur mit all den Milchkartons machen? Der Müllbeutel quillt bereits über. Vielleicht sollten wir sie verbrennen.«

»Hört sich ziemlich trocken an.«

»Er ist der Beste seines Fachs. Warum lässt du dich bloß die ganze Zeit mit Buttermilch voll laufen?«

»Was spielt er?«

»Cello. Hörst du mir eigentlich zu? Das kann doch nicht gesund sein mit all der sauren Milch.«

»Hört sich wie eine Tanne an. Wer schreibt so was?«

»Ach, Lau. Das war vor dreihundert Jahren. Ein Mann namens Bach.«

»Ich weiß genau, wer Bach ist. Ich wusste nur nicht, dass er eine Vorliebe für Tannen hatte.«

»Du hast keinen Schimmer, wer Bach ist.«

Er geht zu ihr und beginnt ihr Kleid aufzuknöpfen.

Sie bittet ihn, das sein zu lassen. Er macht weiter, während er redet.

»Wusstest du, dass man im Urwald des Amazonasgebiets einen gelben Frosch entdeckt hat, in dessen Drüsen eine Substanz gefunden wurde, die NNB 14 heißt und unsterblich macht?«

»Nein, das wusste ich nicht, Lau, das wusste ich wirklich nicht. Ist das so wichtig?«

»Er ist fast ausgestorben, ich meine der Frosch.«

Ihr Kleid gleitet auf den Boden.

Danach läuft sie am Strand hinter ihm her. Leider kann er stundenlang laufen, und sie muss sich die Lunge aus dem Hals schreien, um den Sturm und die Brandung zu übertönen. Er ist nackt, denn er ist gerade im Wasser gewesen und wie ein Verrückter hinausgeschwommen. Noch nie hatte sie jemanden so schnell schwimmen sehen, und er hat ihr erzählt, dass er mehrmals in der Woche im Hallenbad in Øbro trainiert. Jetzt rennt er, um sich aufzuwärmen.

»Wo willst du denn hin?« Sie bekommt einen Hustenanfall und muss sich setzen, um wieder zu Atem zu kommen.

»Ich laufe mit den Wolken um die Wette.« Er lächelt über das ganze Gesicht. »Leider ging es unentschieden aus. So wie alles in meinem Leben.«

»Hast du mal darüber nachgedacht, wie das kommt?«

»Eigentlich nicht.«

Am selben Strand bereitet er eine Stunde später die exquisiteste Mahlzeit zu. Er hat den Grillrost und Kohle, einen Tisch und zwei Stühle, Zitronen, Kartoffeln, Gewürze, Salat und Öl hinunter zum Wasser geschleppt. Es ist bitterkalt. Sie friert, dass ihre Zähne klappern, und betrachtet seine Lippen, die langsam blau werden. Er fragt, ob er sie wärmen soll.

»Wie denn? Du bist selbst schon ganz blau vor Kälte.«

»Mit allem, was ich habe, Anni.«

Sie fasst ihn am Arm. »Ganz ehrlich, Lau, was tun wir, wenn es sich verfestigt? Das mit uns beiden.«

Er zieht sie an sich. »Tja, was tun wir dann?«

»Aber es hat sich nicht verfestigt. Hörst du, es hat sich nicht verfestigt! So eine Geschichte ist das nicht mit uns. Darüber müssen wir uns einig sein.«

»Okay. Es hat sich also nicht verfestigt. Ich werde es auf einen Zettel schreiben und im Bus über das Armaturenbrett kleben.«

Sie gehen zum Haus zurück und legen sich auf den Boden, weil sie nicht will, dass sie sich im Doppelbett lieben. Im Raum ist nur das Licht, das vom Meer und dem Himmel kommt, der Ende August so schwarz ist, dass die Sterne zu Eis gefrieren.

Er flüstert ihr ins Ohr: »Warum darf ich nicht sagen, dass ich dich liebe?«

»Weil wir so nicht miteinander reden. Erzähl mir von dem gelben Frosch.«

»Es gibt nur noch einen einzigen im ganzen Dschungel. Alle anderen hat man gefangen. In Tokio, Boston, Genf und Bangkok werden zur Zeit zweitausend gelbe Frösche seziert, weil man hofft, NNB 14 künstlich herstellen zu können, doch soviel ich weiß, ist es bisher noch nicht geglückt.«

»Wo hast du all das merkwürdige Zeug nur her?«

Er setzt sich an der Wand auf. »Das ist aus einem Artikel, den ich gelesen habe. Ein Freund hat ihn mir gezeigt, absolut seriös, und jetzt ist die Jagd also eröffnet.«

Sie küsst seinen großen Zeh. »Auf was?«

»Auf den letzten gelben Frosch.« Er legt sich auf die Seite und schließt die Augen.

»Glaubst du etwa an so was? Vergeudest du damit deine Zeit, mit kleinen gelben Fröschen aus Brasilien?«

Er konnte nicht mehr antworten, weil er plötzlich in Schlaf gesunken war. Das gab ihr die Möglichkeit, ihn genau zu betrachten. Alles an ihm erinnerte an ein Musikinstrument, seine langen, muskulösen Glieder, seine sanfte, melodische Stimme, die großen, dunkelgrauen Augen, die wie eine Acht geformten, Furcht einflößenden Nasenlöcher, die man nur sah, wenn man den Kopf in den Nacken oder sich flach auf den Rücken legte.

Sie knöpfte seine Hose auf und holte sein Glied heraus, ließ es kurz los, bevor ihre Hand es ganz umfasste und weiter nach unten glitt.

Flüsterte in sein Ohr: »Jetzt habe ich dich richtig im Griff, Lau. Erzähl mir nicht, du würdest es nicht spüren. Ich bin der kleine gelbe Frosch, das ewige Leben, und gleich werde ich mich auf dich setzen. Vergiss das ewige Leben, ich kann mir nichts Schlimmeres vorstellen, es sei denn, man kann es zu zweit genießen. Also müssen wir uns mit dem Fußboden begnügen, im Schutz der Dunkelheit, meine Hände und deine kleinen, festen Eier. Sie sind wie das Leben selbst und dazu da, um benutzt zu werden. Eines Tages werde ich dir zwei venezianische Gläser vererben. Sie sind tausend Jahre alt und genauso zerbrechlich wie du und ich, aber dazu da, um benutzt zu werden. Nicht in zwanzig Jahren, sondern jetzt. Oder ein anderes Mal, wenn die Welt untergegangen ist und wir ganz allein sind. Ich sehe dir an, dass du mich verstehst, bleib ganz ruhig liegen, spürst du, wie groß er wird? Ich komme kaum mit der Hand darum.«

Dann hörte sie die Stimme, die sich zu Wort meldete, wenn sie allein war. Die Stimme, die immer ein wenig Atemnot hatte.

»Das ist ja unglaublich, wie sehr er wächst. Hat er denn gar keine Hemmungen? Ich muss ihn in mir haben. Er verlangt es. Er ist so hart und weich und gefügig, und mein Schoß brennt. Ich will, dass das aufhört, und zwar richtig. Nicht nur ein bisschen, sondern richtig. Nein, bleib so liegen.«

Sie sitzt auf ihm, wiegt sich erst sacht hin und her, ändert dann den Rhythmus und bewegt sich energisch auf und ab. Er rührt sich nicht, ist aber mit allem, was er hat, in ihr. Sie prescht los, wirft den Kopf zurück und ruft, wie unglaublich frech er sei.

Plötzlich ein so tiefer Atemzug, dass sie beinahe die Besinnung verliert. Sie reißt die Augen auf, stöhnt heftig und schnell, schreit auf, fällt über ihn und bedeckt mit ihren langen blonden Haaren sein regungsloses Gesicht.

Er trägt sie fort, wohin, weiß sie nicht, aber sie gehen stundenlang, und sie schlummert und lacht und fliegt auf der tanzenden Spirale des Rauchs dahin und erwacht erst, als das Licht der Baumwipfel wie Perlen auf ihren Körper fällt.

Spätsommer in Kandestederne.

Er öffnet die Augen und blickt sie mit seinem üblichen Dabist-du-ja-Ausdruck an. Murmelt, er liebe Garagen, oder etwas ähnliches.

Sie schaut ihn zornig an . »Regel Nummer eins: Man kommt nie unangemeldet. Regel Nummer zwei: Du kommst nie hierher.«

Er zieht seine Hose an.

Sie schüttelt verärgert den Kopf. »Wie bist du überhaupt reingekommen?«

»Durch die Garagentür.«

Er sieht aus wie ein kleiner Junge, der die Augen weit aufsperrt, um seine Unschuld zu beteuern.

»Und wie konntest du wissen, dass er nicht zu Hause ist?«

»Ich habe ihn am Flughafen gesehen. Er sieht richtig gut aus. Eindrucksvoll. Wie ein Mann, den man sofort kennen lernen möchte.«

»Das stimmt nicht, Lau. Du warst nicht in Kastrup.«

»Doch, das war ich. Und obwohl ich mich versteckt hielt, habe ich mir gewünscht, dass er mich sieht. Mich nicht nur sieht, sondern auf mich zugeht und sich vorstellt. Guten Tag, Lau, ich bin David Zeeberg, der berühmte Pianist. Und ich hätte gesagt: Guten Tag, David Zeeberg, ich bin der berühmte Lau, der Ihre Frau vögelt.«

»Bist du verrückt geworden?«

»Ich habe mich gefragt, ob David mich wohl sympathisch fände. Ich glaube, ich würde alles dafür tun«

»Dabei tust du genau das Gegenteil.«

Er wirkte geistesabwesend.

»Lau, sieh mich an. Du warst nicht auf dem Flughafen, oder?«

»Doch, ich musste eine ungarische Handballmannschaft abholen. Zwanzig blondierte Mädchen, die gerade in der Brøndbyhalle spielen. Außerdem wollte ich dieses kleine Geschenk abliefern.«

Er begann im Auto zu stöbern. »Vielleicht habe ich es im Haus vergessen.«

Sie schlug sich an die Stirn. »Ich kann nur hoffen, dass du nichts im Haus vergessen hast. Was, zum Teufel, hattest du dort zu suchen?«

»Es ist nur eine kleine Flasche.«

»Eine Flasche?«

Sie zog ihren Slip mit einer einzigen raschen Bewegung an und öffnete die Autotür.

»Komm mit.«

Sie führte ihn in den Flur und die Eingangshalle.

Die Flasche stand auf der Ablage unter dem Spiegel, war etwa zehn Zentimeter lang und durchsichtig. Auf dem Boden der Flasche lagen ein paar rosafarbene Flocken.

»Ist die für mich?«

»Natürlich, eine Gabe für Bwana von den Eingeborenen.«

Sie zog den kleinen Korken heraus und schnüffelte.

»Das ist Heidekraut.«

»Das Heidekraut, das du im Haar hattest, als wir am letzten Abend vom Strand kamen.«

Sie blickte ihn an und steckte den Korken wieder in die Flasche.

»Regel Nummer drei«, flüsterte sie, »keine Geschenke. Nicht einmal eine Muschelschale.«

»Okay«, er nickte. »Keine anzüglichen Muschelschalen mehr.«

Sie schlang ihre Arme um ihn. Spürte sein Herz an ihrer Wange. Seine schmalen Lenden, jeden einzelnen Knochen.

»Er ist in Paris.«

»Heißt das, wir sind allein zu Haus?«

Sie ließ ihn los uns blickte ihn forschend an, ging dann plötzlich zur Haustür, um sich zu vergewissern, dass sie verschlossen war. Zog die Gardinen vor.

»Wer weiß«, flüsterte sie.

Er lächelte, wurde jedoch ernst, als er ihren Gesichtsausdruck bemerkte.

»Vielleicht«, sagte sie, »ist er gar nicht weggefahren. Vielleicht hat er nur so getan. Er hatte nur wenig Gepäck und ist ziemlich überstürzt aufgebrochen. Hat sich überhaupt merkwürdig verhalten, aber das tut er schon länger. Seit …«

»Seit wann, Anni?«

»Seit wir in Kandestederne waren. Doch jetzt ist er in Paris. Natürlich ist er in Paris.«

Sie nahm ihn an der Hand und zog ihn mit sich nach oben. Nachdem sie ihre Kleider abgelegt hatten, gingen sie ins Bad. Unter der warmen Dusche bekam sie wieder Lust auf ihn, kniete sich hin und liebkoste sein Geschlecht, nahm es in den Mund und hörte ihn stöhnen. Plötzlich packte er sie, hob sie hoch und trug sie zum Bett, wo er sie auf den Bauch drehte.

»Nicht hier, Lau, hörst du, nicht hier!«

Er war bereits in ihr. Sie krallte die Nägel ins Laken, wurde vor und zurück geschoben und fiel in denselben Rhythmus, bis das Bett unter ihr verschwand. Sie dachte an das Beruhigungsmittel und spürte den Rausch kommen, kam jedoch nicht so weit, bevor er sich mit einem Stöhnen aus ihr zurückzog.

Sie legte sich das Kissen aufs Gesicht. »Ich fange gleich an zu heulen, erzähl mir irgendwas.«

Er lag auf dem Rücken und hielt sich die Arme über das Gesicht.

»Ich liebe es, hier zu liegen. In Davids Bett. Der Geruch seines Körpers. Der Gedanke, dass wir uns in diesem Moment ziemlich nahe sind.«

Unwillkürlich schaute sie sein Geschlecht an, das der

Krümmung seines Oberschenkels folgte. Dieser Mann hat den schönsten der Welt, dachte sie. Besonders danach.

»Hörst du auch das Brummen eines Motors?«

Mit einem Satz sprang er aus dem Bett. Stand, von der dünnen Gardine verborgen, neben dem Fenster.

»Da ist jemand, der den Rasen mäht.«

Anne schaute auf ihre Uhr.

»Das ist Thiesen«, sagte sie. »Er mäht nicht den Rasen, sondern saugt das Laub auf. Den hatte ich ganz vergessen, obwohl er jeden Donnerstag um Punkt zwei kommt. Weder zwei Minuten früher noch zwei Minuten später. Er war mal bei der Marine.«

»Sollen wir ihn heraufbitten?«

Sie zog ihn zu sich. »Wenn wir uns nicht an die Regeln halten, dann ...«

»Dann?«

»Dann werden wir entdeckt.«

»Was geschieht, wenn wir entdeckt werden?«

»Dann schlägt er mich tot.«

»Dummkopf.«

»Was weißt du schon davon? Er hat seine erste Frau erschlagen.« Anne zuckte die Schultern. »Natürlich hat er das nicht getan, aber wenn wir uns nicht an die Regeln halten, ist es aus zwischen uns, Lau.«

»Wie lange bleibt er in Paris?«

Sie angelte die Zigarettenschachtel unter dem Bett hervor.

»Nur für ein paar Tage.«

»Wir könnten ins Sommerhaus fahren. Wenn du willst.«

Sie zündete sich eine Zigarette an und sah, wie er den Rauch vertrieb.

Plötzlich begann sie am ganzen Körper zu zittern. Hände, Arme, Beine und Schultern. Er nahm ihren Kopf in seine Hände.

»Was ist los, Anni?«

»Na, was schon. Ich halte es gerade noch aus, wenn ich allein bin. Aber wenn er da ist, vermisse ich dich so schrecklich, dass es mich umbringt, und wenn wir endlich beisammen sind, zittere ich am ganzen Körper.«

»In Kandestederne war es ganz anders.«

»Zwischendurch war es anders und das waren die schönsten Tage meines Lebens. Ich zerbreche daran«, flüsterte sie.

»Du zerbrichst nicht, Anni.«

»Doch, ich falle auseinander. Ich falle ganz einfach auseinander. Wenn ich mit ihm rede, haben die Worte einen falschen Klang. Natürlich kann er es mir anhören. Jeder kann es mir anhören. Vielleicht kann ich nur schlecht lügen. Wenn ich aus dem Bad komme, ziehe ich mir immer was über, weil ich sicher bin, dass er es meinem Körper ansieht. Mein Mund ist voller Lügen, und mein Fleisch verrät mich. Mein Fleisch, Lau.«

»Ich liebe den Geschmack deines Fleisches.«

»Das ist es, was er sieht.«

Er streckte sich. »Morgen muss ich mit einer Fuhre Rentner nach Rostock. Wir sind zwei Fahrer und ein Reiseleiter. Später kutschieren wir ein paar Touristen nach Berlin.«

»Wie hältst du das nur aus?«

»Ich fahre doch nur Bus.«

Sie nickte und drückte die Zigarette aus. »Ist das alles, was du hast, Lau?«

Er lächelte. »Du bist alles, was ich habe.«

Sie hielt ihren Finger vor seine Lippen.

»Darf ich das auch nicht sagen?«

»Nein«, sagte sie. »Es ist streng verboten, so etwas zu sagen, und jetzt machen wir uns auf den Weg.«

Sie zog ihn mit sich in die Garage und ins Auto, ließ den Motor an und fuhr in die Stadt, wo sie ihn an einer Kreuzung absetzte. Er hatte eine Zweizimmerwohnung in Østerbro. In einer der Nächte im Sommerhaus hatte sie in seiner Reisetasche gewühlt. Nicht um zu schnüffeln, sondern aus reiner Neugier. Das redete sie sich ein, während sie seine Tasche mit Kleidern, Joggingschuhen, Rasierutensilien, Shampoo und seiner alten, verschlissenen Brieftasche durchsuchte. Neugier ist eine sehr menschliche und äußerst nützliche Eigenschaft. Sie behielt sein Bein im Auge, das ausgestreckt auf dem nackten Fußboden lag, öffnete die Brieftasche und entdeckte seinen Führerschein, seine Krankenversicherungskarte, den Mitgliedsausweis einer Videothek, ein paar Geldscheine sowie eine alte Eintrittskarte zu einem Fußballspiel.

Lauritz Andersen, Svendborggade 32, 2100 Kopenhagen Ø.

Sie betritt das Haus und sieht den Zettel, den der Gärtner mit Tesafilm am Türrahmen befestigt hat. Thiesen hat alle Felder für die Tätigkeiten angekreuzt, die er heute erledigt hat.

Während sie die Treppe hinaufgeht, sagt sie laut und deutlich: »Ich gehe die Treppe hinauf und setze mich auf die Bettkante und bin mutterseelenallein. Viel Arbeit wartet auf mich. Ich muss die Spuren verwischen.«

Also lüftet sie, putzt das Badezimmer, wechselt Seife und Handtücher, geht in den Keller, schaltet den Wäschetrockner ein, lehnt die Stirn gegen die Wand und vermisst ihn so sehr, dass sich ihr Magen zusammenkrampft. Vielleicht litt er genauso wie sie. Er beklagte sich nie. In Gedanken sieht sie ihn immer irgendwo am Straßenrand stehen und warten. Er kommt nie zu spät, steht einfach da und lächelt und ist quietschvergnügt. Ein Duft umgibt ihn. Der Duft reiner Haut.

Er und seine gelben Frösche. Sie spürt, dass ihre Nase läuft, nimmt ein Blatt Küchenpapier, putzt sich die Nase, fährt plötzlich herum und schaltet den lärmenden Wäschetrockner ab. Starrt auf die halb geöffnete Tür.

Das Licht in den übrigen Kellerräumen ist erloschen.

Aus dem Dunkel dringt das Geräusch eines anderen Menschen.

Anne weicht zurück und stößt sich den Kopf an der nackten Wand.

»David, bist du's? David?«

Sie knallt die Tür zu, schließt ab, krabbelt aus dem engen Kellerfenster und klopft sich den Staub von den Kleidern. Geht ums Haus herum bis zum Eingang, tritt in die Eingangshalle und tippt seine Geheimnummer in das Wandtelefon.

Keine Antwort.

Tief durchatmend blickt sie in den Spiegel und versucht es mit einem aufmunternden Lächeln. Spürt, wie sie ruhiger wird, und setzt sich auf den Stuhl unter das Gemälde, das den Maître am Flügel darstellt.

»Wie wär's mit ein wenig Musik?« Sie sagt es laut.

»Mit einem Happen zu essen und einem Glas von Davids erlesenem Wein. Man könnte auch jemanden anrufen oder sich die alten Alben mit den brillanten Fotos angucken, die aus dem letzten Jahrhundert stammen, als man noch ein unstetes, unverwundbares und vor allem allein stehendes Mädchen in Indochina war.«

In der Küche entdeckt sie eine Tüte mit Salat. Schneidet Tomaten und Gurken und denkt daran, dass die Haustür nicht abgeschlossen ist. Obwohl es eigentlich nicht wichtig ist, geht sie durchs Haus, schließt die Tür ab und zieht die Gardinen vor.

Eine plötzliche Eingebung veranlasst sie, die Treppe in fünf raschen Sprüngen zu nehmen. Im Flur hält sie inne und lauscht. Kein Haus ist so still wie dieses. Noch das leiseste Geräusch müsste daher zu hören sein. Jeder Schritt.

Sie öffnet die Türen und schaut in alle Räume.

Im Badezimmer verstärkt sich das Gefühl.

»David?« Sie fährt herum, geht zurück zum Treppenabsatz und ruft erneut.

Seine Gegenwart ist eindeutig und unverkennbar.

Er ist im Haus.

»Er kann nicht im Haus sein, weil er in Paris ist.«

Er war schon den ganzen Tag im Haus. In der Garage und im Wohnzimmer hat er euch gehört.

»Das kann doch nicht sein, Anne.«

Doch, kann es. Du spürst seine Anwesenheit. Er steht in allen Räumen, sitzt hinter der Holzvertäfelung, beobachtet dich aus jedem Winkel. Dreh dich um.

Sie dreht sich um.

»Ist da jemand? David, bist du's?«

Natürlich ist er nicht da.

Sie geht in die Eingangshalle. Auf der Ablage unter dem Spiegel liegt ein Brillenetui.

Davids Brillenetui.

Sie weiß, dass es am Morgen noch nicht da gelegen hatte.

5

Es machte ihr nichts aus, angestarrt zu werden. Auf einem Flughafen waren die Männer ohnehin besonders darauf erpicht, als verleihe ihnen die Bordkarte das Recht, zu glotzen. In der Business-Lounge war es weder besser noch schlimmer als woanders, doch hier waren die Blicke professioneller, weniger verschämt, mehr businesslike.

Das Personal des Flughafens Charles de Gaulle machte in dieser Beziehung keine Ausnahme, doch sie hatte, wie gesagt, nichts dagegen. Natürlich würde irgendwann der Zeitpunkt kommen, an dem ihre Umgebung ihr keine Beachtung mehr schenkte. Umgebung war ein anderes Wort für Männer. Frauen beobachteten andere Frauen nicht weniger als Männer es taten. In ihrem früheren Leben hatte sie solchen Dingen zwar keine Beachtung geschenkt, sich ihre neuen Lebensumstände – das eigene Auto, die Kreditkarten, Mrs. Zeeberg hier und Madame Zeeberg da – aber in weniger als vierzehn Tagen vollkommen zu eigen gemacht. Es war wie das Erlernen einer neuen Sprache gewesen. Die alte hatte sich beunruhigend schnell verflüchtigt. Jedoch zu behaupten, sie habe alle Brücken hinter sich abgebrochen, wäre die Übertreibung des Jahrhunderts gewesen, denn es gab keine Brücken, die man hätte abbrechen können. Ihre Mutter hatte zum zweiten Mal geheiratet und wohnte inzwischen auf Ibiza. Natürlich war sie zur Hochzeit erschienen und enorm stolz auf ihre Tochter gewesen, doch Anne kannte sie gut genug, um zu wissen, dass sie im Grunde erleichtert war, denn mit der Mutter verhielt es sich wie mit den Brücken: Sie hatte nie die Verbindung zu ihr gekappt, weil es nie etwas zu kappen gab.

Im Flugzeug nach Paris spulte sie den Film zurück, weil sie wusste, dass sie irgendwann mit dem Anfang beginnen musste, wenngleich dieser weder von Vernunft noch Umsicht geprägt gewesen war. Doch alles hat seinen Grund, auch die spontanen Entschlüsse: Plötzlich hatte sie die Schlaufe ihres Rollenkoffers in der Hand gehalten und gewusst, dass es kein Zurück mehr gab.

»Der Grund«, sagte sie, »ist das Brillenetui.«

Für das Brillenetui gab es nämlich keine logische Erklärung. Doch ihre Erfahrung sagte ihr, dass es immer eine logische Erklärung gab. Deshalb Paris. Es war wichtig, vom Haus wegzukommen, ihm so nahe zu sein, dass er nicht durch das Etui mit ihr in Kontakt treten konnte. Denn tief in ihrem Innern befand sich ein Sensor, der in Verbindung zu einem Radarsystem stand. Wo auch immer in der Welt er sich aufhielt, gleichgültig, wo sie sich befand, registrierte dieser kleine Präzisionssensor auch nur die geringste Abweichung vom Alltag. Alles, was sie tat, und alles, was sie sagte. Vielleicht befand sich ein Empfänger im Etui. Deswegen hatte er es in die Eingangshalle gelegt: um das Zittern ihrer Hände, das Liebesgeflüster in der Garage und im Bad zu empfangen.

Diese Gedanken, dachte sie, sind die Folge meines schlechten Gewissens. Sie lösen sich in großen, kranken Fetzen von der Hirnrinde und bringen meine Hände zum Zittern. Man sollte das verdammte Etui in den See werfen. Dann könnte er in der Rue de Vaugirard hocken und dem Liebesleben der Barsche lauschen.

Sie hatte mit Sorgfalt das richtige Kostüm ausgewählt, das olivfarbene, das er so gern mochte. Er hatte die Kombination während einer Reise in Hamburg gekauft. Schuhe, Strümpfe, Kostüm und Umhang, nicht zu vergessen den unpraktischen Strohhut, den sie zu Hause gelassen hatte.

Sie ging direkt an Bord des Flugzeugs, bekam, wie gewünscht, einen Platz am Fenster und nutzte die neunzig Minuten Flugzeit dazu, den Grund ihrer Reise zu verifizieren. Der Grund bestand darin, ihm ihre Hingabe zu beweisen. Ihm zu sagen, dass sie ganz die seine war. Natürlich gab es auch ein verborgenes Motiv: sich zu vergewissern, dass er sich wirklich in Paris aufhielt. Falls er das nicht tat, hatte sie ein Problem. In diesem Fall war es das Beste, in die Offensive zu gehen. Deshalb bewies ihr Verhalten eine gewisse Logik, und wenn sie sich heute Abend eng an ihn schmiegte, würden Ruhe und Sicherheit zurückkehren. Nichts, dachte sie, hat sich verfestigt, nichts, was sichtbar ist. Radar hin oder her, es empfängt nur Lügen und das Zittern der Hände, nicht das Klopfen des Herzens und die Lust des Fleisches.

Wie immer befand sich der Flughafen Charles de Gaulle am Rande des Chaos. Hier verschwanden Menschen, Gepäckstücke und Minderjährige für Jahre, um irgendwann in Französisch Guinea wieder aufzutauchen. Sie hatte nur Handgepäck mitgenommen, weil in der Wohnung genügend Kleider vorhanden waren.

Auf dem Weg vom Flughafen ins Zentrum wurde ihr so heiß, dass der Puls nach oben schnellte. Der arabisch aussehende Taxifahrer sagte, man habe seit zwei Wochen Indian Summer. Er betrachtete hoffnungsvoll ihre Knie. Draußen regnete es in langen grauen Fäden. Vielleicht hatte sie ihn missverstanden. Sie lehnte sich zurück, schloss die Augen, dachte an ihr vertieftes Musikverständnis und die neuen Dimensionen, die sich ihr dadurch erschlossen hatten. David hatte schon immer eine besondere Begabung gehabt, Musik aufzulegen, die zur Atmosphäre passte. Aus diesem Grund machte sie einen großen Bogen um Gustav Mahler, dessen Verlogenheit unverkennbar war.

Sie steht auf dem Balkon im ersten Stock und lässt ihren Blick über das Gelände schweifen, das an diesem Januartag jegliche

Farbe verloren hat. Der Himmel ist wie in Stein gemeißelt, und der See sieht aus wie ein Eisendeckel. Doch plötzlich kommt Bewegung in die Szenerie. David öffnet die Tür, sodass Mahlers Musik nach draußen dringt. Die nackten Bäume beginnen sich zu wiegen, das Laub startet einen sinnlosen Zickzacklauf über den Rasen. Beunruhigend schnell vergeht das Licht, bevor der Januarregen einsetzt, sanft wie nur Streicher es können, drohend wie eine Bratsche, die eine Quinte tiefer gestimmt ist als die Geige. Alles das weiß Mahler natürlich, und er hat noch mehr in der Hinterhand.

Als sie Lau das Phänomen erklären will, antwortet er, indem er eine CD aus der Gesäßtasche zieht und in den CD-Player des Autos steckt. Er lächelt geheimnisvoll und drückt auf Start.

»Was ist denn das?«, fragt sie mit ungläubigem Lachen und schlägt zum Spaß nach ihm. »So etwas Grauenhaftes habe ich wirklich noch nie gehört.«

»Er heißt Slim Whitman. Dieser Song war sein größter Hit. *Indian Love Call.*«

Doch die Geschichte hatte eine andere Pointe.

Am selben Nachmittag hatte sie David vom Flughafen abgeholt. Er war in mäßiger Laune mit Angela aus Moskau gekommen. Angela quasselte ohne Punkt und Komma, bis David, beim Versuch, ihr den Mund zu schließen, den CD-Player anstellte.

Slim Whitman rammte sie wie ein Laserstrahl.

Anne hatte sofort versucht, dem Grauen ein Ende zu bereiten, doch David hielt sie zurück.

»Du willst doch nicht etwa behaupten, dir gefällt das, David?«

»Alles was dir gefällt, interessiert mich.«

»Aber mir gefällt es gar nicht. Das ist eine alte CD von früher.«

»Sie steckte im CD-Player.«

»Ja, ich wusste nicht mehr genau, wie sie klingt. Aber sie ist genauso schrecklich, wie ich sie in Erinnerung hatte.«

Sie riss ihm die CD aus der Hand, lachte schrill auf und erhaschte einen Blick auf Angelas Make-up, das diese wohl mit dem Spachtel aufgetragen hatte. Sie amüsierte sich nicht, sondern starrte Anne regungslos an, die plötzlich die CD aus dem Fenster warf.

David blickte zurück. »Warum tust du das?«

»Weil ich sie hasse.«

Anne hörte, wie ihr künstliches Lachen aus dem Fenster flog und auf dem Asphalt landete.

Zusammen mit Slim Whitman.

Der Taxifahrer hatte natürlich einen Umweg gewählt und brauchte eine Stunde bis ins Quartier Latin. Anne holte ihr Portemonnaie heraus, gab zehn Prozent Trinkgeld und sprang aus dem Wagen.

Der kleine Rollenkoffer holperte über das Kopfsteinpflaster, als sie auf den Hauseingang zueilte, um sich vor dem Regen, der in großen, weichen Tropfen fiel, in Sicherheit zu bringen. Sie suchte nach ihren Schlüsseln, während sie auf die Klingel drückte. Sofort meldete sich eine Frauenstimme über die Sprechanlage.

»Oui?«

Sie zögerte für den Bruchteil einer Sekunde, betrachtete sich selbst von außen und begegnete der Situation mit einem gequälten Lächeln.

Ein junges, sehr pariserisches Paar hastete unter einem ramponierten Regenschirm an ihr vorbei. Sie sprachen davon, dass ihre Zigaretten nass geworden waren.

Anne trat ganz dicht an die Sprechanlage heran.

»Hier ist Anne Zeeberg.« Ihr gelang die richtige Betonung, kurz und präzise.

»Anne? Oh, Anne, komm doch herein.«

Das Türschloss sprang auf, aus der Sprechanlage hallte ein Lachen.

In dem engen Aufzug mit dem vielfältigen Odeur nahm sie die Schlüssel zur Hand. Aus irgendeinem Grund war es ihr wichtig, selbst die Tür aufzuschließen. Doch als das Gitter des Fahrstuhls zur Seite glitt, stand das Mädchen bereits im Türrahmen. Anne erkannte sie nicht sogleich, weil sie natürlich anders aussah als auf dem fünfzehn Jahre alten Foto, das zu Hause in der Eingangshalle hing. Vor allem war sie dicker geworden, doch immer noch sehr klein. Ihr Lächeln war zuvorkommend und grenzte ans Devote.

»Wir haben uns, glaube ich, noch nie gesehen. Ich bin Kim, Hoa Kim Sun. Ich hoffe, wir duzen uns.«

Anne ergriff Kims schlaffe Hand und brach die ungeschriebene Regel, niemals einem Pianisten die Hand zu drücken.

Sie stellte den Koffer ab und warf ihren Umhang über einen Stuhl. Sagte sich, sie wolle in ihrer eigenen Wohnung nicht als Gast empfangen werden.

»Ich sollte wohl sagen: Bienvenu, Madame.«

»Merci.« Anne ordnete die Fransen des Teppichs und empfand ihr Alter erstmals als Bürde. Obwohl wir fast gleichaltrig sind, glotzt sie mich an, als wäre ich ein Fossil, dachte sie. Dicke Asiatinnen halten sich gut, aber dass Hoa Kim Sun so jung aussieht, liegt nicht daran, dass sie Asiatin ist, sondern daran, dass sie von morgens bis abends an den Tasten klebt. Das Leben hat der stämmigen Kim nämlich nie zugesagt, und sie dem Leben auch nicht. Liebe, Trauer, Passion, Orgasmen, Niederlagen und Triumphe durchlebt sie nur am schwarzen Flügel, was sie nicht jünger, sondern alterslos macht. In zwanzig Jahren wird sie genauso aussehen wie jetzt, und wenn das Leben vorbei ist, wird sie als verwelkte, kleine Puppe mit einem großen, entgeisterten Blick in den Tod gehen.

Als Nächstes stellte sie die Vasen um. Nicht, weil sie einen festen Platz hatten, sondern um ihre Hände zu beschäftigen und Kim zu zeigen, wer in der Rue de Vaugirard das Sagen hatte. Sie erzählte von ihrem Telefongespräch mit Jonas.

»Ach, Jonas ...« Kims Lächeln wurde ein wenig steif, »der unterrichtet doch zwei kleine Mädchen, die *Prinsesse Toben* und *Für Elise* spielen.«

Anne betrachtete das Mädchen, das von einem Lachen durchgeschüttelt wurde, das man nicht anders als herablassend nennen konnte.

»Ist mein Mann zu Hause?«

»Er kommt heute Abend zurück.« Kim lächelte und musterte Annas Körper. »Lass mal schauen, ich glaube, so in zwei Stunden. Eigentlich wollten wir ins *Polydor* essen gehen, gleich um die Ecke, aber er hat im letzten Moment abgesagt. Darf ich dir eine Tasse Tee anbieten?«

Anne antwortete nicht, sondern ging ins Wohnzimmer und öffnete reflexartig die Tür zum Balkon. Der Regen peitschte ihr ins Gesicht, hastig schloss sie die Tür wieder. Nein, dachte sie, du brauchst mir keinen Tee anzubieten. Wenn ich Tee haben möchte, dann mache ich ihn mir selbst.

Kim stand direkt hinter ihr. So nah, dass Anne fast Atemnot bekommen hätte. Erst jetzt bemerkte sie, dass Kim Hausschuhe trug. Hausschuhe und eine vollkommen unpassende Strickjacke. Eine Pumphose aus braunem Samt und orangefarbene Socken. Aber vor allem diese Pantoffeln mit Schottenmuster. Das Haar ihres Mittelscheitels hing dünn und strähnig herunter, was ihre ohnehin auffälligen Pausbacken unterstrich. Sie glich ihren Geschlechtsgenossinnen aus den Vorstädten Hanois, doch keine von ihnen war so dick wie Kim. Die Mädchen in Hanoi waren so mager wie wilde Hunde und so graziös wie Hinterhofkatzen, obwohl Hoa Kim Sun so gar nichts Wildes zur Schau trug. Ihr aufgedunsenes Gesicht hatte die schmalen Augen beinahe verschlossen. Wenn sie lächelte, wurden ihre Nasenlöcher doppelt so groß. Deshalb lächelte sie nicht, sondern amüsierte sich bloß. In Vietnam gibt es nämlich keinen Grund zu lächeln, aber viel Anlass, sich zu amüsieren. Falls man über den passenden Humor verfügt.

»Kim«, sagte Anne, ohne zu wissen, was sie eigentlich sagen wollte. Im Grunde wusste sie ganz genau, was sie sagen wollte, fand aber nicht die richtigen Worte, also fragte sie unumwunden: »Wohnst du etwa hier?«

»Ja und nein. Zeppe hat mir angeboten, hier zu wohnen, solange ich in Behandlung bin.«

»In Behandlung?«

»Bei einem Physiotherapeuten.« Kim griff sich ans Handgelenk.

Es entstand eine Pause, die Kim mit einem lauten Lachen füllte.

»Falls dir das nichts ausmacht«, fügte sie hinzu und faltete die Hände vor der Brust.

Anne antwortete nicht, sondern marschierte quer durchs Wohnzimmer in die Küche, wo sie den Wasserhahn auf- und wieder abdrehte, die Tür zum Kühlschrank aufriss und sich einen Karton mit Saft herausnahm. Sie füllte ein Glas bis zum Rand und trank in langen, ruhigen Zügen, während sie Kim, die sie vom Wohnzimmer aus beobachtete, die Seite zuwandte.

»Das ist Zeppes Pfirsichsaft«, sagte Kim lächelnd. »Ich werde ihm einen neuen kaufen.«

Anne murmelte etwas vor sich hin, öffnete den Kühlschrank und wollte den Karton zurückstellen. Doch dann entschied sie sich anders, nahm wechselweise die übrigen Lebensmittel heraus und studierte die Aufschriften. Jogurt, Berge von Jogurt, denn natürlich ist Kim auf Jogurt. Da sie nicht in der Lage ist, normale Nahrung zu sich zu nehmen, muss sie sich mit leicht verdaulicher Kost begnügen. Morgens, mittags und abends verschlingt sie den Inhalt ihrer kleinen Plastikbecher, und manchmal steht sie mitten in der Nacht auf, starrt aus dem Fenster und begutachtet Paris by night, während sie die kleinen Plastikbecher mit After-Eight-Jogurt leert. Unten auf der Straße ziehen die Nutten und die kleinen arabischen Jungs vorüber, der Park ist geschlossen, doch die Junkies akzeptieren keine Zäune; unter den Arkaden stehen die Liebenden mit heruntergelassener Hose und in einer Gasse rauben vier Minderjährige einen Touristen aus. Währenddessen isst Hoa Kim Sun ihren After-Eight-Jogurt und denkt an ihren Anschlag, an Akkorde und Pausen, an Rachmaninow, Horowitz und Zeeberg. Ihr Blick ist indolent, und sie muss säuerlich aufstoßen. Mit leicht geöffnetem Mund geht sie durch die Zimmer, als habe sie Halsbeschwerden oder einen Schnupfen. Sie kann nicht schlafen und denkt stattdessen an jemanden, den sie hasst. Kim liebt es, an jemanden zu denken, den sie hasst. Das gibt ihrem Dasein Schwung und Bedeutung, und das Objekt ihres Hasses bin ich. Ich sehe es ihr an. Ein Leben mit Noten hat sie nicht die Kunst der Verstellung gelehrt. Ich könnte sie ihr beibringen, denn darin bin ich eine wahre Meisterin. Doch sie will nicht unterrichtet werden. Sie will, dass ich ihren Hass sehe, der aus ihrem Lächeln hervorleuchtet.

Anne verließ die Küche, durchquerte die anderen Räume und hörte Kims schlurfende Schritte. Als zöge man einen Staubsauger hinter sich her, doch zwischen ihnen befand sich ein Schlachtfeld, eine große, unfruchtbare Ebene, die man sich vergegenwärtigen musste, wenn der Kampf begann.

Du hast ihn ihr weggenommen. Flüsterte eine dozierende Stimme. Du hast ihr den Vater weggenommen, und damit will sie sich nicht abfinden. Mit Angela kannst du diskutieren, verhandeln und einen Waffenstillstand vereinbaren, doch bei diesem Feind bleibt dir nur der Zweikampf. Das Schlachtfeld liegt vor euch, und die kleine lächelnde Kim mit dem höhnischen Lachen und den spiegelblanken Augen hat bereits die Waffen gewählt. Du bist in der schlechteren Ausgangslage, dein erster Angriff ging bereits ins Leere. Dein unangemeldetes Kommen hat dich verraten. Das wird sie zu nutzen wissen. Die Schwierigkeiten und Entbehrungen des Lebens, die dich stark gemacht haben, sind nichts gegen die Opfer, die Kim abgenötigt wurden. Sie wird die schwersten Geschütze auffahren und in die Tasten hämmern, bis du dich geschlagen gibst, denn wenn es um Ambitionen und Ehrgeiz geht, hast du deine Meisterin gefunden. Solltest du zweifeln, schau dir ihr Lächeln an. Sie spürt bereits ihren Vorteil und registriert deine Schwäche. Kim hat sich ganz auf das Wesentliche konzentriert und ihre Siegeschancen steigen. Darum ihr Lächeln. Darum das Lachen.

Anne zündete sich eine Zigarette an. »Kann ich etwas für dich tun, Kim?«

»Etwas für mich tun, Anne?«

»Du wirkst so nachdenklich.«

»Ich war wohl in Gedanken.« Kim lachte laut auf und kratzte sich mit übertriebener Energie die Wange. »Ich wusste gar nicht, dass du rauchst, Anne.«

»Woher hättest du das auch wissen sollen?«

»Zeppe raucht schließlich auch nicht. Er kann den Geruch nicht ertragen.«

Kim hielt sich vor Lachen den Bauch, wobei sie Anne in einem Neunzig-Grad-Winkel ihren Oberkörper entgegenstreckte, sodass sich diese enorm beherrschen musste, um ihr keine zu kleben.

Außerdem knabbert sie an den Nägeln, denkt Anne. Was mich nicht überrascht. Ihre Finger sind wulstig, alles an ihr scheint speckig und schmuddelig, doch gleichzeitig unverbraucht. Sie hat keinen Geruch, benutzt weder Parfüm noch Make-up, lacht mir jedoch mitten ins Gesicht, denn ich bin Bestandteil eines oberflächlichen, falschen Lebens, ein eitler Snob, die böse, Markenartikel tragende Schwiegermutter, die den Unterschied zwischen Dur und Moll nicht kennt. Und genau das bringt mich zu Fall, denn jede Form der Existenzberechtigung hat mit Musik zu tun. Ich aber bin nur ein Luxusweibchen, das sich in der Schlange vorgedrängt hat; und sie hat vollkommen Recht, ich habe mich vorgedrängt, habe nie Stunden genommen, geschweige denn das Konservatorium besucht. Doch jetzt, Kim, jetzt musst du ganz tapfer sein und tief durchatmen, denn hier bin ich es, die im Doppelbett bestimmt und dich in wenigen Minuten rausschmeißt, du kleine Schlampe.

Anne setzte sich auf eine Stuhlkante und sandte Kim ihr gewinnendstes Lächeln. »Wir sprechen manchmal von dir, David und ich. Du bist doch dreißig, oder?«

Kims Lächeln wirkte ein wenig angestrengt.

»Ich bin gerade einunddreißig geworden.«

»Einunddreißig und immer noch ungeküsst?« Anne lachte und zwinkerte ihr zu. »War nur ein Scherz. Sie zündete sich eine weitere Zigarette an und blies den Rauch in die Luft. »Für die Liebe bleibt doch wohl immer Zeit, oder?«

Kims Gesicht leuchtete auf. »Gestern habe ich im Jardin de Luxembourg Tschaikowski gespielt. In dem kleinen Pavillon. Weißt du, wie Tschaikowski gestorben ist?«

Anne machte große Augen und zuckte die Schultern. »Ich glaube, er starb in Budapest, als er gerade aus dem Bordell kam und an einem hohen Gebäude vorbeiging. Aus einem der Fenster fiel ein Konzertflügel, der dem armen, unschuldigen Tschaikowski das Genick brach. Ziemlich dumm gelaufen. Aber vielleicht geht die Geschichte auch ganz anders.«

Kim faltete die Hände und lachte aus vollem Hals.

»Wie lustig, du hast ja Humor, Anne. Zeppe ist auch immer so lustig. Vielleicht auf eine etwas andere Art, aber zumindest hast du Humor. Du erinnerst mich ein bisschen an Angela Reeves. «

Anne kniff die Augen zusammen. »Ja, wir sind aus demselben Holz geschnitzt.«

Kim senkte die Stimme zu einem geheimnisvollen, kindlichen Flüstern: »Tschaikowski war homosexuell und kannte einen jungen Mann, dessen Vater Politiker war. Ein großer Skandal. Er wurde vor die Wahl gestellt, entweder nach Sibirien geschickt zu werden oder ein Glas mit choleraverseuchtem Wasser zu trinken. Da er ein Mann der Ehre war, wählte er das Letztere und starb am 6. November 1893, 53 Jahre alt.«

In Kims Augen trat ein nach innen gekehrter und entrückter Ausdruck.

»Ist das nicht fantastisch?«

»Doch«, murmelte Anne, »man bekommt gleich gute Laune.«

Kim lachte auf. »Wir hatten doch darüber gesprochen, wann Zeppe nach Hause kommt, und dann musste ich an Rachmaninow denken. Weißt du, dass sie sich in Boston einmal begegnet sind?«

»In Boston?« Anne drückte ihre Zigarette aus. »David und der alte Rachmaninow? Das ist doch unmöglich.«

»Nein, nein.« Kim nahm den Aschenbecher, ging in die Küche und leerte ihn in den Müllbeutel.

»Zeppe war zwölf Jahre alt und nahm an einem Wettbewerb teil, auf dem das Talent des Jahres gekürt werden sollte. Natürlich hat er gewonnen. Das war kurz bevor er starb. Ich meine Rachmaninow. Ich habe dasselbe Stück gerade gespielt, sein Präludium in b-moll. Es war sein Lieblingsstück. Zeppe sagt, ich spiele es besser als er.«

Kim floss über vor geheuchelter Verlegenheit.

»Kim, wenn ich …«

»Denn genau darum geht es in dem Stück.«

Kim hielt inne. Trotz ihrer jungen Jahre beherrschte sie die Kunst der Sprechpause.

»In dem Präludium«, flüsterte sie, »geht es um Heimkehr.«

Ihre Nasenlöcher wurden doppelt so groß. Die Augen strahlten. Sie drehte sich einmal um die eigene Achse. »Rachmaninow verließ sein Land ja nach der Revolution 1917 und lebte seitdem im Exil.«

Sie schlug die Hände zusammen vor Begeisterung.

Annes Stimme war knochentrocken: »Das weiß ich alles, Kim.«

Kim legte den Kopf zurück und öffnete den Mund, zögerte jedoch einen Augenblick, während sie verstohlen von einer Seite zur anderen blickte.

»Ja, das tust du natürlich, Anne.«

Zehn Minuten später standen sie draußen auf dem Flur. Kim hatte einen Koffer in der Hand und einen Rucksack über der Schulter. Ihr Lächeln kannte weiterhin keine Grenzen.

Anne lehnte den Rücken gegen die Tür. »Ich will dich ja nicht rausschmeißen.«

Sie reichte Kim ein kleines hellrotes Kärtchen und eine ihrer eigenen Visitenkarten.

»Das Hotel liegt gegenüber der Sorbonne. Ich kenne die Inhaber. Sie werden dafür sorgen, dass du ein gutes Zimmer bekommst. Eines haben sie immer frei. Gib ihnen einfach meine Karte.«

Kim ging zum Fahrstuhl und drückte auf den Knopf.

Anne zupfte ihr Haar zurecht und lächelte. »Ich habe mich sehr gefreut, dich endlich kennen gelernt zu haben, Kim. David spricht ja so viel über dich und Jonas. Ein anderes Mal haben wir sicher mehr Zeit füreinander. Aber vielleicht bleibst du ja gar nicht in der Stadt.«

»Nein, ich gebe nächste Woche ein Konzert in München. Und Jonas hat ja seine kleinen Schüler.« Kim faltete die Hände und lachte. »C'est la vie.«

Kim winkte Anne zu, die sich eine neue Zigarette anzündete und den Rauch in den Fahrstuhl blies.

»Leb wohl, Kim.«

»Au revoir, madame.«

Anne blickt nach unten auf die schwarzen Haare des Mädchens, die im Schacht verschwinden, betrachtet den teils offenen Fahrstuhl, dem ein vibrierendes Drahtseil und das unheilschwangere Geräusch von Steuerkabel und Gegengewicht folgen, das metallische Rasseln des Gitters und das Zittern des Gehäuses, als der Fahrstuhl den Boden erreicht.

Kurz vor Mitternacht kam er nach Hause.

Sie war dreimal im Bad gewesen, denn genauso hatte sie ihn empfangen wollen: im hellroten Kimono und mit feuchten, offenen Haaren.

Zwischen ihnen befand sich der lange Flur.

Sie hatte Kerzen angezündet. Aus dem hintersten Zimmer drangen die neonfarbenen Töne von Stan Getz' Tenorsaxofon. Der Regen hatte nachgelassen, sodass man den Großteil des Parks und die blanken Bäume erkennen konnte, die in schwarzen und azurblauen Farben leuchteten.

Die Lichter im Quartier Latin erloschen langsam.

»Anne. Was für eine schöne Überraschung.«

Sie geht auf ihn zu und sieht, wie er Aktentasche und Regenschirm beiseite legt. Er steht mit dem Rücken zu ihr, und sie denkt, dass jedes Déjà-vu ein mulmiges Gefühl auslöst; man kann sich aussuchen, ob man gerade den Verstand verliert oder ob sich das Leben im Kreis dreht.

»Ist Kim ausgezogen?«

»Ja, Kim ist ausgezogen. Ich habe ihr ein Zimmer besorgt. Bist du böse, dass ich gekommen bin, David?«

Er umarmt sie und lächelt. Sie blicken sich an.

»Warum sollte ich deswegen böse sein?«

Sie befreit ihn von seiner Fliege.

»Ich habe dich vermisst, deshalb bin ich gekommen. Ich möchte mich endlich mit dieser Wohnung anfreunden und ich will meinen Mann zurückhaben. Ich will alles dafür tun, um ihn zurückzubekommen. Alles, David. Doch vor allem will ich dir kein Klotz am Bein sein. Manchmal empfinde ich es so, aber ich kann nicht den Rest meines Lebens in Kandestederne verbringen. Ich will da sein, wo du bist.«

»Das war ja eine richtige kleine Festansprache.« Er schnitt eine Grimasse und zog sich am Ohrläppchen. »An irgendetwas wollte ich doch denken.«

Anne streckte ihm ihre Hand entgegen. »Bitte, dein Brillenetui.«

»Ach, du lieber Himmel, wo hast du das denn gefunden?«

»Zu Hause.«

»Seit Wochen war es verschwunden. Sonderbar, wie sehr man sich an Gegenstände bindet. Ich glaube, ich habe es im Garten liegen lassen.«

Anne nickt und sieht das Etui vor sich in der Eingangshalle liegen. Denkt an Thiesen, der es auf dem Rasen gefunden und ins Haus gelegt hat, hört sich erleichtert auflachen, besinnt sich und umarmt ihn erneut.

»Bis du extra hierher gekommen, um mir das Etui zu bringen?«

»Nein, ich bin hierher gekommen, weil ich meinen Mann vermisst habe.«

Er streicht durch ihr nasses Haar. Schaut sie auf dieselbe Weise an wie sein Brillenetui. Ohne sie zu sehen.

Sie zuckt die Schultern, hält seinem Blick jedoch stand. Er weicht keinen Zoll zurück und sieht sie unverwandt an, ohne die geringste Wärme auszustrahlen. Ihr Blick wandert von einem zum anderen Auge.

»David, wo bist du? Irgendwo da drinnen musst du doch sein?«

Sie versucht zu lachen, hört jedoch auf, weil er sie weiterhin anstarrt.

»Kim«, sagt er, »hat Probleme mit ihrem Handgelenk. Das ist nichts Ungewöhnliches. Sie verkrampft zu sehr. Ich habe ihr den Namen eines Physiotherapeuten gegeben, der auf solche Dinge spezialisiert ist.«

»Du setzt große Hoffnungen in sie.«

»Die sie erfüllen wird.«

Er geht zum Fenster, durch das man den Park sieht. Anne folgt ihm, nestelt an seinem Kragen und imitiert damit eine Tätigkeit, die das Joch vieler Frauen und eine tägliche Zumutung für beide Partner ist, nämlich die Kleider des Mannes zu kontrollieren, seinen Krawattenknoten zu richten, seine Jacke abzubürsten sowie Schuhe, Socken und Hosenträger zu mustern, sich also gleichermaßen zu Herr und Hund zu machen. Anne hat so etwas nie getan und auch nicht vor, damit anzufangen, doch im Augenblick kommt ihr eine Beschäftigung ihrer Hände sehr gelegen.

»Sie hat sich darüber lustig gemacht, dass Jonas unterrichtet.«

»Was eine Schande für seinen Stand ist.«

Er lässt sich auf einen Stuhl sinken.

Anne setzt sich auf die Armlehne. »Soll ich dich massieren?« Sie hält die Hände in die Höhe. »Ich habe sie mitgebracht, die besten Massagehände der Welt. Hast du sie vergessen?«

Sie bekommt einen Kuss auf die Wange, doch als er aufstehen will, hält sie ihn zurück. Sie schüttelt ihn sanft und dreht seinen Kopf in ihre Richtung, sodass ihm nichts anderes übrig bleibt, als ihr in die Augen zu sehen.

»David, wo bist du nur mit deinen Gedanken?«

»Ich soll dich von Simon Rattle grüßen. Ich kann so gut verstehen, dass er nervös ist. Er ist noch jung und die Verantwortung ist riesig.«

Während er durch die Zimmer geht, folgt sie ihm auf dem Fuße. Er wirkt müde und unruhig, setzt sich auf den Couchtisch und öffnet seine Aktentasche, in der sich Bücher und persönliche Unterlagen befinden. Eine Flasche Champagner kommt zum Vorschein.

»Die wollte ich eigentlich Simon geben. Alzheimer lässt grüßen.«

Sie setzt sich ihm gegenüber und hält den Kimono nicht davon ab, sich ein Stück weit zu öffnen, damit er sehen kann, dass sie unter der dünnen Seide nichts anhat. Sie fragt, ob er schon etwas gegessen hat, weil sie weiß, dass er dies oft vergisst. In der Küche finden sich eine Flasche Wein, ein wenig Ziegenkäse und ein frisches Baguette.

Eine Stunde später liegen sie im Bett. Die Geräuschkulisse hat sich verändert. Vor allem die Sirenen der Einsatzwagen sind hinzugekommen. Die Stimme der Metropole. Sie hat seinen Rücken massiert, doch dabei ist es geblieben.

»Hast du viel vor morgen?«, flüstert sie.

Er nickt.

»Wirst du den ganzen Tag fort sein?«

»Ich bin gegen zwei wieder da. Wir müssen dran denken, die Matratzen auszutauschen.«

»Du bist mir böse, weil ich Kim ausquartiert habe.«

»Nein, ich bin dir überhaupt nicht böse. Kim irritiert manche Menschen; so ist das eben, wenn man kein Blatt vor den Mund nimmt. Merkst du denn nicht, dass man hier liegt wie in einer Hängematte?«

»Sie irritiert mich nicht, David.« Anne setzt sich auf. »Es war nur dieses Lachen.«

»Sie ist ein Genie.«

»Und du meinst, wenn man ein Genie ist, darf man sich alles erlauben? Sie hat sich ziemlich danebenbenommen.«

»Meine Kim?« Er steht auf und studiert die Matratze.

»Ich hätte das nie sagen sollen.«

»Dabei haben wir sie in Dänemark gekauft. Die Matratzen.«

Er legt sich wieder ins Bett.

Anne schnieft und lacht. »Vielleicht bin ich auch nur eifersüchtig.«

»Du bist doch nicht eifersüchtig, Anne.«

»Doch, das bin ich. Ist das ein Fehler?« Sie sieht ihn an.

Er starrt an die Decke. »Erzähl mir davon. Was für ein Gefühl ist das?«

Sie beugt sich über ihn. »Reden wir eigentlich miteinander oder tun wir nur so?«

»Ich denke, wir reden miteinander, Anne.«

»Ich rede und du tust so. Die Matratzen sind mir scheißegal, wenn sie dich stören, kaufen wir eben neue.«

Er nimmt das Glas mit den Schlaftabletten. »Wenn ich mich recht erinnere, hatte ich nur danach gefragt, wie es ist, eifersüchtig zu sein.«

»Okay, es ist unangenehm und verletzend, aber schließlich weiß ich, dass im Grunde gar kein Anlass dazu besteht.«

»Na, dann ist ja alles in Ordnung.«

Unten auf der Straße hört man jemanden rufen und jemanden antworten. Es klingt nach zwei jungen Menschen, die im Laufen miteinander kommunizieren. Ihre Worte hallen unter den Arkaden wider und verklingen.

Sie lächelt ihn an. »Wenn man die Augen schließt, hört man, dass man in Paris ist.«

»Und wenn man sie wieder öffnet?

»Dann entdeckt man seine Frau.«

Er lächelt sie reserviert an. Anne schmiegt sich an ihn.

»Warum schlafen wir nicht mehr miteinander, David?«

Er dreht den Kopf und schaut sie mit einem Ausdruck an, der zu zehn Prozent aus Freundlichkeit und zu neunzig Prozent aus etwas anderem besteht, für das sie keine Worte findet.

»So einen Satz sollte man sich einrahmen lassen. Der gehört zur selben Kategorie wie: Warum liebst du mich nicht mehr? Oder: Wann hast du mir zum letzten Mal Blumen mitgebracht? Man sollte ein extra Regal haben, wo so etwas stehen kann.«

»Habe ich deine Intelligenz beleidigt?«

»Meine Intelligenz? Was hat die denn mit uns zu tun? Nein, Anne, ich bin ein alter Mann. Vielleicht sollte ich Viagra nehmen.«

»Du bist kein alter Mann. Du bist der attraktivste und erotischste Mann, den ich je gesehen habe.«

Sie beugt sich über ihn und küsst ihn auf die Stirn. »Gehörst du mir, David?«

»Mit Haut und Haar, Anne. Mit Haut und Haar. Du hältst mein Leben in deiner Hand.«

»Im Grunde bin ich froh, Kim getroffen zu haben. Sie ist so erwachsen geworden.«

»Sie hat sich bestimmt sehr gefreut, dich kennen zu lernen. Manche Menschen brauchen einfach ein wenig mehr Raum. Ihr ganzes Leben ist nach einem festen Muster verlaufen. Sie übt acht Stunden am Tag und widmet sich in der übrigen Zeit der Theorie. Das ist die Voraussetzung, wenn man nicht als Klavierlehrer enden will.«

»Das weiß ich.«

»Wo ist dann das Problem?«

Sie schmiegt sich an ihn. »Es gibt kein Problem. Du hat offenbar zwei sehr unterschiedliche Schüler.«

Er seufzt. »Immer wieder habe ich auf ihn eingeredet. Jonas, nimm dir ein Beispiel an Kim. Lerne von ihr. Hör ihr zu. Doch was tut er stattdessen?«

»Vielleicht ist er einfach nicht in der Lage dazu. Vielleicht hat er nicht Kims Begabung.«

»Er kann ihr nicht im entferntesten das Wasser reichen. Er hat nie den nötigen Respekt vor der Arbeit gehabt.«

»Du bist streng, aber gerecht.«

Sie küsst ihn, legt sich auf den Rücken und erhascht einen Blick auf den langen Flur, der dieselbe Farbe wie das Gras im Januar hat. Unwillkürlich lauscht sie dem Tropfen von Marias nassen Kleidern und hofft inständig, in dieser Nacht nicht ins Bad zu müssen.

Erst als ihr seine ruhigen Atemzüge verraten, dass er schläft, dreht sie ihm den Rücken zu. Wie immer liegen sie in einer schwarzen Höhle, dicht beisammen und doch meilenweit voneinander entfernt. Die Luft im Zimmer ist frisch und trägt den Geruch seines eigens für ihn produzierten Rasierwassers, der einem kostbaren Flakon entströmt. Der Hersteller hatte sich natürlich die größte Mühe gegeben, diesen charakteristischen Duft für ihn zu entwickeln. Es duftet nach Altmännervirilität.

Draußen auf dem Flur fällt der erste Tropfen.

6

Zehn Tage später packte sie erneut. Diesmal seinen Koffer. Das war rasch erledigt. Er benutzte immer dieselben fünf Hemden, die er sich im Hotel waschen und bügeln ließ, und trug im Konzert stets seinen anthrazitfarbenen Anzug, Schuhe der Marke Church, ein hellblaues Hemd sowie eine marineblaue Fliege mit flaschengrünen Streifen. Konservatismus pur. Wenn nicht die orangefarbene Plastikuhr um sein Handgelenk gewesen wäre. Während seine Finger Bach, Beethoven, Liszt und Chopin spielten und ihn seine berühmten Oktaven an den Rand des Abgrunds führten, konnte das verblüffte Publikum seine orangefarbene Uhr betrachten, auf deren Zifferblatt sich Tom und Jerry sechzig Mal pro Minute auf den Kopf schlugen. Anne hatte ihn natürlich gefragt, warum er unbedingt diese Uhr tragen müsse, und er hatte geantwortet, zu einem Drittel aus Aberglauben, zu zwei Dritteln aus Affektiertheit.

Sie legte Seidenpapier zwischen seine Hemden und überlegte, wie die Gewohnheiten in ihrer Ehe entstanden waren. In ihrem Fall waren sie entstanden, weil beide eine bestimmte Rolle hatten spielen wollen. Es ging darum, einen freien Raum zu finden und diesen auszufüllen. Sie hatte es nicht leicht gehabt, weil er in allen Situationen des Lebens selbst zurechtkam und nichts anderes von ihr verlangte als zufrieden und gut gelaunt zu sein und ihr eigenes Leben aufzubauen. Ein Leben, das unabhängig von seinem und dennoch auf den Bund bezogen sein sollte, den sie geschlossen hatten. Dass er fast nie zu Hause war, spielte keine Rolle, Anne begleitete ihn ja immer. Doch später, als sie es vorzog, zu Hause zu bleiben, verstärkte der Abstand die Neugier aufeinander, wenn sie endlich beisammen waren. Binnen eines Jahres hatte sie ihren Platz im Leben gefunden. Ein Leben, das stabil, behaglich und selbstbestimmt und für sie wie geschaffen war. Wenn sie gleichaltrige Frauen mit Kinderwagen und Einkaufstüten sah, fühlte sie sich ihnen weder überlegen noch unterlegen, denn wenn man eine Entscheidung trifft, dann trifft man diese immer *gegen* etwas, und sie hatte mit vollem Bewusstsein gewählt. Sie führte genau das Leben, das sie führen wollte, und war sich vollkommen darüber im Klaren, wie schnell man Dinge wieder verlieren konnte.

Sie befinden sich auf ihrer ersten gemeinsamen Reise nach New York. Es ist ein Herbst, wie es ihn nur in Manhattan gibt, wo Tag und Nacht miteinander verschmelzen wie Nebel und Neonlicht.

Er bindet sich seine blaugrüne Fliege.

Anne steht am Fenster und schaut über den Gramercy Park.

Sie lächelt ihn an. »Das ist einfach zu schön, um wahr zu sein.«

»Es ist eines der billigsten und in mancher Hinsicht ärmlichsten Hotels der Stadt. Rockstars wohnen hier, nur um der Welt zu beweisen, wie wenig ihnen Geld bedeutet, und in der Bar hängt ein 28-Zoll-Monstrum von einem Fernseher, das jede Konversation erstickt.«

»Die Armaturen des Waschbeckens sind rostig.«

»Und die Seife riecht nach totem Wal und im fünften Stock verkaufen sie Kokain in langen Bahnen.«

»Wie ich schon sagte, zu schön, um wahr zu sein.«

»Man verflucht das Gramercy pausenlos, weil der Fahrstuhl nicht funktioniert, weil der Zimmerservice seine Arbeit nicht tut, weil das Wasser kalt und das Heizungssystem mal wieder *out of order* ist. Aber stört man sich wirklich daran?

Überhaupt nicht. Man ist schließlich im Gramercy. Und deshalb kommen die Leute Jahr für Jahr wieder hierher.«

»Ich fürchte nur, ich könnte eines Morgens erwachen und herausfinden, dass alles nur ein Traum war.«

Er geht zu ihr. »Vielleicht ist es ein Traum.«

Sie hilft ihm mit der Schleife. »Dann ist es ein wunderschöner Traum, der hoffentlich niemals endet.«

»Irgendwann ist jeder Traum vorbei. Nichts dauert ewig, doch man ist auch selbst dafür verantwortlich. Es kann eine Bagatelle sein, und plötzlich ist alles verschwunden. Ich habe eine Schwäche für solche Banalitäten. Schau dir meine Interviews an. Fünf Spalten lang liest du nur Gewäsch, und wenn ich schon mal etwas Geistreiches von mir gebe, streichen sie es unter Garantie.«

Er greift zur Dose mit den Manschettenknöpfen. Sie küsst seinen Nacken.

»Ich liebe deine Interviews, und hier ist es paradiesisch.«

»Das Gramercy ist das Paradies. Gott steht persönlich an der Rezeption. Er ist schwarz wie Vanille und ranzig wie Lebertran. Ein falsches Wort und man fliegt raus.«

»Und gibt es in diesem Paradies auch eine Schlange?«

»Wie gesagt, sie verkaufen alles von Kokain bis zu Beinprothesen, man muss nur die Tür öffnen.«

»Und was bringt dich in Versuchung, David Zeeberg?«

»Du bringst mich in Versuchung, denn du bist der Apfel.«

Er lächelt und zieht die Jacke an.

Sie lehnt sich an ihn. »Ich würde dich lieben, was immer du auch tust. Schlangen und Äpfel, alles inklusive.«

»Vergiss nicht meine schlechten Eigenschaften.«

»Erzähl mir von ihnen.«

»Das würde zu lange dauern.«

»Gut, dann mach ich das. Du bist reizbar, jähzornig, ungeduldig und unerbittlich gegenüber deinen Schülern. Was noch?«

»Launisch, egozentrisch, übereifrig und verschwenderisch, schaue anderen Frauen hinterher … Sei so gut und unterbrich mich.«

»Was tust du?«

»Ich bin ein Voyeur. Das bringt das Alter mit sich. Wir Alten müssen uns damit begnügen zu gucken. In einem Jahr brauche ich einen Blindenhund.«

»Mit dem Letzteren kann ich mich abfinden.«

»Könntest du dich auch damit abfinden, wenn ich dich betrügen würde?«

»Tust du das?«

Er schüttelt den Kopf. »Das wäre eine Todsünde. Völlig inakzeptabel. Ein Verbrechen ohne Beispiel. Nein, Anne, ich betrüge dich nicht.«

Manhattan 1997.

Er wollte sechs Tage lang fortbleiben. Die Reise nach Toronto war Monate im Voraus geplant gewesen. Angela wartete am Flughafen auf ihn.

Anne schloss den Koffer und hörte ihn hinter sich.

Sie beklagte sich erneut darüber, dass sie nicht mitreisen dürfe. Er sagte, darüber hätten sie bereits gesprochen.

»Wir haben über gar nichts gesprochen.«

»Doch, das haben wir.« Er ging die Treppe hinunter.

»Und in Paris haben wir fast gar nichts voneinander gehabt.«

Er schaute sich unentschlossen um.

»Du willst mir doch nicht weismachen, wir hätten uns in Paris kaum gesehen? Moment mal, irgendwas wollte ich doch noch … Siebzig zu werden, ist wirklich kein Vergnügen.«

Sie ging zu ihm nach unten. »Du weißt genau, was ich meine.«

»Batterien! Das war's. Batterien für meinen Rasierapparat. Ausgezeichnet … äh, was hast du gesagt?«

Sie nahm die kleine Bürste zur Hand und fuhr mit den obligatorischen Reisevorbereitungen fort, indem sie ihm den Rücken abbürstete.

»Wir waren so weit voneinander entfernt. Du bist immer so beschäftigt.«

»Und du führst dein eigenes Leben.«

Sie drehte sich um. Sah sein Gesicht im Spiegel und stellte fest, dass ihr die Worte fehlten. Dass ihr keine Ausflüchte mehr einfielen.

»Übrigens gefällt er mir«, er machte eine rhetorische Pause, »dein neuer Duft.«

»Habe ich einen neuen Duft?«

Sie ging ihm nach, während er seine Noten zusammensuchte und die Schublade mit den Devisen öffnete.

Anne verschränkte die Arme und lächelte ungläubig. »Was für ein neuer Duft? Ich habe keinen neuen Duft.«

Sein Kopf war im Koffer verschwunden. »Eine Aura. Ist das alles, was wir an französischen Franc haben?«

»Du kannst doch am Flughafen wechseln. Was meinst du damit? Eine Aura?«

»Eine Glut, Liebste, eine Glut.«

Sie dachte an den Aufenthalt in Paris. David war freundlich und unnahbar gewesen. Seine angeborene Zerstreutheit hatte eine neue Dimension erreicht, einen selbstquälerischen Zug angenommen. Obwohl sie die altbekannten, vertrauten Restaurants besuchten und einander so gut kannten, dass gewisse Diskussionen zum zehnten Mal mit den oft genug verwendeten Argumenten wieder aufgenommen werden konnten, hatte er sich verändert. Seine Herzlichkeit war durch Liebenswürdigkeit ersetzt worden, sein Blick war nicht mehr abwartend, sondern durchdringend, seine Hilfsbereitschaft nicht mehr spontan, sondern eine Form der Höflichkeit. Vor allem hatten seine Berührungen nichts Liebevolles mehr, sondern glichen einem unbeteiligten Handauflegen. Er entglitt ihr und wirkte gehetzter, als er eigentlich war. Am schlimmsten war jedoch diese neue Art der Aufmerksamkeit. Früher hatte sie seine Fähigkeit zum Zuhören genossen, seine absolute Zuwendung, die nun von einem unwirschen Interesse abgelöst worden war. Er verdoppelte sich, ging um sie herum, starrte sie von allen Seiten an, lauschte, reflektierte, verarbeitete und wartete, wartete, wartete.

Die beiden letzten Tage hatte sie allein verbracht. War an der Seine spazieren gegangen, hatte sich auf eine Bank gesetzt, eine Zigarette nach der anderen geraucht, die Einsamkeit als Knoten in der Brust gespürt und das Kreuz auf dem Asphalt betrachtet, das signalisierte, dass es von diesem Punkt aus keine Rückkehr mehr gab.

Die Stadt der Städte hatte sich von einer anderen Seite gezeigt. Einer höchst unerwarteten.

Sie sitzt auf einer grünen Bank und blickt auf den Fluss. Denkt, das Licht in dieser Stadt komme von den Fassaden, und will gerade zur Rue de Vaugirard zurückgehen, als sie ihn auf der anderen Seite des Flusses erblickt. Er schaut ihr direkt in die Augen. Anne steht auf, spürt, wie ihre Beine einknicken und muss sich wieder setzen.

Er läuft ihr über die Brücke entgegen. Doch anstatt zu warten, läuft sie in die entgegengesetzte Richtung davon. Bemerkt erst jetzt, wie viele Touristen sich in der Stadt befinden, die ihr alle entgegenkommen. Sie rennt wie ein Pferd, läuft durch eine Gasse, bekommt neue Luft und bleibt erst stehen, als ein Absatz abbricht.

Sie steht auf dem Sorbonne-Platz. Die Leute trinken Espresso und rauchen selbst gedrehte Zigaretten. Junge Menschen. Die Altersgruppe dieser Gegend. Sie lehnt sich gegen eine Hausmauer und studiert ihren kaputten Schuh.

Plötzlich schlingt er die Arme um sie. Sie zuckt zusammen und hat kurzzeitig das Gefühl, sie müsse sich übergeben. Er lächelt sie an, doch sie windet sich los und weicht vor ihm zurück.

»Was tust du hier, Lau?«

Sie kann sich kaum auf den Beinen halten.

»Ich habe dich zufällig an der Seine gesehen. Warum bist du weggelaufen?«

Sie wendet sich ab und beginnt dem Park entgegenzugehen. Im Nu ist er an ihrer Seite.

»Anni, warte.«

»Das ist der völlig falsche Zeitpunkt, Lau.«

Sie ruft so laut, dass die Leute sich umdrehen und sie anstarren. Für einen Augenblick ist er in der Menge verschwunden. Sie stützt sich gegen einen Laternenpfahl und versucht ihre Atmung unter Kontrolle zu bringen. Hastig biegt sie um die Ecke, geht eine Seitenstraße entlang, dreht sich um und sieht ihn in zwanzig Meter Entfernung hinter ihr hergehen.

Sie bleibt stehen und wartet auf ihn. »Hast du nicht gehört? Das ist der völlig falsche Zeitpunkt.«

»Ich bin mit dem Bus hier, Anni.«

»Mit dem Bus?«

»Er steht vor der Kathedrale von Notre Dame. Ich habe fast drei Stunden frei. Hatte ich dir nicht erzählt, dass ich nach Paris fahre?«

Anne fasst sich an den Kopf. »Du hast von Berlin gesprochen!«

Er lächelt über das ganze Gesicht. »Rostock–Berlin–Paris.«

»David ist hier.« Sie schließt die Augen und stößt den Atem aus, fuchtelt mit den Armen und kehrt ihm den Rücken zu.

»Ich wusste gar nicht, dass du in Paris bist.«

»Das solltest du auch nicht.«

Er legt ihr behutsam die Hand auf den Rücken.

Anne entzieht sich ihm und starrt auf ihre Hände. »Jetzt fange ich wieder zu zittern an.«

Er küsst sie auf die Wange. »Du darfst mir nicht sagen, ich soll verschwinden. Dann fühle ich mich so einsam. Ich hatte mich so gefreut, dich zu sehen. Es kam mir vor wie eine Fata Morgana … oder wie das heißt.«

»Hast du einsam gesagt?« Sie blickt ihn zornig an und gewinnt zwei Meter Abstand.

»Ich«, fährt sie mit gedämpfter Stimme fort, »bin ständig einsam. Das habe ich erst jetzt begriffen. Ich habe niemanden. Keine Menschenseele. Ich musste erst nach Paris reisen, um das zu begreifen. Und dann diese Wohnung. Sie hasst mich. Seine frühere Frau geht dort immer noch ein und aus.«

»Ich dachte, die ist längst tot.«

»Ist sie auch. Mausetot. Trotzdem ist sie da. Zumindest taucht sie immer auf, wenn ich komme. In der Nacht höre ich es tropfen.«

»Ach komm, Anni.«

»Das Wasser des Sees tropft von ihrem toten Körper. Das ist einfach grauenhaft. Du kannst dir nicht vorstellen, wie grauenhaft das ist.«

Sie steckt sich eine Zigarette in den Mund, entdeckt, dass sie einen Knick hat und schmeißt sie weg. »Ich werde nicht mehr schlau aus ihm, und das ist genau das, was er bezweckt. Er ist mir immer zwei Schritte voraus. Alles was ich sage, wird gegen mich verwendet. Nichts ist mehr natürlich.«

Er unterbricht sie mit einem langen kräftigen Kuss.

Sie schiebt ihn weg. »Verstehst du, was ich meine? Meine Sprache ist verräterisch geworden, die Wörter sind durchsichtig. Für ein geschultes Gehör ist es ein Leichtes, jeden falschen Ton wahrzunehmen. Und er hat weiß Gott ein geschultes Gehör.«

»Du hast mich, Anni.«

»Das zählt nicht, denn du weißt nicht, wie es ist, in meiner Haut zu stecken. Ich weiß nicht mehr, wer ich bin. Ein Riss geht mitten durch mich hindurch.«

»Das muss nicht sein, Anni. Hörst du, das muss so nicht sein.«

»Aber es *ist* so. Er macht mich einsam. Er will es so. Ich bin zu einer lebenslangen Freiheitsstrafe verurteilt. Da wir in unserer zivilisierten Welt die Todesstrafe nicht akzeptieren, sperren wir die Menschen lieber ein, bis sie verfaulen.«

»Ich verstehe nicht, warum das alles so kompliziert sein muss.«

»Nein, denn du verstehst überhaupt nichts. Vielleicht beobachtet er uns in diesem Augenblick. Vielleicht hält sich Hoa Kim Sun versteckt und starrt uns an.«

»Wer ist Hoa Kim Sun?«

Sie beginnt zu weinen. »Ach, niemand.«

»Anni, Geliebte. Niemand starrt uns an. Was ist los mit dir?«

Sie setzt sich auf eine Treppenstufe und putzt sich die Nase.

»Es geht nicht, Lau. Es geht einfach nicht.«

»Was geht nicht?«

»Das mit uns beiden. Mit dir und mir. Das geht nicht. Die Leichtigkeit ist verschwunden. Alles ist verdreht und kompliziert und schmerzhaft.«

Sie lehnt sich an ihn. Er schmiegt seine Wange an ihren Kopf. »Wir fahren erst morgen nach Hause.«

Anne angelt sich eine Zigarette und zündet sie an. »Wer, wir?«

»Die Reisegesellschaft. Eine Rentnergruppe. Ich wohne in einem kleinen Hotel gleich neben Sacré-Cœur. Es dauert fast eine Stunde, den Bus da raufzukutschieren, aber die Leute sind ja nicht mehr gut zu Fuß.«

»Natürlich, die Leute sind nicht mehr gut zu Fuß«, sie schüttelte den Kopf, »und ich kann einfach nicht glauben, dass es ein Zufall war, dass wir beide plötzlich auf verschiedenen Seiten der Seine standen und uns ansahen.«

Er setzt sich neben sie. »Das war auch kein Zufall. Ich ging zum Jardin de Luxembourg und dachte mir, dass du bestimmt in der Nähe bist. Ich bin zum ersten Mal in Paris. Die Stadt haut einen wirklich um. Ich könnte sofort hier leben.«

Er steht auf und breitet die Arme aus. »Stell dir vor, Anni, wir beide, du und ich in Paris. Was glaubst du, wie teuer eine Wohnung am Montmartre ist? Wir könnten uns zwei Zimmer mieten. Ich könnte irgendeinen Job übernehmen, und du würdest auf dem kleinen Balkon stehen, wenn ich abends nach Hause komme.«

»Auf dem kleinen Balkon, wenn du abends nach Hause kommst? Das hört sich, wie soll ich sagen, das hört sich ja großartig an, Lau. Wir beide auf dem Montmartre. Wir könnten Karikaturen voneinander zeichnen.«

»Ach, Anni, lass doch.«

»Du hast gesagt, dass es kein Zufall war. Woher wusstest du, wo wir wohnen?«

»Die Adresse steht auf deinen Visitenkarten. Also habe ich mir das Viertel angesehen. Ich wollte doch wissen, wie meine Liebste wohnt, wenn sie in Paris ist. Ich habe euch gesehen, als ihr frühstücken gegangen seid, Hand in Hand. Versteh mich nicht falsch. Das ist völlig okay für mich.«

»Völlig okay für dich?« Sie fasst sich an die Stirn. »Wir sind verheiratet, Lau. Er ist mein Mann. Das steht auf einer Urkunde. Wir tragen denselben Nachnamen. Ich bin seine Ehefrau, nur Hand in Hand sind wir bisher nie gegangen, das kann er eigentlich nicht ausstehen. Doch auf einmal tun wir es. Du kannst sicher sein, sollte das Hotel brennen und er aus dem vierten Stock springen, würde er sich vielleicht Rippen und Beine brechen und ein Loch im Kopf haben, aber seine Finger würden unversehrt bleiben.«

Sein Zimmer war klein und schmal und roch synthetisch. Sie teilten sich eine Cola, weil er nichts anderes hatte. Danach zogen sie sich aus und liebten sich hart und brutal, weil sie es so wollte.

Im Badezimmer stellte sie fest, dass sie vier Kratzer auf dem Rücken hatte, und dachte an den Strandhafer in Kandestederne.

Er kam zu ihr und schrieb ihren Namen auf die beschlagene Scheibe.

»Jetzt steht dein Name auf dem Hotelfenster. Morgen ist er verschwunden. In zehn Sekunden ist er verschwunden. Man braucht nur das Fenster zu öffnen.«

»Wir können uns in nächster Zeit nicht mehr sehen.«

»Warum nicht?«

»Weil er es weiß.« Sie spürte, dass sie den Tränen nahe war, und nahm sich zusammen. »Hörst du, was ich sage, Lau? Er weiß es.«

»Woher sollte er es wissen?«

»Reicht es nicht, dass er es weiß? Ist es nicht scheißegal, woher er es weiß? Außerdem steht es hier geschrieben.« Sie zeigte auf ihre Augen. »Es begann, nachdem wir im Sommerhaus waren. Er veränderte sich. Am Anfang tat er mir Leid. Jetzt habe ich Angst. Nachts träume ich, dass er mich von irgendwoher beobachtet. Ich komme aus dem Wasser und gehe ins Haus. Ich will von der Gartentür ins Badezimmer, genau zehn Schritte. Er weiß, dass es nur zehn Schritte sind, weil er so etwas eben weiß. Sein ganzes Leben lang hat er genau zugehört, gezählt, registriert und das kleinste Detail wahrgenommen, das sich vom gestrigen Tag unterscheidet. Er hat mich schon immer beobachtet. Nicht im Verborgenen, er ist kein Voyeur – doch, im Grunde ist er das auch –, aber so meine ich es nicht. Er verhält sich unauffällig. Er ist einer der diskretesten Menschen, die mir je begegnet sind. Er durchschaut alle Menschen aufgrund ihrer Sprechpausen. Also hört er es auch meinen Schritten an; der Art und Weise, wie ich aufräume, die Gartentür schließe, nach dem letzten Bad des Tages die Zigarette anzünde. Er weiß es.«

»Darf ich auch etwas sagen?«

»Nein, du darfst nichts sagen. Wenn er sagt, dass er nach Paris fährt, muss ich ihm nachreisen, um sicherzugehen, dass er wirklich dort ist; dass er nicht irgendwo im Haus sitzt und mich beobachtet. Ich entdecke sein Brillenetui in der Eingangshalle, das er zurückgelassen hat, damit er mich kontrollieren kann, während er weg ist. Ach, das ist ja Irrsinn, natürlich kann er das nicht.«

Sie lässt den Kopf hängen und weint. »Dieses verdammte Etui. Mein Leben zerbricht, Lau. Kann man sein Leben verlieren, obwohl man nicht stirbt?«

»Denkst du manchmal daran? Zu sterben?«

»Alle Menschen denken an den Tod.«

»Wie stellst du ihn dir vor?

Sie ging zum Fenster und zog die Gardine zur Seite.

»Als Frau mit Haaren wie ein Leopardenfell. Was wir tun, ist einfach schrecklich.«

»Schrecklich?«

»Ja, Herrgott, ich betrüge ihn doch nach Strich und Faden. Das geht nicht, Lau. Das geht einfach nicht. Er hat Radarantennen. Registriert alles. Sieht durch mich hindurch.«

Er legte den Arm um sie. »Ich halte es nicht aus, wenn du dich so schlecht fühlst.«

»Ich muss jetzt gehen.«

Sie nahm ihren Umhang und holte die Packung Kaugummi aus der Tasche.

»Er weiß es«, flüsterte sie und öffnete die Tür und ging die Treppe hinunter und trat auf die Straße und schaute an der Hotelfassade empor und sah ihn am Fenster. Er winkte ihr zu.

Im Taxi legt sie neues Make-up auf, lässt sich nach Hause in die Rue de Vaugirard bringen, geht von Zimmer zu Zimmer und fühlt sich vollkommen fremd und leer. Aus dem Treppenhaus dringt das Geräusch des Fahrstuhls. Die Laute einer lachenden Frau. Ein Schlüssel wird ins Schloss gesteckt. Davids Stimme.

Anne huscht ins Badezimmer und verriegelt die Tür, betrachtet die roten Streifen auf ihrem Rücken, hört ihren Mann rufen. Er klingt ausgelassen, besser gesagt so, wie er sich in jüngster Zeit anhört, wenn andere Leute dabei sind.

»Bist du da drin, Anne?«

»Komme gleich.«

Sie dreht den Kaltwasserhahn auf, damit er nicht hören kann. Was hören kann? Ihre Gedanken. Sie sickern dennoch durch das Schlüsselloch, durchdringen die Tür und erreichen sein Ohr, das den Rechtschreibfehler eines Gedankens aufspüren kann.

»Nimm dich zusammen, Anne.« Sie sagt es leise. Und die Stimme in ihr entgegnet, ja, ich nehme mich zusammen. Ich nehme mich die ganze Zeit zusammen. Ich habe meine Sprache, meine Natürlichkeit und meine Glaubwürdigkeit verloren, aber ich nehme mich zusammen. Wenn wir Frauen irgendetwas können, dann, uns zusammenzunehmen. Seit der Mitte des vorigen Jahrhunderts sind wir nicht mehr in Tränen ausgebrochen. Unglaublich, wie gut wir uns zusammennehmen. Nimm dich zusammen und hilf Mutter in der Küche. Nimm dich zusammen und sei die Beste in der Klasse. Nimm dich zusammen und zeige deinen männlichen Kollegen, dass du genauso viel trinken kannst wie sie. Nimm dich zusammen in der Ehe, im Ehebett und nach dem Sündenfall. Selbst im Pflegeheim nehmen wir uns zusammen, im Gegensatz zu den Männern, die clever genug sind, rechtzeitig den Schlüssel umzudrehen.

»Du kommst doch mit zum Essen, oder? Wir wollen meine Lieblingsköchin, Cathérine Guernaz, am Boulevard Haussmann besuchen.«

Anne öffnet die Tür und lächelt strahlend.

»Fertig?« Er fasst sie unter den Arm und schaut die kleine

Kim an, als sei sie die Familienfotografin, die das harmonische Paar – mit der Kloschüssel als geschmackvollem Hintergrund – verewigen soll.

Anne flüstert ihm zu: »Nimm mich mit nach Toronto. Ich bin noch nie im Inn on the Park gewesen.«

Er betrachtet sich im Spiegel und richtet seine Krawatte. »Das ist ein großes, langweiliges Luxushotel in einem stupiden Vorort. Wenn Gould nicht gewesen wäre, brauchte man kein Wort darüber zu verlieren. Was sagst du zu Glenn Gould, Kim?«

»Ich sage dasselbe wie Rubinstein. Wenn man doch nur seine Finger hätte.«

Kim verschwindet im hinteren Teil der Wohnung.

Anne nimmt seine Hand. »David, sieh mich an. Warum geht es nicht?«

»Ich sage nicht, dass es nicht geht. Aber es lohnt sich nicht. Ist sie nicht gut geworden?«

Er hebt eine Hand. Aus dem hintersten Zimmer kommen die Töne seines alten Flügels. Er schlendert summend zu seiner Schülerin, deren kleine, polypenartige Finger wie Regentropfen auf die Tasten fallen.

Anne hört sie vertraut miteinander plaudern. Der Lehrer und seine Lieblingsschülerin. Das Klavier ist verstummt. Sie sprechen von der Oper, ihrer gemeinsamen Leidenschaft.

»Lohnt sich nicht«, murmelt sie und geht zu den beiden. David steht vor Kim, die mit gefalteten Händen auf der Klavierbank sitzt. Ihr leuchtendes Gesicht spiegelt sich in seinen Augen.

»Eigentlich mache ich mir ja nichts aus *La donna è mobile*, aber von *Rigoletto* kann man viel lernen.«

Er dreht sich um und schaut Anne in die Augen. Im Gespräch entsteht eine elastische Pause. Kim mustert sie von Kopf bis Fuß. Die schmalen, farblosen Lippen lächeln wie immer, doch aus ihren Augenwinkeln blitzt herablassendes Email.

Anne geht zum Fenster und blickt über den Park mit seinen altmodischen Vergnügungseinrichtungen. Zwischen den Bäumen steht eine dunkle Gestalt. Ein Mann, der offensichtlich an dem Gebäude und dem Fenster interessiert ist, hinter dem Anne steht. Sie kneift die Augen zusammen und tritt einen halben Schritt zurück. Die Distanz und zunehmende Dunkelheit machen es unmöglich, den Mann im Park zu erkennen, doch die Art, wie er da steht, erinnert sie an jemanden.

»Wusstet ihr«, David lässt seinen Blick von Anne zu Kim wandern, »dass Verdi nahe daran war, seine Karriere aufzugeben?«

»Warum?«, fragt Kim.

David hebt den Zeigefinger. Die Gestalt im Park ist näher herangetreten und steht mit ausgestreckten Armen unter einem Baum.

»Aus Verzweiflung. Aus reiner Verzweiflung über den Tod seiner geliebten Frau Margherita.«

Kim hält sich mit übertriebenem Schrecken die Hand vor den Mund.

»Zum Glück«, David zwinkert ihr zu, »kam er auf andere Gedanken.« Er legt Anne den Arm um die Schultern. »Sonst hätten wir *La Traviata*, *Aida* und alle die anderen niemals kennen gelernt. Und die machen Appetit. Anne ist berühmt für ihren Appetit.«

»Bin ich das?«

»Das warst du schon immer, meine Liebe, und bist es immer noch.« Anne säubert den Tisch bis auf den letzten Krümel.

Sie gehen ins Treppenhaus. Er hilft Kim in den Regenmantel.

Anne nimmt den Regenschirm, folgt ihnen und schließt die Tür. Denkt an die Dunkelheit im Park, die jetzt nahezu undurchdringlich sein muss.

»Wusstest du, Kimmy, dass mich das als Erstes begeistert hat?«

Die Worte hallen durch den Fahrstuhlschacht.

Anne denkt, dass sie ihn zum ersten Mal Kimmy sagen hört. Vielleicht hatte er sie schon immer Kimmy genannt, wenn sie unter sich waren. Ein süßer kleiner Spitzname, nicht schlimmer als Zeppe, obwohl Anne ihn immer nur David genannt hat. Sie ist sich nicht sicher, ob sich Kimmy wie die umgangssprachliche Bezeichnung für eine Geschlechtskrankheit anhört oder wie der Name einer Fabrik für Wachstumshormone.

Kim drückt auf den Knopf des Fahrstuhls.

»Was, Zeppe?« Kim blickt Anne erwartungsvoll an. »Was hat dich als Erstes begeistert?«

»Ihr Appetit. Meine Frau ist nämlich kein Kostverächter. Sie will einfach alles.«

Das Drahtseil zittert im Schacht. Kimmy ist ein einziges großes Lächeln. Die Treibscheibe dreht sich.

Sie gehen an der großen Hecke des Parks entlang. Alles ist jetzt geschlossen. Die Tore verriegelt. Die Wachen an ihrem Platz. Doch zwischen den schwarzen Bäumen steht ein Mann mit ausgestreckten Armen. Eingesperrt. Zumindest bis zum Morgengrauen.

Und so endete die Reise nach Paris.

Mit Unterweisungen, Hellhörigkeit und Dunkelheit.

Sie kontrollierte die Uhrzeit. Das Taxi, das ihn zum Flughafen bringen sollte, würde in wenigen Minuten da sein. Auf dem Tisch lagen ein Stadtplan von Toronto und eine Tube mit Hautcreme für den Flug. Sie legte beides zu seinem Handgepäck, ging die Treppe hinunter und rief nach ihm, doch er war nirgends zu finden. Sie rief erneut, lief in den ersten Stock, ging zum französischen Balkon und entdeckte ihn im Garten.

Er stand mit dem Rücken zu ihr vor den Stufen, die zum Steg hinunterführten, und blickte über den See.

Anne konnte sich nicht erinnern, ihn dort schon einmal stehen gesehen zu haben.

Sie öffnete die Balkontür und schreckte zwei Tauben auf, die zum See hinunterflatterten.

Er drehte sich um und schaute sie an.

Sag etwas, forderte sie sich stumm auf, winke ihm zu, tu irgendwas. Doch sie war wie festgefroren und brachte kein Wort heraus. Er lächelte sie an und sagte etwas, das klang wie »mit Haut und Haar«.

Er geht quer über den Rasen, lässt sie aber nicht aus den Augen. Kurz darauf hört sie seine Schritte auf der Treppe und dreht sich um, als er die Tür öffnet. Er geht direkt zu ihr und küsst sie fordernd. Sie spürt seine Zunge in ihrem Mund. Seine Haut an ihrer. Seine Hände, die über ihre Hüften gleiten und ihren Po streicheln. Sie spürt sein Begehren, das nie zuvor so egoistisch war. Tränen laufen über ihre Wangen, doch er lässt sich nichts anmerken, bedeckt ihr Gesicht mit feuchten Küssen, fährt mit der Zunge über ihre Wangen, in ihr Ohr und den Hals hinab, er geht in die Knie und öffnet ihren Bademantel, liebkost ihre Schenkel und zieht ihren Slip halb herunter; sie schluchzt und hilft ihm, ihn ganz abzustreifen, setzt sich unsicher auf die Bettkante und sieht, wie er sich den Gürtel mit einer Bewegung aus der Hose zieht, als wolle er sie schlagen. Er hat sie noch nie geschlagen und tut es auch jetzt nicht. Stattdessen kommandiert er, sie solle sich auf den Bauch legen. Sie ist nackt und wehrlos und trocken und kalt, doch sie liegt regungslos da und wartet auf ihn.

In diesem Moment hört sie ihn auf der Treppe. Er ist auf dem Weg in die Eingangshalle. Kurz darauf wird die Haustür geöffnet, die Gardine bauscht sich, und ein Automotor heult auf.

Sie zieht die Beine an und spürt, wie ihr Schluchzen in der

Kehle stecken bleibt. Sie liegt da wie ein Embryo und denkt an seine große, raue Zunge und stolpert ins Bad und putzt sich die Zähne und steht zehn Minuten unter der kochend heißen Dusche. Danach zieht sie sich an und fährt in die Svendborggade. Sie drückt auf die Klingel unter dem Namen L. Andersen und wartet, drückt erneut, doch niemand öffnet.

Im Auto raucht sie eine Zigarette, fährt auf der Küstenstraße nach Skodsborg, schwimmt vier Bahnen im Bassin und legt sich anschließend auf die Sonnenbank.

Später am Abend zündet sie Lichter in allen Räumen an und öffnet die Tür zum Garten. Gemessen an der Jahreszeit ist es ein milder Abend, der nach See und Fäulnis riecht. Eigentlich hatte sie fernsehen wollen, landet jedoch wie üblich hinter der Gardine im ersten Stock. Steht eine Stunde lang mit halb geschlossenen Augen da, inhaliert die Dunkelheit und den Rauch der Zigarette. Lauritz schwimmt, läuft, tanzt und liebt, das Wort Gaze dreht sich in ihrem Mund, löst sich auf und geht ihr ins Blut, fließt in ihren Schoß, perforiert das Fleisch, betäubt die Sinne und weckt die Lust. Gaze-Erotik, Stimmen im Dunkeln, das Geschlecht auf seinem geschwungenen Schenkel, sein Gewicht und seine Bewegung, Rhythmus und Ruhe, Glut in der Dunkelheit, Asche auf dem Teppich, Rauch in der Nase, Gaze in der Garage, reißendes Leinen, laufende Maschen, der Riss im Leben. Die Angst in der Kehle.

An der Autobahn nach Helsingør, in der Nähe von Hørsholm, gab es eine Cafeteria, die wie ein großer, umgestalteter Bauwagen aussah. Die Leute kamen hierher, um eine Tasse Kaffee zu trinken oder ein Sandwich zu essen. Früher war dies ein guter Treffpunkt gewesen. Er hatte gesagt, er komme hier mehrmals in der Woche mit seinem Bus vorbei.

Am folgenden Tag fuhr sie zur Cafeteria, wartete eine Stunde lang auf ihn, kam sich dumm und lächerlich vor, fuhr wieder nach Hause und überflog die eingegangenen Faxe, die alle für David waren. Im Wohnzimmer ging sie zum Barschrank und schenkte sich einen Bourbon ein, der ihr nicht schmeckte. Dennoch trank sie aus und füllte das Glas von neuem.

»Der Rausch«, flüsterte sie, »ist ein gefährlicher Partner, ein echter Sittenstrolch.«

Als sie mit weit geöffneten Augen im Bett lag, flog ein Vogel gegen die Balkontür. Sie erschrak, wartete einen Augenblick, stand dann auf und öffnete die Tür ins Freie. Der Vogel hatte einen kleinen Fleck hinterlassen, schien aber keinen Schaden genommen zu haben. Dennoch zog sie den Kimono an, ging hinunter und fand ihn unter dem Fenster. Halbtot, doch mit klopfendem Herzen. Eine Amsel, noch jung und braun.

Sie holte einen Spaten und bekam für einen kurzen Moment Blickkontakt mit dem Vogel.

Mit Haut und Haar, Anne, mit Haut und Haar. Du hältst mein Leben in deiner Hand.

Das Handy piepte.

Sie lief zu ihm, dachte an den kleinen Kopf des Vogels und starrte auf das transparent gewordene Handy. Lau war bereits auf dem Weg und stand quicklebendig vor ihr. Hinter ihm jagten die Wolken von rechts nach links. Er schaute ihr direkt ins Gesicht und wartete nur darauf, dass sie seinen Anruf entgegennahm.

»Hallo.«

»Ich bin's.«

»Ich habe versucht, dich zu erreichen. Wo bist du, Lau?«

»Ich stehe vor der Tür.«

»Warte, ich komme runter.«

»Ist etwas passiert, Anni?«

»Ja, es ist etwas passiert.«

7

Es war Nacht, als sie den Motor vor dem Sommerhaus abstellte. Das Meer schlug dröhnend gegen den Strand, der Himmel war nicht mehr herbstlich, sondern schwarz wie im November. Sie hatten während der Fahrt nur wenige Worte gewechselt. Lau hatte Schach gegen einen Taschencomputer gespielt, den er einem seiner türkischen Freunde abgekauft hatte.

»Kennst du eigentlich nur Kümmeltürken?«

»Kümmeltürken?«

»Vergiss es.«

Das Haus war eiskalt. Sie machte Feuer im Kamin, setzte Teewasser auf, schaltete die Herdplatte aber sogleich wieder ab. Er sagte, er habe Hunger, doch es gab nichts zu essen im Haus. Sie bat ihn, ins Wohnzimmer zu gehen und zwei Gläser auf den Tisch zu stellen.

Er lächelte. »Yes, Ma'm.«

Sie fand eine Packung Kekse, entkorkte eine Weinflasche und füllte die Gläser, leerte ihres in einem Zug, füllte es erneut, stand auf und ging zum Fenster.

»Diese Nacht«, sagte sie und drehte sich zu ihm um, »sollten wir aus dem Rest des Monats herausschneiden. Lass es uns mit dem größten Messer der Welt tun.«

Er stand auf und ging zu ihr. »Es ist ziemlich schwarz da draußen und trotzdem spürt man die Weite der Landschaft. Man könnte den Verstand verlieren deswegen.«

Sie hielt sich ihr Glas an die Wange.

»Hier draußen, zwischen Himmel und Meer, ist ein guter Ort, um zu spüren, wie klein man ist. Keine Autos, keine

Alarmsirenen, keine Nachbarn. Man schwebt in einem Würfel unter dem Himmel. Vernimmt nur das leichte Rauschen des Nichts. Ich erinnere mich selten an meine Träume. Doch hier habe ich fast immer denselben Traum: Ich sehe vier Frauengesichter, die sich, wie bei einer Collage, übereinander schieben. Alle sehen so aus wie ich, schweigend und nackt, leblos wie Fayencen.«

Sie stellte das Glas ab und streckte die Hände aus.

»Zum ersten Mal seit einem ganzen Jahr fühle ich mich ruhig. Beunruhigend ruhig.« Sie schaute ihn an. »Willst du wissen, warum? Weil ich mich entschieden habe. Ich hatte nie Angst, alleine in diesem Haus zu sein. Selbst zu dieser Jahreszeit nicht. Niemals. Doch unser gutes Haus hat sich gegen mich gewandt. Anfangs dachte ich, das hätte etwas mit dem See zu tun. Aber das stimmt nicht. Es hat etwas mit mir und dem Mann zu tun, mit dem ich verheiratet bin.«

Er nippte an seinem Glas. »Leckerer Wein.«

»Wein ist nicht lecker, sondern gut oder schlecht, und dieser hier ist ein 95er Château de Chambrun, neunzig Prozent Merlot und zehn Prozent Cabernet Franc. Kiesel, Lehm und Eisen. Eine Klasse für sich.«

»Donnerwetter.«

»So ist es die ganze Zeit, immer nur das Beste, aber das hat seinen Preis. Ich dachte, dies wäre mein Leben und mein Zuhause. Das stimmt nicht mehr. Das Haus steht auf seiner Seite, die Räume haben sich gegen mich verschworen. Am Abend, wenn es dämmert, zieht es vom See herauf, all das Böse. Er hat es so gewollt. Es ist seine Inszenierung. Er weiß genau, was geschieht, und hat damit begonnen, mich ein Leben lang zu bestrafen.«

»Mit Jahrgangsweinen?«

Sie beugte den Kopf und lächelte in sich hinein. »Du glaubst sicher, ich bin übergeschnappt, aber wenn ich es bin, dann ist er es auch. Angela hat mich gefragt, was los ist. Sie weiß nichts von unseren Problemen, aber sie hört es seinem Spiel an. Zum ersten Mal in seinem Leben bekommt er schlechte Kritiken. Wenn er Satie spielt, werfen sie ihm Zerstreutheit vor. Doch er ist gleichmütig, weil es ohnehin keine Abhilfe gibt. Er liebt es, mich zu hassen.«

»Sonderbares Vergnügen.«

»Da irrst du dich«, sagte sie, während sie sich auf dem Sofa zurücklehnte und sich auf ihre hochgezogenen Füße setzte. »Er genießt es, weil er das richtige Alter dazu hat. Wenn er vor dem Badezimmerspiegel steht und den Verfall seines Körpers betrachtet, dann ist es meine Schuld. Er sieht sein Alter mit meinen Augen. Den Tod, der sich nähert. Neulich habe ich das Album mit unseren Hochzeitsbildern aufgeschlagen. In der Kirche Santa Maria della Salute, die so heißt, weil sie am Ende des Canal Grande liegt, wimmelte es nur so von Menschen.«

»Ihr habt in Venedig geheiratet?«

»Ja, wir haben in Venedig geheiratet. Ich weiß, das hört sich wie ein Klischee an, aber in Wahrheit war es völlig anders. Tausende von Fotos wurden aufgenommen. Viele von der Sakristei aus. Ich irre mich bestimmt, aber ich glaube, sie war auch da.«

»Wer?«

»Die Leopardenfrau. Ich habe mit einer Lupe geschaut, ob ich Recht habe. Aber an den Rändern der Blitzlichtaufnahmen ist immer ein schwarzer Schatten. Und dort steht sie natürlich. Wo auch sonst?«

Anne blickte starr in die Luft. »Es war eine unglaubliche Hochzeit. Ein Gefühl, als würde man mitten in die Sonne schauen. Man wird geblendet, aber die Sehstörung ist nicht von Dauer. Vielleicht empfindet er es genauso. Ich bin mir nicht sicher, aber wenn es so ist, dann ist es meine Schuld. Alles hat seinen Anfang, und ich habe mir das Hirn zermartert, ob alles an einer Tankstelle im April begann oder vor sechs Jahren in Hanoi.«

Sie senkte die Stimme. »Ich glaube nicht, dass man zwei Menschen gleich stark lieben kann. Leider bin ich zu dumm, um alle meine Überzeugungen zu durchschauen. Wie sollte ich da meine Gefühle verstehen?«

»Aber das ist doch keine Krankheit, Anni.«

»Nein, es ist keine Krankheit. Es ist so banal. Ich weiß nicht, wo das enden soll, aber es muss ein Ende haben.«

Sie lächelte müde. »Was ist mit dir, Lau?«

»Mit mir?«

»Ja, was ist mit dir? Wann trittst du in Erscheinung? Welche Gedanken hast du dir gemacht? Warum hast du nie eine Ausbildung gemacht, geheiratet und Kinder gekriegt? Warum bist du nie enttäuscht worden, anderen Frauen hinterher gerannt und hast dich scheiden lassen?«

»Ist das der normale Lauf der Dinge?«

»Sieh mich an.«

»Ich glaube, ich habe auf dich gewartet.«

Sie verdrehte die Augen. »Das macht es nicht leichter, mein Liebster.«

»Was soll ich dir denn erzählen? Ich habe das Abitur gemacht und danach angefangen, Biologie zu studieren, aber es lag mir nicht. Ich fühlte mich passiv, aber ich wollte leben. Ich habe nie so viel über diese Zeit nachgedacht. Ich machte meinen Busführerschein und schuftete und sparte und kaufte mir eine Zweizimmerwohnung.«

»War das wirklich so einfach?«

»Nein, einfach war es nicht. Sag mal, worüber reden wir eigentlich?«

»Du hast mal gesagt, dass du mich heiraten willst. Kannst du dich daran erinnern?«

»Wenn du willst.«

Sie ließ sich ins Sofa fallen.

»Darf ich dich daran erinnern, dass ich schon verheiratet bin?«

»Das lässt sich ändern.«

Anne beugte sich vor und sprach mit ruhiger, gedämpfter Stimme.

»Ich weiß nicht, wo ich anfangen soll, aber als ich David kennen lernte – jetzt erzähle ich dir, wie es wirklich war –, also als ich ihn kennen lernte, lernte ich auch das Leben kennen, von dem ich immer geträumt hatte. Eigentlich wusste ich gar nicht, dass es solch ein Leben gibt, aber man hat doch so seine Vorstellungen.«

Sie drehte das Glas zwischen den Fingern. »Er hat einen neuen Menschen aus mir gemacht, und ich habe es geliebt, ein neuer Mensch zu werden. Das Merkwürdige war, dass ich mich in Windeseile daran gewöhnte. Ich entdeckte neue Seiten an mir, die mir gefielen. Am Anfang habe ich ihn wohl einfach kopiert. Nicht, dass er so etwas erwartet hätte, doch später hat es sich dann verselbständigt. Plötzlich hörte ich Anne aus Helsingør über Verdis *Macbeth* und Schulhofs Streichsextett diskutieren. Ich hörte zu und las, hörte zu und las, nahm alles auf und wuchs daran. Es war eine lange und glückliche Metamorphose. Ich hatte schon immer Hautprobleme auf dem Rücken, doch selbst diese verschwanden. Mit Unterstützung meiner wöchentlichen Wellness-Tage in Skodsborg.«

Sie hielt inne und nippte an ihrem Wein.

»Durch ihn habe ich die Annehmlichkeiten des Lebens kennen gelernt. Eines verschwenderischen Lebens; du würdest es Luxus nennen, doch es ist viel mehr, unendlich viel mehr als das, unbeschwert und gleichzeitig von großer Fülle. Ich dachte, so muss es sein, wenn alles perfekt ist. Bis ich eines Tages an der Tankstelle Lau aus Østerbro begegnete.«

Sie zündete sich eine neue Zigarette an und nahm einen tiefen Zug.

»Ein aufwühlendes Gefühl, das kann ich dir versichern. Ein Gefühl, das mein Leben veränderte. Man sollte glauben, dass von diesem Moment an alles andere sinnlos und leer erschien.

Aber das tat es nicht. Das tut es nicht. Auch wenn man einsieht, dass Bally-Schuhe ein überbewerteter Scheiß sind, fängt man ja deswegen nicht gleich an, barfuß zu gehen. In Paris erklärte er, er liebe mich mit Haut und Haar. Die Art und Weise, wie er es sagte, gefiel mir nicht. Und seine Drohung wurde vollkommen unmissverständlich, als er meinte, ich würde sein Leben in der Hand halten. Damit wurde es beinahe zu Sand, der durch meine Finger rieselte.«

Sie ließ sich auf den Boden gleiten.

»Aber du hast ihn doch geliebt, Anni.«

»Ich liebte die Frau, die er aus mir gemacht hat, und war enorm beeindruckt. Ich verwechselte das mit Liebe. Wie soll man wissen, ob es Liebe ist, bevor man dem echten Gefühl begegnet? Hattest du noch nie eine Freundin vor mir?«

»Doch, aber es hat nicht gehalten.«

»Ist das alles? Es hat nicht gehalten.«

Er zuckte die Schultern.

»Würdest du alles für mich tun, Lau?«

»Natürlich.«

»Du sagst das so komisch.«

»Entschuldigung.«

»Und hör auf, Entschuldigung zu sagen. Verstehst du denn nicht, dass wir schon tief …«

Sie brach ab, setzte sich mit dem Rücken zu ihm, zog die Knie unter das Kinn und sprach weiter: »… dass wir schon tief in der Sache drinstecken?«

»So betrachte ich das gar nicht. Ich denke die ganze Zeit an dich. Ist das etwa verboten?«

»Du denkst an eine verheiratete Frau.«

»Ich denke nicht an eine verheiratete Frau. Ich denke an einen Menschen, für den ich alles tun würde. Wir werden schon einen Weg finden. Nichts ist unmöglich, wenn man gründlich nachdenkt und bereit ist, etwas zu riskieren.«

»Etwas zu riskieren? Findest du nicht, dass wir schon genug riskieren? Wenn du wüsstest, was für ein Risiko es für mich bedeutet, hier mit dir zusammen zu sein!«

»Vielleicht ist es an mir, etwas zu riskieren.«

Anne lächelte. »Was könntest du schon riskieren?«

Er schaute sie an. »Mein Leben, aber das bedeutet ja nicht so viel.«

Sie schüttelte den Kopf. Und schenkte sich ein neues Glas ein. »Ich habe erlebt, wie sich viele meiner Freundinnen in die große Liebe ihres Lebens stürzten. Alle glaubten, den einzig Richtigen gefunden zu haben. Ein Jahr später saß Vita mit ihrem Klempner und ihrem Kleinen in der Provinz und glotzte aus dem Fenster. Und Sanna, die kleine, glückliche Sanna, ließ sich scheiden, weil sie nicht genug Platz hatten. Alles drehte sich nur noch um Abwaschen und Einkaufen und darum, wer das Essen macht. Sie hat ihn während eines Pauschalurlaubs verlassen, weil sie das alles nicht mehr aushielt. Aber das Leben muss nicht zwangsläufig so sein. Es muss nicht ausschließlich aus Fastfood, Fernsehserien, Abtreibungen und vollgeschissenen Windeln bestehen. Alles hängt von den Umständen ab, die können besser oder schlechter sein, und wir beide, Lau, wir wollen die besten Umstände von allen. Wir wollen uns nicht irgendwie durchwursteln, um hinterher alles nach einem Besäufnis auf Gran Canaria über den Haufen zu werfen. Dazu sind wir uns zu schade.«

»Sind wir besser als andere?«

»Ich ertrage einfach keine halben Sachen. Das ist vergeudete Zeit.«

Sie verzog das Gesicht. »Wenn man freie Auswahl auf allen Regalen hat, wird man plötzlich so knickerig und kleinkariert. Irgendwo, sagt man sich, müssen doch noch weitere Regale existieren. Und natürlich tun sie das. Es macht verdammten Spaß, reich zu sein. Das sollte man natürlich nicht in die Öffentlichkeit tragen. Ich habe zwei bescheidene Wünsche, Lau. Ich will reich und glücklich sein. Du machst mich glücklich, du bist der einzige Mensch auf der ganzen Welt, dem ich vertraue. Doch gleichzeitig …«

»Gleichzeitig weißt du, dass du nicht in der Svendborggade wohnen kannst. So ist es doch, oder?«

Sie starrte ihn an. Ihr Blick war von Tränen verschleiert, ihre Stimme heiser vor Erregung. »Ich würde mit dir in einem Keller in Ishøj wohnen.«

Er lächelte. »Ich kannte mal jemanden, der in einem Keller in Ishøj gewohnt hat. Ein Pakistani. Intelligenter Bursche, ich glaube, er war Gehirnchirurg.«

»Hör mir zu, Lau. Hör mir einfach zu und dann sag mir, dass ich verschwinden soll und dass du mich nie mehr wiedersehen willst. David ist ein schrecklich kluger Mensch, ein Kosmopolit, doch auch er hat seine zynischen Seiten. Selbst er, der immer alles bekommen hat im Leben, der sich immer alles hat aussuchen können, während sich die Millionen auf seinem Konto anhäuften, selbst er ist ein wenig abgestumpft. Vielleicht ist das eine Folgeerscheinung des Erfolgs, woher soll ich das wissen, ich bin ja nicht weltberühmt, denn obwohl er die Liebenswürdigkeit selbst ist, setzt er immer seinen Willen durch. Jeder Mensch hat seine Abgründe. Ich kenne seine nicht im Detail, sondern nur ansatzweise, doch jetzt werden sie sichtbar.«

Sie stand auf, ging aus dem Zimmer und holte eine neue Flasche. Stand einen Augenblick in der Küche und starrte in die Dunkelheit.

Als sie wiederkam, hatte er sich auf das Sofa gelegt und die Hände hinter dem Nacken gefaltet.

»Leider halte ich Sie für ein wenig zu unerfahren, um ein solches Gespräch zu führen, Herr Andersen.«

Anne entkorkte die Flasche. »Angela Reeves, seine Managerin, eine große, dicke Frau in den Wechseljahren – sie vergöttert ihren Zeppe und hasst mich. Es kann gar nicht anders sein. Sie trinkt, und zwar keine Buttermilch. Auch damals in

New York hatte sie getrunken. David war im Studio, während Angela und ich in ihrem kleinen Büro an der Lexington Avenue beisammen saßen und Wodka tranken. Zum ersten Mal führten wir ein einigermaßen vernünftiges Gespräch. Ich glaube, sie hatte sich an den Gedanken gewöhnt, dass ich nicht sogleich wieder von der Bildfläche verschwinden würde. Oder sie hatte eingesehen, dass mein Einfluss ihr Schwierigkeiten bereiten konnte. Jedenfalls kamen wir auf Maria zu sprechen, Davids erste Frau, die Angela nie kennen gelernt hatte, weil Maria vorher verunglückt war. Das habe ich dir doch schon erzählt. Angela sagte mir, es habe damals hartnäckige Gerüchte gegeben, Maria sei gar nicht von selbst die Treppe hinuntergestürzt. Sie soll mit der Zeit sehr kostspielig geworden sein und Geld für Dinge aus dem Fenster geworfen haben, deren Anschaffung David einfach nicht nachvollziehen konnte. Das meiste hat er nach ihrem Tod verkauft. Nur ein paar Fayencen befinden sich noch in der Pariser Wohnung. Hörst du mir zu?«

»Ja, ich höre dir zu. Willst du etwa sagen, er hätte sie umgebracht?«

»Nein, will ich nicht. Oder vielleicht doch? Er verliert nie ein Wort über sie. Maria war eine durchtrainierte Frau in den besten Jahren, so ähnlich wie ich. Jeden zweiten Tag fuhr sie Kajak und hielt sich auf jede erdenkliche Weise in Form. Sie muss die Stufen fünftausend Mal hinuntergegangen sein.«

»Du meinst, er hat sie runtergestoßen?«

»Leg mir die Dinge nicht in den Mund.« Sie füllte ihr Glas. »Er ist Gott. Er hält sich zwar nicht dafür, denn das tun Götter nicht, doch mit dem Status, den er hat, wird ihm für alles Absolution gewährt. Er ist der Nabel der Welt, alles dreht sich um ihn. Fällt es einem da schwer, freundlich und generös aufzutreten? Aber Maria stand allein. Völlig allein. Soweit ich weiß, hatte sie eine Freundin im Kajakklub, doch ansonsten hatte sie niemanden. Angela hat mir erzählt, dass die Freundin auf der Beerdigung war. David hat sie total ignoriert.«

»Der nette Zeppe hat also noch eine andere Seite?«

»Worauf du dich verlassen kannst. Unmittelbar nachdem wir uns kennen gelernt hatten, du und ich, konnte ich nicht verstehen, warum ich so nervös war. Warum ich am ganzen Körper zitterte. Heute weiß ich es.«

Anne legte den Kopf in den Nacken und schloss die Augen. »Die Geschichte von Maria und den Umständen ihres Todes spukt immer noch im Haus herum. Sitzt als grüner Schimmel an den Wänden. Fliesen, Dachziegel und Regenrinnen werden von den Algen den Sees überwuchert. Thiesen sagt, er kann nichts dagegen tun, und wenn Thiesen das nicht kann, dann kann es niemand.«

Sie stand auf und begann im Zimmer umherzugehen. »Ich weiß gar nicht, warum ich dir das alles erzähle. Eigentlich wollte ich etwas ganz anderes sagen.«

Sie drehte sich um und schaute ihm in die Augen. »Ich frage mich die ganze Zeit, warum ich die nächsten zwanzig Jahre meines Lebens damit verbringen soll, auf seinen Tod zu warten, damit ich wieder frei atmen kann. Warum soll ich das tun?«

»Das brauchst du auch nicht.«

»Ich wusste, dass du das sagen würdest.«

»Genau. Lass dich scheiden, pack deine Sachen und verschwinde. Genieß das Leben. Ich stehe schon draußen vor der Gartenpforte.« Er lächelte.

»Natürlich. Wie konnte ich das vergessen. Dann sind wir ja wieder da, wo wir vorhin schon waren.«

»Wo?«

»In der Svendborggade.«

Er blickte zur Decke. »Du bist noch nie dort gewesen. Das ganze Haus ist inzwischen vom Schimmel befreit. Das ist doch immerhin etwas.«

»David hat einen sehr klugen Freund, der Professor für Philosophie an der Columbia University in New York und außerdem ziemlich amüsant ist. Er sagte einmal, das Leben sei etwas, das man entdeckt, wenn es zu spät ist. Damals fand ich das eine ziemlich merkwürdige Aussage. Doch vielleicht hat er Recht. Findest du mich zynisch, Lau?«

»Warum sollte ich?«

Anne zündete den dreiarmigen Kerzenleuchter auf der Fensterbank an, lehnte sich vor und starrte in die Flammen. »Weil ich alles haben will. Ich weiß, was es heißt, ganz unten zu sein. Mein Vater ist abgehauen, als ich drei Jahre alt war, und von da an schuftete meine Mutter wie eine Wahnsinnige, damit es ihrer kleinen Anne an nichts fehlte. Man sollte keinen Unterschied bemerken. Aber natürlich war es anders als früher, und Mädchen müssen nicht besonders alt sein, um das herauszufinden. Es gibt nichts Bösartigeres als kleine Mädchen. Natürlich heißt das nicht, dass ich mein Geschlecht verachte; ich möchte nicht wissen, wie die Welt ohne uns aussähe. Wir können alles, wir wollen alles, und wir kriegen alles. Wir sind das neue Herrenvolk.«

»Da ist was dran.« Er grinste breit.

»Ich hatte mir geschworen, dass die Welt Anne aus Helsingør noch kennen lernen sollte. Ich wollte auf keinen Fall mit einem desillusionierten Frührentner auf Ibiza enden. Ich habe mich abgerackert, aber aus irgendeinem Grund kam ich immer zu spät. Immer gab es eine, die drei Jahre jünger war als ich und mir den Traumjob vor der Nase wegschnappte. Ich begann für ein Lifestyle-Magazin zu arbeiten und schrieb lange, enthusiastische Reportagen über die Kücheneinrichtungen der Promis, ihre Essgewohnheiten, ihre Golden Retriever und ihre okkultistischen Anwandlungen. Es war mitten in den Achtzigern, und wir alle waren scharf auf unsere Karrieren, mit anderen Worten: auf uns selbst. Zwei Jahre später waren die meisten Frauen total abgebrannt oder von ihren

Männern wegen einer Jüngeren verlassen worden. In der Zwischenzeit hatten sich auch die Wandfarben geändert, also lancierten wir einen neuen Slogan, wie das Esszimmer auszusehen hätte. Doch ich wusste, dass auch etwas Echtes existierte, etwas von Wert. Also kündigte ich meinen Job und flog mit einem Spulentonbandgerät und zwei Nikon-Kameras in die USA. Ich war drei Monate lang unterwegs und begriff schließlich, dass Armut etwas ist, bei dem man das Fernsehprogramm wechselt. Langsam beschlich mich der Verdacht, dass meine Begabung möglicherweise nicht ausreichte. Ich war über dreißig und wusste, dass ich beim Endspurt als Letzte ins Ziel kommen würde. Meine Hemmungslosigkeit, meine Kompromisslosigkeit und mein Ehrgeiz hatten sich nicht ausgezahlt, denn die anderen waren noch zehnmal schlimmer als ich. Also band ich mir eine Binde vor die Augen, sprang ins kalte Wasser und reiste nach Vietnam. Hatte gehört, dort sei man im Zentrum des Geschehens. Wohnte vier Wochen lang in einem schmuddeligen russischen Hotel. Pinkelte im Stehen und verlor fünf Kilo, weil das Essen in dieser Gegend einfach grauenhaft ist. Es regnete in Strömen, meine Klamotten wurden nie richtig trocken. Ein einziger Horror. Ich schrieb einen Artikel über die Pädophilen von Hanoi. Er wurde nie gebracht, weil ich ihn irgendwo liegen gelassen hatte. Der Tiefpunkt war erreicht, als eine Nachrichtenagentur mich beauftragte, einen Artikel über das Ho-Chi-Minh-Mausoleum zu schreiben. Doch es war eine lohnende Arbeit, also zog ich in den Krieg, wählte einen bestimmten Blickwinkel und mietete eine Rikscha. Hörst du noch zu, Lau?«

»Yes, Ma'am.«

Sie sah an die Decke. »Ich werde diesen Tag nie vergessen. Hanoi ertrank im Regen, ich hatte einen enormen Kater und drückte mir die Nase vor dem Paradies der Reichen platt. Vor dem Hotel Pullman Metropole in der Ngo Quyen Street. Er verkörperte alles, was ich mir erträumt hatte. Man kann schon sagen, dass wir beide unsere Rolle gut spielten. Ich bat darum, emporgezogen zu werden, und er genoss die Rolle des rettenden Engels. Man konnte beinahe die großen silbernen Flügel sehen.«

Anne hielt inne und putzte sich die Nase.

»Dann zeigte er mir die andere Seite des Mondes. Doch ich habe mir eine simple Lektion gemerkt. Lass dir von anderen nichts vormachen, aber mache dir vor allem selbst nichts vor. Aber genau das tun wir gerade, Lau. Ich habe eine veraltete journalistische Ausbildung und du hast einen Busführerschein, und obwohl in der Svendborggade kein Schimmel mehr ist, habe ich die andere Seite des Mondes gesehen, falls du verstehst, was ich meine.«

Er blickte zu Boden. »Ich verstehe, was du meinst.«

»Und du findest mich wirklich nicht zynisch?«

Er schüttelte den Kopf. »Nein, das finde ich nicht, aber was soll ich deiner Meinung nach tun?«

»Willst du wissen, warum ich nicht einfach meine Koffer packen kann?«

»Ja, bitte.«

»Weil ich sein Testament kenne. Er hat es mir vor einem Jahr gezeigt. Soll ich weitersprechen? Ausgezeichnet. Wir saßen im Kaminzimmer, er kam gerade von seinem Anwalt. Er sagte, es sei wichtig, dass ich Bescheid wisse. Kommst du mit?«

»Ja, natürlich.«

Sie setzte sich auf das Sofa und nahm seine Hand.

»Wir haben Gütertrennung vereinbart, was nur gerecht ist. So hat es jedenfalls sein Anwalt formuliert, der den liebenswürdigen älteren Herrn spielte, der dem dummen kleinen Mädchen vom Land erklärt, wie die Ehegesetze beschaffen sind. Es läuft darauf hinaus, dass ich aufgrund unseres Ehevertrags nach einer Scheidung meine persönlichen Dinge zurückerhalte, mit anderen Worten: einen Picknickkoffer, ein

Aquarell von Hué und meine CDs von Charlie Parker, Miles Davis und Stan Getz.«

Er nickte und lächelte.

Sie fragte, was daran so komisch sei.

»Erzähl einfach weiter, mein Schatz.«

»Nicht, wenn du so dasitzt.«

»Anni!« Er nahm ihre Hand. »Ich liebe dich. Du wirkst nur so … so beleidigt.«

»Ich bin nicht beleidigt.«

»Erregt.«

»Nein, Lau, am Boden zerstört.«

»Du hast mich.«

»Genau das ist das Problem.«

Er küsste sie auf die Nase.

Sie entzog sich ihm. »Willst du das interessanteste Detail von Zeppes Testament wissen?«

»Du erzählst es mir ja sowieso.«

»Im Falle seines Todes erhält seine Ehefrau die Hälfte seines Vermögens und drei Viertel seiner Tantiemen. Der Rest kommt gemeinnützigen Organisationen sowie Kim und Jonas, seinen ehemaligen Schülern, zugute. Mit dem Geld ist bereits ein Fonds in den USA gegründet worden. Es ist genug für uns alle. Mehr als genug. Außerdem bekomme ich das Haus und die Wohnung in Paris, das Mobiliar und die Gemälde.«

Sie rückte ein Stück nach vorne. »Du kannst dir nicht vorstellen, Lau, was man mit Geld alles machen kann. Alles wird so leicht. Das Problem ist nur …«

Sie brach ab und schüttelte den Kopf.

»Was ist das Problem, Anni?«

»Dass es nie so weit kommen wird, nie im Leben. Alles ist so nah und trotzdem unerreichbar. Trink noch etwas Wein.«

»Ich werde schon von zwei Gläsern betrunken.«

»Dann wirst du eben betrunken. Neulich, am Abend vor

seiner Abreise, hat er mich vergewaltigt, das heißt, er hat mich nicht wirklich vergewaltigt, er tat etwas viel Schlimmeres. Er riss mir die Kleider vom Leib und ließ mich dann liegen. Du ahnst nicht, wie demütigend das ist.«

Anne zwinkerte die Tränen weg und schüttelte den Kopf. »Ich wusste nicht, dass er zu so etwas imstande ist, und als ich im Bett lag, entblößt bis auf die Knochen, habe ich mir gewünscht, dass er die Treppe runterfällt und sich jeden einzelnen Knochen bricht. Er ist ein Schwein, Lau.«

Er hob eine Hand.

»Was ist?«

Er öffnete den Mund und rollte mit den Augen. »Du willst mir doch nicht etwa vorschlagen, es zu tun? Das willst du mir doch nicht ernstlich vorschlagen?«

»Was tun, Lau?«

Er fasste ihr Ohr und zog sanft daran.

Sie zündete sich eine Zigarette an. »Natürlich tue ich das nicht, aber stell dir vor, es würde passieren. Stell dir nur mal vor, was für ein Glück das wäre. Ich glaube an das Glück, aber manchmal muss man ihm auf die Sprünge helfen. Man darf nicht einfach nur dasitzen und abwarten. Man muss selbst etwas dafür tun.«

»Ihm einen Stoß geben?«

»Natürlich nicht. Das Problem ist nur, dass ich es keine weitere Woche mehr aushalte. Ich weiß nicht, wie viel ich noch aushalte, aber ich ertrage es einfach nicht mehr, mit ihm zusammenzuleben. Er riecht nach altem Mann und behandelt mich wie ein Möbelstück. Oder ein Schmuckstück, das er in einer Transithalle gekauft hat. Er ist verdorrt. Das ist nicht seine Schuld, aber so ist es nun mal. Er weiß, dass er verdorrt ist, und das macht ihn böse. Böse und zynisch. Ich behaupte nicht, dass er Maria getötet hat, ich sage nur, wenn ihm etwas zustößt, dann hat er es vielleicht verdient.«

»Für so was kommt man ins Gefängnis.«

»Stimmt, vor allem, wenn man sich erwischen lässt.«

»Anni, was sagst du da?«

»Du hast Recht. Wir beenden das Thema.«

Sie hielt die Hände in die Höhe. »Vergiss, dass wir überhaupt darüber geredet haben. Ich bin betrunken. Ich meine es nicht ernst.«

Er lächelte. »Du bist eine Hexe. Aber du bist keine böse Hexe.«

»Wenn ich nachts wachliege und mich frage, warum wir nicht zusammen sind, und sein Aftershave ekelhaft stinkt, dann stelle ich mir ihn als Mörder vor. Als einen Mann, der imstande war, die Sache selbst in die Hand zu nehmen.«

»Aber er war doch gar nicht zu Hause, als es passierte.«

»Er hat jemanden beauftragt, es zu tun. David findet für alles seine Leute. Angela hätte es für eine Pensionsaufbesserung getan, Thiesen aus reiner Ergebenheit und sein Klavierstimmer für ein Autogramm – aber natürlich ist sie von selbst gefallen. Sie ist auf den nassen Stufen ausgerutscht und so unglücklich gefallen, dass sie es nicht überlebt hat. Doch es bleibt dabei, dass es für ihn die bequemste Lösung war. Er bekommt immer alles so, wie er es haben will.«

Er zog sie an sich. »Anni.«

Sie nickte. »Ich könnte mich natürlich freiwillig die Stufen runterstürzen.«

Sie verbarg das Gesicht in den Händen. »Vielleicht war es das, was Maria getan hat.«

Er nahm ihre Hand. »Sie ist gestolpert, Anni. Oder auch nicht. Vielleicht war es die Mafia, vielleicht war es David. Er war nicht in Mailand. Er stieß sie in den Tod. Und du wirst die Nächste sein. Versprich mir, dass du dich nie wieder bei der Treppe aufhältst.«

»Wem sollte ich denn mein Herz ausschütten, wenn nicht dir?«

»Jetzt wein doch nicht.«

Sie stand auf. »Warum soll ich nicht weinen? Ich habe allen Grund dazu, aber jetzt reicht es mir; ich fahre nicht mehr durch das halbe Land, um dir zu sagen, dass ich ihm den Tod wünsche, sondern um dir zu sagen …«

Sie zögerte und spürte, wie ihr Kinn zitterte. »Dass wir unsere Beziehung beenden müssen. Ich habe gründlich darüber nachgedacht, und ich weiß, dass die Zeit alle Wunden heilt, so banal sich das auch anhört.«

»Ist das Geld wirklich so wichtig?«

»Es ist nicht das Geld, es ist das Leben. Sein Leben und mein Leben. Erst hat er mich aufgepumpt und dann die Luft rausgelassen, und das will ich ihm nicht durchgehen lassen. Ich werde so lange bei ihm bleiben, bis einer von uns zerbricht. Er darf mich nicht kleinkriegen. Ich will ihn mit Haut und Haaren, denn es stimmt: Ich halte sein Leben in der Hand und er meines. Jetzt drücken wir beide zu, und er soll zu spüren bekommen, wer von uns beiden der Stärkere ist.«

»Das ist doch Wahnsinn.«

»Ja, es ist Wahnsinn. Jetzt hast du es endlich verstanden. Es ist Wahnsinn. Und davon abgesehen, bin ich total betrunken. Ich glaube, ich werde mich hinlegen. Wir fahren morgen nach Hause.«

»Anni, Liebste …«

»Nein, lass mich, Lau. Mir geht's dreckig. Lass … lass mich einfach in Ruhe.«

»Das kann ich nicht, Herrgott, wir fahren die halbe Nacht mit dem Auto, und dann soll plötzlich alles vorbei sein. Das ist es doch nicht.«

»Doch, Lau, das ist es. Glaub mir. Deshalb hatte ich dich gefragt, ob du alles für mich tun würdest. Du hast mit ja geantwortet, und jetzt sage ich dir, dass du aus meinem Leben verschwinden musst.«

»Aber das kann ich nicht so einfach. Das ist doch … völlig ungerecht und sinnlos.«

»Man kann, wenn man muss. Das habe ich in meiner Kindheit immer zu hören bekommen, und jetzt bekommst du es zu hören.«

Er weckte sie, als die ersten Lichtstrahlen ins Zimmer drangen. Er saß komplett angezogen neben dem Bett auf dem Boden. Er roch nach Meer und Salz, seine Haut war immer noch feucht vom Morgentau.

Sie legte ihre Hand auf seine, die auf ihrer Wange ruhte.

»Ich liebe dich«, flüsterte er.

Anne drehte sich auf den Rücken.

Er drehte ihren Kopf und blickte sie ernst an. Sie hat seinen Blick noch nie so intensiv wahrgenommen, mit so brennenden Augen.

»Ich lass dich nicht los, Anni.«

»Du musst«, flüsterte sie.

»Erzähl mir, was ich tun soll.«

»Wie meinst du das?«

Er schloss die Augen. »Sag mir einfach, was ich tun soll. Sag es mir.«

Sie schüttelte den Kopf.

»Es gibt nichts zu tun.«

Seine Züge verhärteten sich. Der Griff um ihren Kopf wurde fester. »Da irrst du dich.«

»Geliebter Lau …«

»Du irrst dich und ich lasse dich nicht los. Ich bin entschlossen, alles zu tun.«

»Lau, sieh mich an. Wovon redest du?«

»Du weißt genau, wovon ich rede.«

Sie ließ sich zurücksinken und verbarg das Gesicht unter dem Kissen.

»Sei so gut und vergiss es.«

Er nahm das Kissen weg. »Ich habe darüber nachgedacht. Man hat nur ein Leben.«

Sie starrte an die Decke. »Bist du dir wirklich klar darüber, was du da sagst?«

Er nickte.

»Ich denke nicht, Lau.«

»Wart's ab.«

Ihr Blick flackerte über sein Gesicht. »Das ist doch Irrsinn, auch wenn mein Mann alt ist. Über so etwas darf man nicht einmal nachdenken.«

Er setzte sich mit dem Rücken zu ihr. »Es muss sein. Außerdem hat er es verdient.«

»Das tut man nicht einfach so. Außerdem hat er es nicht verdient.«

Er schaute sie an. »Ich habe dich gesehen, Anni. Habe gesehen, wie du am ganzen Körper gezittert hast. Welche Angst du hattest. Ich habe es selbst erlebt. Vor vielen Jahren, als ich noch ein Junge war. Wenn mein Vater mich geschlagen hat und dann einfach weggegangen ist. Das war das Schlimmste. Wenn er weg war. Dann saß man einfach da und starrte zitternd die Wand an und hasste sich selbst. Aber man kann sich nicht ein Leben lang hassen. Irgendwann muss das ein Ende haben.«

Sie legte die Arme um ihn. »So darfst du nicht schauen. Du darfst nicht so wütend sein. Ich will dich nicht anstecken.«

»Es muss getan werden, damit wir zusammenleben können.«

Sie legte ihm die Hand auf den Mund. Bat ihn zu schweigen.

Er sprang auf und starrte an die Decke.

»Gut, dann sag mir noch einmal, dass wir uns nie wiedersehen werden.«

»Vielleicht in einem anderen Leben.«

»Du weichst aus.«

Sie blickte zu ihm auf und hörte, dass ihre Worte stoßweise kamen: »Und du sprichst davon, einen Menschen zu töten.«

»Nein, Anni.« Er nahm ihre Hände. »Ich spreche davon, ein

Leben zu beenden, das ohnehin vorbei ist. Du hast selbst gesagt, wie bösartig dieser Mann geworden ist. Soll er über uns beide bestimmen? Darf das sein? Sind wir uns deshalb begegnet?«

Sie schüttelte den Kopf. »Du darfst mich nicht drängen, Lau. Bitte dränge mich nicht. Wenn du wüsstest, wie wenig Widerstandskraft ich habe.«

Er setzte sich zu ihr. Sprach eindringlich auf sie ein: »Es gibt hundert Möglichkeiten, hundert Möglichkeiten, es zu verpfuschen. Aber man kann es auch richtig machen.«

»Und ausgerechnet du weißt, wie man es richtig macht? Ach, Lau.«

Er ging zum Fenster und steckte die Hände in die Taschen.

»Ich weiß es noch nicht genau, aber ich bin sicher, dass es möglich ist, wenn man richtig darüber nachdenkt.«

Sie stand auf und schmiegte ihre Wange an seinen Rücken.

»Andere zu beauftragen, scheidet aus. Darüber sind wir uns einig, oder?«

Er drehte sich um und schaute sie an. »Natürlich. Es gibt nur dich und mich.«

»Und du bist dir darüber im Klaren, dass man mich zuerst verdächtigen wird, wenn es passiert? Man braucht sich nur sein Testament anzusehen.«

»Ja, klar.«

»Weißt du, was du da sagst?«

»Ja, ich sage, dass ich mich auf diese Dinge einstelle, wenn wir die Angelegenheit in unserem Sinne gelöst haben werden. Es ist möglich, Anni. Es ist möglich, Geliebte. Das ist wie ein Schachspiel.«

Sie schlug ihm gegen die Brust. »Das ist alles andere als ein Schachspiel.«

»Die Vorbereitung, mein Liebling, die Vorbereitung.«

»Hör auf, das ist krankhaft.«

Er zog sie an sich und hielt sie fest.

»Ich liebe dich mehr als mein Leben, und das ist nicht krankhaft, sondern das einzig Richtige.«

Sie ging zum Bett und senkte die Stimme zu einem Flüstern. »Aber sind wir dazu imstande? Sind wir wirklich dazu imstande?«

»Ich weiß, dass wir es sind.«

»Woher weißt du das?«

Er packte sie und drehte sie um.

»Von dir«, sagte er.

8

Sie gehen am Wasser entlang, in weite Regencapes gehüllt, die sie vor dem Nieselregen und eventuellen Passanten schützen. Es ist Abend, das Auto ist vollgepackt, es ist Zeit, zurückzufahren. Anne starrt über das Wasser, das natürlich nicht aussieht wie immer, denn obwohl es sich um ein wandelbares Element handelt, spiegelt es stets ihr Inneres wider, die schwindelnde, bodenlose Tiefe, die gleichermaßen anzieht und abschreckt. Der Tag hatte mit einem Gespräch geendet, das sie in diesem Moment als absurd betrachtet, obwohl sie es nie zuvor so konkret geführt hatten.

Es hatte am Frühstückstisch angefangen, als er sagte, sie sollten es einfach als Spiel betrachten.

»Wie fangen solche Spiele an?« Anne schenkte Kaffee ein.

»Indem man eine Wahl trifft. So beginnen die meisten Spiele. Stell dir zwei Menschen vor, einen Mann und eine Frau. Sie planen ein gemeinsames Leben.«

»Nein, sie planen einen Mord. Wenn wir dieses Gespräch überhaupt fortsetzen wollen, dürfen wir es nicht mit einer Lüge beginnen.«

Er stemmte seine Füße gegen die Tischkante, kippte den Stuhl auf die Hinterbeine und faltete die Hände hinter dem Nacken. »Okay, ich sehe ihn vor mir. David Zeeberg. Ein gut aussehender Mann, einundsiebzig Jahre alt, irrsinnig berühmt, umjubelt bis zum Gehtnichtmehr. Ein Weltstar und freundlicher Herr, bescheiden, zuvorkommend, einfühlsam, humorvoll. Mit einem Wort: sympathisch. Das ist zumindest das Bild, das wir von ihm haben.«

Anne zwirbelte eine Haarsträhne zwischen ihren Fingern. »Sprich weiter.«

Er senkte die Stimme. »Aber da gibt es noch die andere Seite des Mondes. Eine unbarmherzige, kalte, abgestumpfte Seite.«

Er stand auf, ging um sie herum und legte seinen Mund an ihr Ohr: »Was für ein Schwindel. Welcher Zynismus. Aber David Zeeberg hat es erreicht, außerhalb jeder Kritik zu stehen. Er ist fast wie ein Gott. Aber nur fast, denn der richtige Gott, der Allmächtige im Himmel, nur *er* gibt und nimmt; wir anderen müssen uns mit weniger begnügen und können nicht an seine Stelle treten, also planen wir keinen Mord, sondern einen kleinen Unfall, und wir beginnen mit einer langen, steilen Treppe.«

»Mit vierundvierzig algengrünen Stufen.« Anne biss in ihre Haarsträhne.

»Eine tödliche Falle, die bereits ein Menschenleben gefordert hat.«

Er drehte ihren Stuhl herum und blickte ihr tief in die Augen.

»Bist du bereit, Liebste?«

»Das wird sich zeigen.«

»Dann lass uns zynisch sein.«

Sie begannen über das Schicksal von Maria zu reden, die infolge eines kleinen Unfalls zu Tode gekommen war. War es wirklich ein Unfall gewesen oder hatte jemand nachgeholfen?

Anne berichtete, was sie wusste. Dass man David, der sich damals in Mailand aufhielt, kurz vernommen hatte, es Angela zufolge jedoch nie zu wirklichen Ermittlungen gekommen war. Entweder war es ein tragisches Unglück oder der perfekte Mord gewesen. Das Ergebnis war dasselbe. Ergo die Treppe.

Er setzte sich auf die Fensterbank. »Beschreibe sie mir.«

Sie erzählte von den Stufen, die man aus alten Eisenbahnschwellen gefertigt hatte. Sie waren zirka zwanzig Zentimeter hoch, vierundvierzig an der Zahl. Als die Treppe gebaut worden war, habe man sich nach der Neigung der Böschung richten müssen, was bedeutete, dass sie beinahe senkrecht nach unten verlaufen musste. Sie bat ihn, sich eine Schiffsleiter vorzustellen. Er sagte, sie müssten leider auch über den unangenehmen Teil sprechen, nämlich die Ausführung. Sie erzählte, wie sie einmal auf einer der mittleren Stufen ausgerutscht sei und sich nirgends habe festhalten können. Deshalb sei sie bis zum Steg gekugelt, habe sich fürchterlich weh getan, sei aber dank ihrer Geschmeidigkeit und des Glücks, dass sie nicht auf den Kopf gefallen war, mit kleinen Blessuren davongekommen. Aber man könne natürlich auf die verschiedensten Arten fallen.

»Was uns interessiert, ist ein Sturz«, er knetete sein Kinn, »der aufgrund der Beschleunigung keinen Zweifel am Ergebnis zulässt.«

Anne sagte, für einen Mann in Davids Alter hätte schon ein Straucheln auf der untersten Stufe schwerwiegende Folgen.

Er entgegnete, davon könne keine Rede sein. David solle schon die gesamte Treppe hinunterstürzen, und sollte er bei der zwölften Stufe noch am Leben sein, müsse er eben auf der zwanzigsten oder einundzwanzigsten sterben oder sich auf den Planken des Stegs den Schädel einschlagen. Der springende Punkt sei der Anfang, die Beschleunigung, kurz gesagt: die Kraft des Stoßes.

Sie bat ihn aufzuhören.

Er lächelte, aber die Augen waren ernst. »Dabei kommen wir doch gerade erst richtig in Fahrt.«

»Deshalb sollten wir aufhören.«

Sie nahm die Streichhölzer, die auf der Fensterbank lagen, entzündete zwei und ließ sie gemeinsam abbrennen.

Er stand hinter ihr. Hielt seine Wange an ihre. Blies ihr ins Ohr. »Du hast es mit dem Feuer, nicht wahr, Anni?«

Sie schaute ihn apathisch an. »Falls wir es wirklich täten … und Erfolg hätten. Wenn wir es bis ins kleinste Detail planen und umsetzen würden. Was käme danach? Hast du dir darüber schon Gedanken gemacht? Was tut man hinterher? Liegt man nachts wach und starrt in die Dunkelheit oder säuft man sich um den Verstand und wird von seinem Gewissen zerfressen? Was tut man mit dem Rest seines Lebens?«

»Man lebt damit.«

»Man lebt damit?«

Er nickte, schob seine Hände in die Gesäßtaschen und lehnte eine Schulter gegen die Wand.

»Wir sollten das rein mathematisch betrachten, Anni.«

»In Ordnung.«

»Wie viel bringt Herr Zeeberg auf die Waage?«

Anne antwortete, er wiege achtundsechzig Kilo, sei zwar ziemlich schmächtig gebaut, aber für sein Alter noch recht gut in Form. »Er ist sein Leben lang skigelaufen. Ihre alten Langlaufskier hängen immer noch in der Garage. Mit seiner zierlichen Handschrift hat er ihre Namen draufgeschrieben: Kim, Jonas und David.«

Lau nahm einen Bleistift und ein Stück Papier und zeichnete zwei Männer am oberen Ende einer Treppe, die eine Neigung von achtzig Grad hatte. Das Gewicht spielte die entscheidende Rolle, wenn man einen Stoß zunächst außer Acht ließ. Ein Stoß in den Rücken wäre zu unsicher; es gehörte schon mehr dazu, wenn sie sichergehen wollten, das beabsichtigte Resultat zu erzielen.

Anne ging in die Küche und trank ein Glas Wasser. Er ging ihr nach und erkundigte sich, ob es ihr nicht gut ginge. Sie blickte ihn mutlos an, öffnete das Fenster und stand eine Weile im Luftzug, um wieder zu sich zu kommen.

»Ich kriege es nicht mehr zusammen. Auch wenn ich es mit aller Kraft versuche, ich kriege es nicht mehr zusammen.«

»Dann lass mich es für dich tun.«

»Willst du mich wieder ganz machen, Lau?«

»Ist es nicht das, worüber wir reden? Ist das nicht der Sinn unseres Gesprächs?«

Anne antwortete nicht. Er drehte sie zu sich um. »Wir sprechen über fünf Sekunden, Anni. Fünf Sekunden, die uns voneinander trennen. Er steht auf der obersten Stufe und im nächsten Augenblick ist er weg. Fünf Sekunden. Er wird gar nicht begreifen, was vor sich geht.«

Sie lächelte matt. »Nein, es wird wie ein langer, wunderschöner Sprung beim Bungeejumping, allerdings ohne Seil. Das Problem ist, dass …«

»Dass was, Anni?«

Sie legte einen Keks auf den Tisch, zerbröselte ihn und warf die Brösel in den Abfalleimer.

»Was ist das Problem, Anni?«

»Das Problem ist, dass es sich machen lässt.«

Er nickte. »In fünf Sekunden.«

»Ich gehe ins Bad und wasche mir die Haare.«

»Uns fehlt noch der Zeitpunkt.«

»Gut, reden wir über den Zeitpunkt. Ich habe seit dem Morgen an nichts anderes gedacht. Die eine Hälfte von mir denkt rational und zielgerichtet, während die andere in Apathie verfallen ist. Was ist das für eine Krankheit?«

»Eine, die dringend behandelt werden muss. Und das ist es, was wir gerade tun. Erzähl mir, was die zielgerichtete Anne sagt.«

»Die sagt, dass ich jeden Donnerstag nach Skodsborg fahre, um Wasseraerobic zu betreiben, zur Massage zu gehen, manchmal auch zur Maniküre, ein paar Bahnen zu schwimmen und mich hinterher eine halbe Stunde auf die Sonnenbank zu legen. Immer mittags zwischen eins und drei. Manchmal dauert es etwas länger, manchmal etwas kürzer.«

»Also reden wir von einem Donnerstag.«

»David wird in den ersten beiden Novemberwochen zu

Hause sein, um seine Weihnachtstournee durch die USA vorzubereiten. Er wird die meiste Zeit über allein sein. Alle Abweichungen stehen in seinem Terminkalender, der immer auf dem Küchentisch liegt.«

»Dann sollte es kein Problem sein, einen geeigneten Donnerstag zu finden.«

»Ein Donnerstag im November, es regnet den ganzen Tag, ich schwimme meine Bahnen, während mein Mann …«

Er unterbrach sie, indem er sie ins Wohnzimmer zurückführte, wo sie an unterschiedlichen Ende desselben Sofas Platz nahmen.

»Lau«, sie schüttelte den Kopf, »ich glaube, unsere Planungen sind schon viel zu weit fortgeschritten. Hörst du? Irgendwann sind wir so weit gekommen, dass wir nicht mehr zurück können.«

»Es gibt nur dich und mich.«

Sie legte den Kopf auf die Seite und lächelte mutlos. »Oh, Lau. Ach, Lauritz. Ach, Welt. Ich habe so grässliche Kopfschmerzen. Wie willst du ihn dazu bringen, zur Treppe zu gehen? Willst du ihn hintragen?«

»Jetzt spricht die apathische Anni. Ich will die andere hören. Wenn ich ihn erst mal im Garten habe, geht der Rest wie von selbst. Darüber musst du dir keine Gedanken machen.«

»Tue ich aber. Ich kann doch nicht nach Skodsborg fahren und mir die Nägel feilen lassen, ohne zu wissen, was zu Hause geschieht. Also erzähl mir nicht, ich solle mir keine Gedanken machen.«

»Bist du wütend?«

»Nein, ich bin nicht wütend, aber du musst doch einsehen, wie absurd das alles ist. Hast du gedacht, du könntest einfach an der Tür klingeln, ohne Entschuldigung, ohne Erklärung?«

Er lächelte. »Ich könnte ja so tun, als wäre ich ein Pressefotograf. Ist doch gar keine schlechte Idee.«

»Nein«, flüsterte sie. »Pressefotograf ist keine schlechte Idee.

Die Nachrichtenagenturen rufen sowieso pausenlos an. David ist in der Regel sehr entgegenkommend und lässt sie die Fotos machen, die sie brauchen.«

Er schloss die Augen. »Ich könnte am Montag anrufen und mich für Donnerstag mit ihm verabreden. Natürlich wäre es möglich, dass der Zeitpunkt ihm nicht passt. Dann müssten wir eben einen anderen Donnerstag finden. David würde eine Notiz in seinem Terminkalender machen, den ich mitnehme, wenn ich das Haus wieder verlasse. Einfach und gut. Das Wichtigste ist, das niemand im Haus ist. Außer David natürlich.«

»Die Polizei wird kommen.«

»Natürlich wird die Polizei kommen, und möglicherweise wird sie nicht an einen Unfall glauben, sondern anfangen, nach einem Motiv zu suchen.«

»Ich könnte am Tag zuvor meinen Schmuck verschwinden lassen.«

Er schüttelte den Kopf. »Jetzt geschieht es, Anne, merkst du es nicht?«

»Was geschieht?«

»Bisher haben wir von einem kleinen Unfall gesprochen. Jetzt planen wir einen Mord.«

Sie lehnte sich vor und hob die Stimme. »Wir haben von Anfang an einen Mord geplant. Das Haus wird nur so wimmeln von Polizisten. Sie werden überall sein, im Garten, an der Treppe, am See, sie werden alles durchwühlen und Fragen stellen, aber wenn ich ihnen erzähle, dass meine Diamanten verschwunden sind, werden sie vielleicht anbeißen. Vergiss den kleinen Unfall.«

»Nein, Anni, ein Raubmörder schleppt sein Opfer nicht zuerst an die Treppe und stößt es herunter. Das kauft dir doch keiner ab. Vergiss das Motiv. Solange sie einen Mann haben, der tot auf den Stufen liegt, spielt der Rest keine Rolle, und die Idee mit dem Fotografen ist genial. Warum? Weil sie unkompliziert ist. Lass uns weiterdenken.«

Anne sagte, er könne sich eine ihrer zwei Nikons ausleihen, die sähen ohnehin beide gleich aus. Er könne sie auch beide benutzen, um es so echt wie möglich zu machen, aber er lehnte ab. Vielleicht würde sie David doch wiedererkennen.

»Ich besorge mir eigene Kameras. Es wird ganz professionell aussehen, ich verspreche es dir.«

»Denk daran, hinterher den Film rauszunehmen.«

Er lächelte. »Es wird gar kein Film drin sein.«

»Doch, es muss einer drin sein.«

»Warum?«

»Weil man es hören kann. David kann es hören. Ich kann es hören. Also tust du einen Film in die Kamera und vernichtest ihn hinterher.«

»Yes, Ma'm.«

Sie holte ihre Zigaretten aus der Küche. »Thiesen kommt um zwei Uhr.«

»Thiesen?«

»Der Gärtner.«

»Dann können wir den Donnerstag vergessen.«

Anne starrte vor sich hin. »Im Gegenteil. Das ist ja das Beängstigende. Donnerstag ist perfekt. Thiesen geht in den Garten und beginnt mit seiner Arbeit. Vielleicht wird er sich wundern, dass die Tür zum Kaminzimmer offen steht. Er wird nach David suchen. Vielleicht wird er in die Garage gehen und sehen, dass mein Auto nicht da ist. Er wird das ganze Haus absuchen und schließlich zur Treppe gelangen. Donnerstag ist perfekt.«

»Und wenn er zu früh kommt? Das Risiko ist zu groß, Anni.«

»Thiesen war früher beim Militär und ist so pünktlich, dass du die Uhr danach stellen kannst. Um Punkt zwei wird er auftauchen, und wir werden ihn benutzen.«

»Wozu?«

»Um David zu finden. Ich mache das nicht. Ich will ihn

einfach nicht so sehen, verstehst du? Unter keinen Umständen.«

Er legte sich aufs Sofa.

»Das wirst du auch nicht, Anni.«

Sie krümmte sich zusammen und wiederholte, sie habe Kopfschmerzen. Er legte ihr eine Decke um die Schultern. Sie bat ihn, ihren Kalender aus der Handtasche zu holen.

Anne schlug die Novemberseiten auf, die bereits mit einer Menge alltäglicher Eintragungen gefüllt waren.

»Mittwoch, 8. November«, flüsterte sie und zeigte auf ein kleines Feld, in das sie *Orion* eingetragen hatte. »Der Neunte ist ideal.«

»Was heißt Orion?«

»Das Orion ist ein Restaurant in Kopenhagen. Wir wollen mit zwei seiner alten Freunde essen gehen. Ein netter Mann mit einer anstrengenden Frau. Franz und David werden ziemlich viel trinken. Das tun sie immer. Wir werden spät nach Hause kommen. David wird am Donnerstag ausschlafen und den Termin mit dem Fotografen völlig vergessen. Doch vor allem wird er sich an diesem Donnerstag nichts vornehmen, weil er weiß, dass es am Mittwoch spät werden wird. Donnerstag, der 9. November, ist grausam, weil er so perfekt ist.« Sie schaute ihn an. »Für unser Vorhaben.«

»Das lässt sich nicht leugnen.«

»Nein«, flüsterte sie, »das lässt sich nicht leugnen.«

»Das nächste Problem«, er rückte nah an sie heran, »sind Ankunft und Rückkehr. Vor allem das Letztere.«

»Vor allem das Letztere«, wiederholte sie.

»Anni, bist du noch da?«

»Ja, ich bin da. Du kannst das Haus auf der Seeseite verlassen und zum Kanu- und Kajakklub hinübergehen, da hält sich zu dieser Jahreszeit kein Mensch auf. Das Problem ist die Ankunft. Natürlich darfst du kein Taxi nehmen und der Fußweg vom Bahnhof ist einfach zu lang. Nicht wegen des Abstands, sondern weil du einer Unmenge von Leuten begegnen würdest. Die Ankunft ist ein riesiges Problem.«

»Es besteht doch die Möglichkeit, dass ich mich bereits im Haus aufhalte. Das würde das Problem lösen.«

Sie starrte ihn an und spürte, wie sich die Haare auf ihren Armen sträubten.

»Nie im Leben.«

»Warum nie im Leben?«

»Weil er es merken würde.« Anne setzte sich auf. »Er ist so. Das ist ganz und gar ausgeschlossen.«

»Denk noch mal darüber nach, Anni. Wenn du mir am Abend zuvor Einlass verschaffen würdest, an dem Abend, an dem ihr sowieso nicht da seid, weil ihr im Orion sitzt, dann könnte ich in der Garage übernachten. Du könntest eine Tür offen stehen lassen und ich würde im Schutz der Dunkelheit ankommen, zu einem Zeitpunkt, der bei eventuellen Ermittlungen nicht in Betracht gezogen würde. Du könntest nach Skodsborg fahren und …«

Sie fiel ihm ins Wort. »Daran will ich erst gar nicht denken.«

»Das solltest du aber.«

»Es geht einfach nicht in deinen Kopf, dass er wie ein lebendes Radarsystem funktioniert.«

»Denk darüber nach. Kämpf nicht weiter dagegen an, sondern denk noch mal darüber nach.«

Vor ihrem geistigen Auge zeichneten sich Bilder ab. Obwohl sie dagegen ankämpfte, wurden sie in einem langen Negativstreifen sichtbar.

Die Nacht davor. Sie liegen Rücken an Rücken. David steht auf und geht die Treppe hinunter. Anne hört ihn in der Küche. Will er etwa in die Garage?

Nein, er kommt wieder nach oben. Sie tut so, als ob sie schliefe. Er nimmt seine Schlaftablette. Sie wartet, bis er einschläft. Es wird hell, und sie stehen auf, gehen ins Bad, frühstücken, sprechen über Thiesen, der am Nachmittag kommen wird. David hat einen Merkzettel geschrieben. Anne packt ihre Tasche, weil sie nach Skodsborg fahren will. Als sie sich ins Auto setzt, sieht sie Lau, der neben der Tür steht, für den Bruchteil einer Sekunde. Dann ist er verschwunden. Obwohl sie Nærum entgegenrollt, hat sie weiterhin Bilder von zu Hause vor Augen. Die Abgase ihres Auspuffs sind immer noch wahrnehmbar, als Lau aus der Garage tritt, zur Haustür geht und klingelt. David öffnet. Austausch von Freundlichkeiten. Lau spult sein Programm ab, David wirft sich in Pose. Danach schlendern sie durch das Haus, David öffnet die Glastür, sie gehen nach draußen und Lau verschießt einen ganzen Film. Das Wetter ist grau und kalt. Lau blickt über das Grundstück und schlägt vor, hinunter zum See zu gehen. David holt seinen Mantel. Minuten werden zu Stunden, doch plötzlich steht er an der Treppe. Ist bereit. Lau fingert an den Kameras herum, die ihm vor der Taille baumeln. David gestikuliert und äußert etwas über die Aussicht. Sein Leben zerrinnt. Irgendetwas lässt ihn auf der ersten Stufe zögern. Er möchte, dass Lau vorangeht. Lau geht zwei Stufen nach unten. David bittet ihn, vorsichtig zu sein. Lau schlägt vor, ein Bild auf der Treppe zu machen und fotografiert den lächelnden David auf der obersten Stufe. Lau drückt sich an ihm vorbei. David dreht sich unbeholfen zur Seite. Lau führt ihn einige Stufen nach unten. Auf der schmalen Treppe ist wenig Platz. Verlegen lächeln sie sich an, als David plötzlich die Gefahr erkennt, auf der zwölften Stufe das Gleichgewicht verliert, stolpert, sich wieder fängt und den Abhang hinunterstarrt. Sein Lächeln ist verschwunden. Seine Schultern heben sich. Lau lässt die Kamera los. Der Stoß in den Rücken ist so heftig, dass Lau fast ebenfalls die Treppe hinunterstürzt. Er sieht, wie sich der alte Mann in der Luft dreht, sieht die Schuhsohlen und den flatternden Mantel, sieht und hört, wie er mit dem Rücken gegen die zwanzigste Stufe kracht und sich auf dem Weg nach unten mehrmals überschlägt, bis er auf dem Badesteg liegen bleibt. Sein Gesicht starrt in den Novemberhimmel.

»Das ist Wahnsinn, Lau.«

»Aber es lässt sich durchführen.«

»Das macht es nicht minder wahnsinnig.«

Anne betrachtete ihre Hände, die wieder zu zittern begonnen hatten.

Er nahm sie in seine. »So darf es doch nicht für den Rest deines Lebens weitergehen, Anni. Denn das planen wir doch, den Rest unseres Lebens. Zwischen diesem Augenblick und dem Rest unseres Lebens befindet sich ein winziges Intermezzo. Es geht nur um Minuten. Die Minuten, die uns von dem Leben trennen, das wir uns wünschen.«

Sie blickte ihm tief in die Augen. »Das ist kein Spiel mehr.«

»Nein«, flüsterte er und ging zum Fenster. »Jetzt ist es kein Spiel mehr.«

Sie umarmten sich und klammerten sich aneinander wie zwei Schiffbrüchige.

Zuletzt einigten sie sich darauf, sich auf keinen Fall zu spontanen Handlungen hinreißen zu lassen. Eine Änderung des Ablaufs, ungeplante Dritte oder unvorhergesehene Probleme sollten zu einem sofortigen Abbruch der Aktion führen.

Blieb der Spaziergang am Strand, währenddessen sie rekapitulierten, was sie verabredet hatten. Natürlich durften sie sich eine Zeit lang nicht sehen, verabredeten jedoch, sich vier Wochen später in der Cafeteria an der Autobahn Richtung Helsingør zu treffen. Datum und Uhrzeit konnten sie natürlich nicht aufschreiben, die mussten sie im Kopf behalten.

Sie stehen eng beieinander in den Dünen. Zwei Menschen in grauen Regencapes. Sie will ihn am Bahnhof in Aalborg absetzen. Von diesem Moment an würden sie beide auf sich allein gestellt sein. Und dennoch enger miteinander verbunden als je zuvor. Sie schaut in seine großen, grauen Augen, die ungewöhnlich ernst sind.

»Ich liebe dich, Lauritz«, flüstert sie und spürt eine Träne im Augenwinkel. »Ich habe das Gefühl, außerhalb meines Körpers zu sein und in mich hineinzusehen.«

»Das verstehe ich gut.«

Sie hält ihre Hand an seine Wange.

»Wir können immer noch alles abblasen. Wir haben zehn Tage Zeit, uns alles noch mal gründlich durch den Kopf gehen zu lassen.«

Er zieht sie an sich und flüstert, dass sie nicht mehr lange voneinander getrennt sein werden.

»Das weiß ich. Nach dem 9. November bringt uns nichts mehr auseinander.«

Er wischt die Regentropfen und die Tränen aus ihrem Gesicht.

»Deshalb tun wir es.«

»Ich weiß gar nicht, warum ich die ganze Zeit heulen muss. Könnten wir doch bloß die Zeit vorstellen.«

»Wir haben noch unser ganzes Leben vor uns, Anni, und es wird wunderschön werden.«

Sie nickte. »Das weiß ich«, flüsterte sie. »Das weiß ich, Geliebter.«

9

Das Geschenk war so sorgfältig eingepackt, dass er sich vom Kellner eine Schere leihen musste, um das Band aufzuschneiden. David liebte es, Geschenke zu bekommen, besonders die unerwarteten und unprätentiösen. Seine alten Freunde aus der Konservatoriumszeit hatten ihn von jeher mit kleinen unnützen Gegenständen oder unbrauchbaren Küchenutensilien überrascht.

Die Freundschaft mit Franz und Gritt ging bis zum Anfang der fünfziger Jahre zurück, als die jungen, hoffnungsvollen Musiker David und Franz ihre Zelte in New York aufgeschlagen hatten, um von Kaffee, Donuts und Craven-A-Zigaretten zu leben.

Sie befanden sich im Orion, seinem Lieblingsrestaurant in Kopenhagen, das es einem Mann wie ihm ermöglichte, ein paar Tage im Voraus anzurufen, um ein Menü zusammenzustellen, das exakt auf die Bedürfnisse der Abendgesellschaft zugeschnitten war. Abgesehen vom delikaten Essen bot das Etablissement eine einzigartige Atmosphäre, die David zufolge die Heiligen Drei Könige des guten Geschmacks vereinte: Einfachheit, Entspanntheit und Qualitätsbewusstsein.

Er packte das Geschenk aus, starrte auf den kleinen, weiß glasierten Elefanten mit der Aufschrift *Lyø* und spähte über den Rand seiner Brille. Franz sagte todernst, er und Gritt seien sich noch nie so sicher gewesen. Dass der Elefant sei wie er.

Aus irgendeinem Grund war David schrecklich gerührt. Genau das Gegenteil hatten sie beabsichtigt. Er umarmte sie beide und verkündete, dass *Lyø* ihn fortan überallhin begleiten werde.

»Er wird mein Talisman sein und in allen Garderoben dieser Welt neben den Cellophansträußen stehen. Ich danke euch von Herzen, liebe Freunde, das ist der erste Elefant, den ich jemals bekommen habe.«

»Dabei hast du doch wirklich alles.« Gritt lachte ihr heiseres Lachen. »Zeppe, der Liebling der Götter. Erfolg bis über beide Ohren, ein wundervolles Zuhause, mehr Geld, als du jemals ausgeben kannst, und eine junge, hübsche Frau.«

David nickte und schenkte sich Wasser nach. »Was kann ein Mann mehr verlangen? Aber ich bin auch dankbar, falte jeden Abend meine kleinen Hände und danke meinem Schöpfer für alles, was er mir vergönnt hat.«

Franz schnitt die Spitze seiner Zigarre ab. »Ich dachte, du bist Atheist.«

»Deshalb kann man doch trotzdem höflich sein.«

Franz hob sein leeres Glas. »Du hast dich ziemlich gut geschlagen, Zeppe.«

David zeigte mit dem Finger auf ihn. »Aber alles andere als fantastisch, Franz.«

»Du bist nur so schrecklich pingelig in gewissen Dingen.«

»Ich kann dieses Wort nicht ausstehen. Alles ist heutzutage fantastisch oder unglaublich. Es ist nicht zum Aushalten. Ich weiß nicht, was gerade mit der Sprache passiert. Fußballer reden wie Politiker und Politiker reden von Teamgeist oder einem starken Mittelfeld. Vielleicht werde ich einfach alt, andererseits …«

Er zögerte und legte Anne den Arm um die Schultern.

»Andererseits möchte ich nicht einen Tag jünger sein.«

»Natürlich bist du alt geworden«, Gritt schickte ein schallendes Lachen durch den Raum, »und natürlich wärst du zu gern noch mal vierzig.«

»Unter keinen Umständen. Wenn ich an diese Zeit denke, erinnere ich mich nur an die Querelen. Mit fünfzig habe ich ein Magengeschwür bekommen. Und erst heute traue ich mich an Beethovens hundertelfte heran. Dafür braucht man ein gewisses Alter. Die Sonate ist lebensgefährlich.«

Franz nickte zustimmend.

David fuhr eindringlich und gedämpft fort. »Vor vielen Jahren stand ich einmal am Rhein. Es war eine dunkle und stürmische Nacht, wie aus einem Roman. Maria sagte, dass wir genau an der Stelle stünden, an der Schumann versucht hatte, sich zu ertränken. Es lief mir kalt den Rücken hinunter, und als wir später nach Hause gingen, hatte ich das Gefühl, mich würde ein schwarzer Riese verfolgen. Ich glaube, ich stand selbst unter dem Einfluss von Schumanns Psychose, jedenfalls war es der Geist von Beethoven, der sich über den Dächern erhob. Ein schauriges Erlebnis. Nein, da halte ich es schon eher mit meinem großen Vorbild Josef Hofmann, der das ganze Leben lang mit seinem Flügel rang. Der Kampf begann in dem Moment, in dem er sich auf die Klavierbank setzte. Am Ende hat er sich zu Tode gesoffen.«

Franz hob lächelnd sein Glas. »Die russischen und osteuropäischen Konservatorien waren schon immer die besten.«

»Aber sich zu Tode zu saufen«, stöhnte Gritt, »meinst du nicht, dass es dafür langsam zu spät ist?«

David schaute sie ernst an. »Doch, das ist es wohl. Außerdem habe ich ganz andere Pläne.«

»In die du uns nicht einweihen willst?«

»Es soll eine Überraschung werden.«

Gritt hob die Stimme. »Du bist nicht Gott, Zeppe, sondern nur sein Auserwählter. Du weißt nicht alles. Alles, was dir in die Wiege gelegt wurde, hast du in den Fingern, Zeppe Zeeberg.«

»Und in den Ohren.« David schaute sie an.

Franz bestellte einen Aperitif.

»Meine Ohren sind wie Parabolantennen.« David blickte in die Luft.

»Jedenfalls sind sie gewachsen.« Gritt kicherte.

»Und sie werden immer größer. Bald kann ich das Gras wachsen und die Blätter fallen hören.«

Gritt schnappte sich einen Kellner. »Wie poetisch. Ja, danke, ich hätte gern einen Appetizer. Könnte ich einen Jim Beam bekommen?«

David lehnte sich zurück. »Maria fragte mich einmal, ob ich ihre Gedanken hören könne.«

Am Tisch wurde es still.

»Das Komische ist«, sagte David, während er seine langen, dünnen Finger betrachtete, »das Komische ist, dass ich das wirklich konnte.«

»Das ist mir zu unheimlich. Ich will mir so was nicht anhören.« Gritt wandte sich ab.

David starrte vor sich hin. »Es kommt mir vor, als sei es gestern gewesen. Wir saßen auf einem der Touristenboote, die die Themse hinunterschippern. Wir wollten nach Greenwich. Es war ihr Geburtstag. Im Jahr, bevor sie starb. Wir fahren unter der Tower Bridge hindurch und schmiegen uns eng aneinander. Es ist bitter kalt, obwohl es schon Mai war. Unter einer Reisedecke sitzen wir Wange an Wange, Ohr an Ohr.«

»Und da konntest du ihre Gedanken hören?« Gritts Stimme war heiser vor Erregung.

»Jedes Wort.«

»Und was dachte sie?«

Er starrte auf die Tischdecke.

»Sie dachte, dass sie bald sterben wird.«

Gritt glotzte ihren Gastgeber sprachlos an und ignorierte den zurechtweisenden Blick ihres Mannes.

»Mir läuft es kalt den Rücken runter, David«, flüsterte sie.

Er entgegnete mit leiser, tiefer Stimme: »Damals habe ich mich gar nicht weiter damit beschäftigt. Aber wenn man so eng miteinander verbunden ist, wie wir es waren, entwickelt man eine fast übersinnliche Wahrnehmungsfähigkeit.«

David drehte den Kopf und sah Anne in die Augen.

»Kannst du meine Gedanken hören, Liebste?«

Anne nippte an ihrem Wasser und schüttelte den Kopf.

»Leider nein, aber ich würde gern.« Sie versuchte sich an einem Lächeln.

Er küsste ihr die Hand. »Nur das Feuer beherrschst du, ist es nicht so?«

»Von Beherrschen kann keine …«

Er unterbrach sie. »In Hollywood kam es zu meinem ersten Konzerterlebnis. Meine Mutter hatte mich zu einem Konzert von Paderewski mitgenommen. 1936. Er spielte die Ungarische Rhapsodie Nr. 2. Ich fand, dass er wie ein alt gewordenes Exemplar der drei Musketiere aussah oder wie ein abgehalfterter Zauberkünstler – aber er war ein Weltstar, das rote Haar, die enorme Ausstrahlung. Rubinstein nannte ihn anmaßend und vulgär. Ich war damals sechs Jahre alt, und vor allem der Konzertsaal und das festlich gekleidete Publikum hatten es mir angetan. Damals ging man noch im Frack ins Konzert.«

»Und du warst hin und weg von diesem Erlebnis?« Gritt schaute ihn mit verklärtem Blick an.

»Ich habe mich zu Tode gelangweilt.«

»Trotzdem ist der Mann später polnischer Ministerpräsident geworden!« Franz schlug mit der Hand auf den Tisch. »Und jetzt bestellen wir einen Drink.«

»Ja«, sagte David. »Jetzt bestellen wir einen Drink. Außerdem kann ich die Gesellschaft beruhigen: Heute höre ich nur meine eigenen Gedanken … Äh, für mich bitte keinen Whisky«, sagte David mit Blick auf den Kellner. »Ich nehme einen Williams Christ. Was möchtest du, Anne? Du bist so still heute Abend.«

Sie schaute ihn an. »Ich bleibe bei meinem Wein.«

Gritt drückte Anne an sich. »Ach, das kleine Schätzchen.«

»Eigentlich«, dröhnte Franz, »waren wir bei dem Mann stehen geblieben, der alles hat.«

»Vielleicht ergeht es mir ja wie Hiob.«

Gritt nickte wissend. »Dem alles genommen wurde. Aber vergiss nicht, Zeppe, dass der Teufel seine Finger im Spiel hatte.«

»Der Teufel hat seine Finger immer im Spiel, Gritt. Auf dem Flügel gibt es schließlich auch weiße und schwarze Tasten.«

David warf Franz einen Blick zu, worauf dieser die Augen zusammenkniff und in Gelächter ausbrach.

Gritt schaute weg. Wie immer reagierte sie beleidigt, wenn die Männer begannen, sich über ernste Themen lustig zu machen.

»Da wir schon von Göttern sprechen«, sagte David, »es gibt einen neuen Tastengott. Er hat gerade die Royal Albert Hall fünf Abende nacheinander gefüllt. Sein Name ist Arcadi Volodos.«

Franz nickte. »Ich habe ihn in Berlin unter Levine gehört. Sensationell. Wir haben Horowitz doch immer den König des Pedals genannt. Vielleicht hat er es mit dem Einsatz ja sogar ein wenig übertrieben, aber dieser Volodos, der beherrscht sein Metier. Sein Tempo bei Rachmaninow ist geradezu atemberaubend. Was der sich traut! Aber es gelingt ihm. Vielleicht solltest du Stunden bei ihm nehmen, Zeppe.«

Gritt schlug spaßhaft nach ihrem Mann. Sie lachten alle. Anne lachte mit, glättete ihre Serviette und betrachtete die Ohren ihres Mannes, die einst ihre Domäne gewesen waren. Nicht nur, weil sie die Haare darin hatte stutzen dürfen, sondern weil sie und nur sie stets Gehör bei ihnen fand. Ihr Flüstern, ihre Komplimente, das letzte Wort vor dem Einschlafen – was war Beethoven schon dagegen? Ohren, deren vollendete Wahrnehmungsfähigkeit, verbunden mit perfekter Fingertechnik und dito Motorik, ihn zu einem der Besten seines Fachs hatten werden lassen.

Ohren, zu denen ihr kein Zugang mehr gewährt wurde.

Franz und David hatten begonnen, sich über Alfred Brendel zu unterhalten, während Gritt einen Monolog über Phobien im Allgemeinen und ihre eigenen im Besonderen vortrug.

Anne beendete das Studium von Davids Ohren und wandte sich seiner Stirn zu, deren Leuchten sie immer als Zeichen seiner Intelligenz betrachtet hatte. Die schwarzen Augenbrauen, die er heimlich mit einem Stift nachfärbte, der sich im hintersten Winkel des Kleiderschranks in einer kleinen Tasche befand. Von den Augenbrauen wanderte ihr Blick zu seinen braunen Augen, deren Iris im Verhältnis zum Augapfel kleiner geworden zu sein schien. Die Nase wuchs weiterhin, obgleich es wohl vor allem der Kopf war, der schrumpfte. Der Abstand zwischen Nasenspitze und Oberlippe war so perfekt, von so vollkommener Harmonie, dass er sich wie ein zartes Kissen, gemalt von Matisse, über der Linie des Mundes wölbte. Auf der linken Seite der Oberlippe hatte sich ein blauer Fleck gebildet, der anscheinend im Wachstum begriffen war. Es geschah hin und wieder, dass dieselbe Unterlippe von alleine zu zittern begann, bis er sie nach innen sog, um dieser verhältnismäßig neuen, eigenmächtigen Verfallserscheinung Einhalt zu gebieten. Das Kinn wies zuweilen Spuren einer nachlässigen Rasur auf: ein einzelnes, widerborstiges Haar oder, wie heute Abend, eine richtige kleine Kolonie, die dem Rasiermesser entgangen war. Nicht dass diese Details das gepflegte, imponierende Erscheinungsbild hätten beeinträchtigen können, doch solchermaßen hinterließ die Zeit ihre Spuren, und die Augen, die eigentlich vom Verfall ablenken sollten, waren die ersten, die ihn verrieten. Sie betrachtete seine Hände mit den braunen Leberflecken, die sie mit Sommersprossen verwechselt hatte. Die pergamentartige Haut, die lose auf den großen Handwurzelknochen saß. Die Finger, die zitterten, wenn sie zum Glas griffen, und sich beruhigten, wenn es geleert war.

Im gelben Konservatorium von Hué mit seinen petroleumblauen Räumen sitzt ein kleines Mädchen und übt Skalen auf einem verstimmten Klavier. Draußen spazieren drei weiße Hühner, deren Gackern sich mit den Tönen des Klaviers und den sporadischen Lauten von Bambusflöten vermischt. Anne steht vor dem Fenster, das mit einem kräftigen Gitter versehen ist, und sieht, wie David das Handgelenk des Mädchens umfasst. Sie haben keine gemeinsame Sprache, doch schon nach wenigen Minuten keine Verständigungsprobleme mehr. David bleibt eine ganze Stunde bei ihr, und die Geduld, mit der er arbeitet, und die Disziplin, die das Mädchen zeigt, treffen Anne ins Herz. Als sie den Ort verlassen und über die Brücke zum Hotel zurückfahren, nimmt sie seine Hand und hält sie vorsichtig an ihre Wange. Er blickt sie mit Augen an, die so blau sind wie das Chinesische Meer und so trüb wie die Gischt über der Brandung. An diesem Abend hält er um ihre Hand an, obwohl sie sich kaum kennen; doch wie er sagt, als sie prustend vor Lachen das Restaurant mit dem schlechtesten Essen der Welt verlassen: Man muss sich ja steigern können.

»Warum gerade ich, David?«

Sie standen auf der Hotelterrasse, während sie über den Fluss und die blauen Berge der Stadt blickten.

»Wegen deines Appetits.«

»Meines Appetits?«

»Ein Mensch, der die vietnamesische Küche verkraftet, nötigt mir großen Respekt ab.«

»Das hat nichts mit Liebe zu tun, es ist reiner Hunger.«

»Eben. Vor dem Appetit kommt der Hunger.«

Er blickte sie ernst an, während sie sich fragte, was er meinte.

»Und was kommt vor dem Hunger?«

»Vor dem Hunger kommt die Lust. Und du hast Lust, Anne. Lust aufs Leben. Da kredenzt man uns zwölf völlig ungenießbare Speisen; die eine schmeckt nach Petroleum, die andere nach verbranntem Öl und die übrigen nach Gewürzen, die ich mir nicht vorstellen will. Und trotzdem greifst du mit beiden Händen zu und leerst jede einzelne Schale. Imponierend.«

»Die Wege der Liebe sind unerforschlich. Wenn es das ist, wovon wir reden.«

»Ist es nicht so, dass in jeder Liebe ein wenig Selbstverliebtheit steckt? Dass wir uns in den Gedanken verlieben, dass uns ein anderer seine volle Aufmerksamkeit schenkt? Ich versuche zu sagen, dass ich liebend gern den Rest meines Lebens mit dir verbringen würde, Anne Veksø-Larsen.«

Die Nacht steht in Noten geschrieben, und als sie sich endlich unter das Moskitonetz legt und einen zwanzig Zentimeter langen Gecko erblickt, ist sie der erste Astronaut der Welt, der aus der Tiefe des Universums Gottes Gesellenstück betrachtet.

Hué, 1996.

Sie sitzt auf dem Bett und zieht sich die Strümpfe an. Gleich wird das Taxi da sein, um sie zum Orion zu bringen.

Er steht im Bad, während er abwechselnd vor sich hin summt und mit sich selbst spricht.

Es geht um einen Mann namens François La Varenne, der im Jahr 1651 *Le Cuisinier François* schrieb und damit die französische Kochkunst begründete.

»Du weißt einfach alles.« Sie sagt es so leise, dass er sie nicht hören kann, doch die Wörter haben die Form eines Bumerangs, der in einem Bogen zu seinem Absender zurückkehrt.

Er hat schon den ganzen Tag mit sich selbst geredet und sie denkt, was für eine glänzende Methode das ist, einem Gespräch aus dem Weg zu gehen.

Er steckt den Kopf aus der Badezimmertür.

»Bist du fertig, mein Schatz?«

Er steht vor ihr, lächelt sie schief an, dreht sich um und geht die Treppe hinunter, während er seine Manschettenknöpfe anlegt. Er ist hektisch, zerstreut und einer Explosion nahe.

Das Taxi ist da.

Anne löscht das Licht im Schlafzimmer und sieht, wie sich die Novembernacht verschwiegen über den Raum legt. Die Bäume des Gartens wirken wie zerzauste, teils entkleidete Witwen, die sich vertraulich aneinander lehnen, um über alte Zeiten zu sprechen. Frost liegt in der Luft. Ein Jahr geht zur Neige.

Sie nimmt ihre Tasche und geht in die Halle hinunter. Bleibt einen Augenblick stehen, als suche sie etwas, und sieht ihn neben dem Chauffeur Platz nehmen.

Ich schließe die Tür und lösche mein Bewusstsein. Lasse meine Gedanken erstarren und verbarrikadiere mich vor der Welt. Nichts darf hereindringen. Niemand darf mich sehen. In den nächsten vierundzwanzig Stunden bin ich eine Muschelschale. Hohl und leer, trocken und kalt.

David ruft nach ihr. »Anne, kommst du?«

Als sie auf dem Rücksitz Platz nimmt, sieht sie für den Bruchteil einer Sekunde den schwarzen Spalt einer angelehnten Tür.

Ein Riss im Haus. Schwarz wie ein Zipfel vom Mantel des Todes.

Auf diesem Weg wird er hereinkommen.

Als ersten Gang hatte sich David für eine einfache, kräftige Kartoffelsuppe entschieden, ohne jeden Schnickschnack, gefolgt von seinem französischen Lieblingsgericht: Coq au vin.

Wie er sagte, während sie auf das Hauptgericht warteten: »Der Hahn muss ganz jung sein, dann schmeckt er am besten. Unsere alten Gaumen verlangen nach Jugend, nach frischem, unberührtem Fleisch.«

Er zwinkerte ihr zu. »Mit Kräutern, Speck und Pilzen angebraten und in Burgunder geschmort. Ich habe sie gebeten, für den Hahn einen Musigny zu öffnen und für uns ein paar Flaschen Le Montrachet.

Gritt erkundigte sich nach Kim und Jonas, und David antwortete, Jonas ginge es ausgezeichnet, doch die Welt würde in den nächsten Jahren den Namen Hoa Kim Sun kennen lernen.

»Dank ihres alten Lehrers.«

Gritt nickte, als wollte sie sich selbst bestätigen, und begann von einem Wochenende in Kandestederne zu erzählen.

»Das muss schon ewig her sein, die beiden waren ja noch in der Pubertät. Kim spielte ein Präludium von Rachmaninow, es war einfach großartig. Danach hast du Jonas überredet, dasselbe Stücke zu spielen, und man konnte es kaum wiedererkennen.«

Gritt schüttelte den Kopf. »Aber das hast du ihm auch gesagt. Der Junge hätte sich am liebsten in ein Mauseloch verkrochen.«

»Dann solltest du mal hören, wie Kim heute spielt.« David lächelte stolz. »Sie wird es weit bringen, aber sie tut auch etwas dafür.«

»Ein Hoch auf deine Ziehkinder, Zeppe.« Franz hob sein Glas.

Gritt lehnte sich zu Anne hinüber. »Und auf deine hübsche Frau.«

Das Essen wurde serviert. Erneut stießen sie an, kosteten, aßen und erzählten sich Anekdoten aus alten Zeiten. Anne lachte und warf hin und wieder ein Wort ein, dachte an die Bäume am See und den Riss im Haus. Die meisten Geschichten kannte sie bereits, nahm jedoch an den Erzählungen Anteil, in denen es um das Trio ging, das Franz, David und der verstorbene Paul Gatt einst gebildet hatten. Es bestand aus Klavier, Bass und Schlagzeug. Sie wohnten damals in einer Zweizimmerwohnung in Queens, kamen alle vom Konservatorium, doch in Queens wollte man Jazz hören, also spielten sie Jazz. Franz zufolge hörte es sich einfach grauenhaft an, doch sie schlugen sich durch, bekamen sogar einen Plattenvertrag und waren natürlich total aus dem Häuschen und feierten die Begebenheit in einem Restaurant, in dem es die beste Lasagne der Welt gab. Am nächsten Tag gingen sie ins Studio, wo Paul das Schlagzeug und Franz den Bass traktierte und David sich sowohl am Klavier als auch am Vibraphon betätigte. Die Namen der Mitglieder des *Barolo-Quartetts* waren auf dem Cover zu lesen, auch der des Vibraphonisten und Doppelgängers Jean Barolo, benannt nach dem Wein, den sie am Vorabend getrunken hatten.

Sie stochert in ihrem Dessert, während er sie auf die Wange küsst und von seinem Weihnachtstrip nach New York erzählt. Er hatte sich einen ganzen Tag lang Zeit genommen, um nach Queens zu fahren und die alten Plätze wiederzusehen. Und natürlich hatte er es sich auch nicht nehmen lassen, das Lokal aufzusuchen, in dem drei junge Männer, die sich als Quartett bezeichneten, Jazz gespielt hatten, wie ihn wohl auch Chopin gespielt hätte.

Ihre Augen folgen dem jungen Mädchen, das mit einem Brotkorb zwischen den Tischen hindurchgeht. Sie beobachtet seine Leichtfüßigkeit und sein nach innen gekehrtes Lächeln, das keinem der Gäste gilt. Anne versucht seinen Blick zu erhaschen, doch es gelingt ihr nicht.

David greift zur Weinflasche und will ihr Wein nachschenken, doch Anne legt die Hand auf ihr Glas.

Er insistiert: »Ist dies ein Festtag oder ist dies kein Festtag?«

»Feiern wir etwas?« Gritt lehnt sich, bereits angetrunken und mit glasigem Blick, über den Tisch.

»Wir feiern …« David hebt die Flasche, nimmt sich viel Zeit und denkt gründlich nach.

Franz zieht abwartend an seiner Zigarre.

»Wir feiern, dass heute Mittwoch, der achte November ist.«

David und Franz prosten sich zu.

Gritt lacht laut und schrill.

Anne hebt ihr leeres Glas.

»Was ist an Mittwoch, dem achten November, denn so Besonderes?« Gritt lehnt sich David entgegen.

»Mittwoch, der achte November«, antwortet er, »ist ein ganz besonderer Tag. Denn es ist der Tag vor Donnerstag, dem neunten November.«

Um den Tisch wird es still. Der kahle Schädel von Franz ist in Rauch gehüllt. Gritt fragt sich, ob mit ihrem Gedächtnis etwas nicht in Ordnung ist. Hatte sie etwas vergessen?

Anne hat endlich Blickkontakt zu dem in sich gekehrten Mädchen bekommen. Ebenso wie alle übrigen Bedienungen hat sie ihre Tätigkeiten eingestellt und sieht David an, der bedeutsam mit dem Kopf nickt, um plötzlich in ein erlösendes Lachen auszubrechen, worauf das Personal seine Arbeit wieder aufnimmt.

Franz hustet und schüttelt den Kopf, Gritt schimpft, David lehnt sich zurück und legt seiner Frau den Arm um die Schulter.

»Ein Hoch auf meine Frau«, David hebt sein Glas, »und auf den neunten November, der in weniger als zwei Stunden beginnt.«

Franz erkundigt sich, ob er als Zugabe immer noch ein kleines Stück von Jan Johansson spiele.

David schüttelt den Kopf. »Damit habe ich aufgehört, das ist mir zu traurig.«

»Ich bin ihm in den sechziger Jahren begegnet, als er mit Stan Getz zusammen spielte.« Franz blickt über seine Brille. »Im vorigen Jahrhundert.«

Davids Hand spannt sich um Annes Nacken. Seine Finger sind kalt wie Eis, sein Griff unerwartet fest. Er zieht sie an sich und hält sie fest, während er spricht.

»Jan war auf dem Weg zu einem Kirchenkonzert nach Jönköping, als sein Auto mit einem Lastwagen kollidierte.«

Anne sieht ihren Mann an, der so hart mit den Fingern schnippt, dass es knallt. »Nur der Bruchteil einer Sekunde. Und er war weg.«

Sie befindet sich auf der Damentoilette und frischt ihr Make-up auf. Die fliegende Hitze, die ihr schon den ganzen Tag zu schaffen macht, hat tropische Ausmaße angenommen. Kleine Bäche rinnen ihr die Schenkel hinab, bilden sich auf dem Rücken und rollen wie Glasperlen von den Augenbrauen bis zur Kinnspitze. Sie dreht den Kaltwasserhahn auf und kühlt ihre Handgelenke unter dem Strahl. Aus dem Restaurant dringen gedämpfte Geräusche. Sie vernimmt klassische Musik, das Rauschen eines Dunstabzugs sowie das leise Klappern des Geschirrs aus der Küche.

Wie ihr Mann gesagt hätte: »Mozart erkennst du auf der Stelle. Er ist leicht und kokett, technisch genial und eiskalt.«

Sie überlegt, wie lange sie sich erlauben kann, auf der Toilette zu bleiben.

Die Tür geht auf.

Gritt eilt forschendes Blickes auf sie zu, als wolle sie sichergehen, dass sie alleine sind. »Alles in Ordnung, Liebes?«

Anne lächelt sie beruhigend an. »Aber natürlich, ich finde es nur so abartig warm hier.«

»Also ich friere die ganze Zeit.«

»Das liegt sicher am Essen. All die Gewürze.«

Gritt beugt sich zu ihr. »Du weißt doch, wie David und Franz sind. Alte Freunde eben. Glaub ja nicht, dass Männer weniger miteinander reden als wir Frauen. Versteh mich nicht falsch, ich meine es doch nur gut mit dir, und du weißt, wie ich dieses Getratsche verabscheue. Wir Mädchen müssen zusammenhalten. Schließlich sieht man es mit bloßem Auge.«

»Sieht was?«

»Mit Franz ist es auch nicht immer leicht. Aber wir halten trotzdem zusammen.«

»Kann es sein, dass du mir irgendwas sagen willst, Gritt?«

Ihre Augen begegnen sich im Spiegel.

»Franz sagt, aber das ist sicher nur Gerede, Franz sagt, dass David genug hat. Ist das wahr?«

»Genug? Wie genug? Äh … etwa von der Ehe?«

»Ich sage nicht, dass es stimmt, ich gebe nur weiter, was ich gehört habe. Du darfst das nicht so schwer nehmen, Anne. Niemand wirft dir etwas vor.«

Gritt tritt dicht an den Spiegel heran, streckt den Hals und glättet die Haut.

»Bei eurem Altersunterschied sollte man ja meinen, dass du es wärst, die den ersten Schritt unternimmt.«

»Jetzt hör aber auf, Gritt.«

»Wenn du sagst, dass es nicht stimmt, dann stimmt es auch nicht.«

»Ich weiß nicht, was ich sagen soll. Wir haben es gut miteinander. Eine Ehe hat doch ihre Höhen und Tiefen.«

Anne räuspert sich, öffnet ihre Tasche und schließt sie wieder.

Die kleine, kurzhaarige Gritt senkt die Stimme zu der Art von Bariton, den manche Frauen beherrschen.

»Hast du vorgesorgt, Schätzchen?«

Gritt pflegt ihren Worten Nachdruck zu verleihen, indem sie die Augen schließt, wenn sie vertraulich wird. »Franz hat ein wenig auf die Seite gelegt. Wir haben natürlich nicht annähernd so viel wie Zeppe. Ich meine, wie Zeppe und du. Aber Franz hat für mich gesorgt. Das hatte ich von ihm verlangt. Wir kennen uns schließlich schon eine Ewigkeit. Und wir Frauen, Anne, wir sind nicht immer die Cleversten. Ich habe das so oft erlebt, plötzlich steht man mittellos da und kann sich nicht einmal mehr die Fahrkarte für den Bus leisten. Versteh mich nicht falsch. Ich will mich nicht einmischen. Eigentlich hasse ich diese Art von Gesprächen.«

Gritt rollt mit den Augen. »Zwei Weiber auf der Toilette.

Und vielleicht ist gar nichts dran. Alles nur Männergerede. Du weißt ja, wie sie sind. Egozentrisch, hoffnungslos egozentrisch. Und im Alter wird es nicht besser. Im Gegenteil. Ich will nicht behaupten, dass David eine andere gefunden hat, du lieber Himmel, dann wäre er wirklich ein Idiot, vielleicht wird er einfach alt, obwohl er sich gut hält, das muss man sagen. Das ist dein Verdienst, Anne. Darum habe ich auch angefangen darüber zu reden. Wir müssen zusammenhalten. Soll ich dir ein Glas holen?«

Anne schüttelt den Kopf und trinkt aus der Leitung. Sie hat ein Klingeln im Ohr und Jodgeschmack im Mund. Das Essen ist ihr nicht bekommen. Sie macht sich nichts aus Geflügel, schon gar nichts aus Coq au vin, und was die impertinente Gritt angeht, wäre sie jederzeit fähig, sie in der Kloschüssel zu ersäufen.

Sie öffnet die Tür einer freien Kabine und wedelt sich damit Luft zu.

»Nimm Franz zum Beispiel.« Gritt zündet sich einen Zigarillo an. »Hat er andere Frauen gehabt? Ja, er hat andere Frauen gehabt. Ich will gar nicht wissen, mit wie vielen Zeppe fremdgegangen ist.«

Anne wedelt sich immer noch Luft mit der Tür zu und wünscht sich, die Erde möge sich öffnen, damit sie später nicht in ein großes leeres Haus und ein großes leeres Bett zurück muss, gemeinsam mit einem Mann, der den ganzen Abend von nichts als dem Tod gesprochen hat.

»Natürlich sehe ich nicht mehr wie ein dreißigjähriges Flittchen aus.« Gritt drückt den Zigarillo im Waschbecken aus. »Aber ich bin stolz darauf, sechzig zu sein. Sechzig ist das perfekte Alter für mich. Einfach perfekt.«

»Ich gehe jetzt zurück, Gritt.

»Nimm's dir nicht so zu Herzen, Schätzchen.«

Anne öffnet die Tür.

»Würde mir nicht im Traum einfallen.«

»Warte einen Moment.« Gritt befeuchtet die Spitze ihres Taschentuchs und fährt Anne unter dem einen Auge entlang. »Nur etwas Mascara, ein kleiner schwarzer Fleck, aber jetzt ist er weg. Zumindest beinahe.«

10

Sie steht vor dem beschlagenen Badezimmerspiegel und beobachtet, wie er langsam wieder klar wird. Ihr nackter Körper beginnt sich abzuzeichnen, das ausdruckslose, gereinigte Gesicht, ein halb geöffneter Mund, dem das Wort Countdown entweicht. Die Buchstaben flattern aus dem Mund wie Vögel aus einer Felsspalte.

In weniger als zehn Stunden, Anne. In weniger als zehn Stunden. Draußen wartet die Nacht, doch wenn sie vorbei ist, steigst du in dein Auto und fährst nach Skodsborg, und wenn du wieder nach Hause kommst, ist alles überstanden. Sieht man es deinem Körper an? Ja, das tut man. Deine Augen sind ruhig, aber dein Körper ist eine Leinwand, auf die der Regen seine Farben aufgetragen hat.

Er sitzt bereits in der Garage und wartet. Auch er zählt die Stunden, auch er hört den Countdown. Denn genau so habt ihr es geplant.

Im Haus ist es sonderbar still, doch draußen herrscht klirrende Kälte, und der Wind, der noch vor kurzem die Bäume veranlasste, ihre Köpfe zusammenzustecken, hat jetzt alle Zweige in Ekstase versetzt.

Mit kleinen, sanften Bewegungen trägt sie den roten Nagellack auf. Ein beruhigendes Ritual.

Vor der leichten Gardine zündet sie sich eine Zigarette an und bläst den Rauch durch die hauchdünnen Fasern. Sie öffnet die Schublade und entscheidet sich für ihr edelstes, lachsfarbenes Negligé, das die Haut umschmeichelt wie ein Flüstern.

Sie zieht den Bademantel darüber, der weder lachs- noch rosafarben ist, sondern leuchtend wie der Mund einer Auster.

In dieser Nacht kommt er ihr nicht billig und vulgär vor, sondern rührend in all seinem Eifer, ihr entgegenzukommen.

Während sie Licht in der Eingangshalle machte, hörte sie gedämpfte Musik aus dem Kaminzimmer. Erkannte Mahlers vierte Symphonie. Ihren langen dritten Satz mit dem weichen, melodischen Verlauf. Doch sie wusste auch, wie sich dieser noch entwickeln würde.

Er saß mit dem Rücken zu ihr in dem hohen Sprossenstuhl. Auf dem niedrigen Tisch standen eine Flasche Mineralwasser und eine halbe Flasche Ballantine's. Sie betrachtete seinen dürren Nacken in dem dunkelblauen Hausmantel, die weißen Füße in den schwarzen Pantoffeln, die Körperhaltung, die der Gemächlichkeit von Mahlers Werk entsprach. Der Raum war nur spärlich beleuchtet, doch ausreichend, um die Thermopanescheibe in einen Spiegel zu verwandeln. Sie sah sich in voller Länge hinter ihrem Mann stehen. Sein Kinn war auf die Brust gesunken. Er sah klein und gebrechlich aus. Kein Wort von ihm, seit sie das Orion verlassen hatten.

Das Gespräch mit Gritt spukte ihr immer noch im Kopf herum, obwohl sie dessen Inhalt als Gewäsch abtat. Doch manche Wörter sind mit Widerhaken ausgestattet, und einige von Gritts Andeutungen hatten sich festgesetzt.

Erneut betrachtete sie den dürren Nacken ihres Mannes. Vorher hatte sie ihn im Bad gehört und danach am Telefaxgerät gesehen, woraufhin sie selbst ins Bad gegangen war. Sie hatte sich viel Zeit gelassen und stand jetzt hinter ihm, sicher, dass er schlief oder das empfangene Fax las. Doch es gab noch eine dritte Möglichkeit, die sich nicht leugnen und die sie erstarren ließ. Er hatte mit Franz sehr viel getrunken. Viel mehr als sonst. Viel mehr, als er vertrug.

Sie rief seinen Namen. Nicht sehr laut, aber laut genug, um die Musik zu übertönen. Er rührte sich nicht. Sie rief erneut, etwas lauter. Keine Reaktion.

Es war seine Körperhaltung, die sie beunruhigte. Atypisch unelegant, mit gespreizten Beinen und nach oben gekehrten Handflächen, fast ein biblisches Motiv. Das Abbild von Mahlers drittem Satz. Die Farben Rot, Weiß und Schwarz flossen aus den Geigen, liefen über die offenen Handflächen, flehentlich wie die schmächtigen Fußgelenke, eiskalt wie die Knochen unter der Haut.

Sie flüsterte seinen Namen und legte ihm eine Hand auf die Schulter, zog sie aber abrupt zurück, als hätte sie sich verbrannt. Doch das Gegenteil war der Fall: Sie erschrak, wie kalt er war. Der Gedanke, dass bereits eingetroffen sein könnte, was sie geplant hatte, ließ sie mit Angst und Apathie reagieren.

Sie sah sich im Zimmer nach eventuellen Zeugen um, nach einer Veränderung im Muster der Tapete, der Art, wie sich Licht und Schatten auf Ecken und Nischen verteilten. Der Raum zog sich zusammen, während ein Gedanke sie wie ein Blitz durchzuckte: Hier ist ein dritter Wille zugegen. Ein dritter Wille oder das schlimmste aller Schicksale, das der Willkür. Doch sie verspürte etwas ganz anderes, eine Bruderschaft, ein Geheimnis. Sie spürte, wie sich ihre Kehle zusammenschnürte und wiederholte seinen Namen, hob die Hand, als wolle sie zum Schlag ausholen oder einen Eid ablegen, unterbrach die Bewegung und spürte … spürte, wie ihr Körper zur Ruhe kam. Sich gegen die Stuhllehne stützend atmete sie wie befreit auf.

An seiner Schläfe pulsierte eine kleine blaue Ader. Ein sicheres Zeichen dafür, dass er nur schlief. Hier gab es weder Geheimnisse noch Geheimbünde, nur einen Mann, der nach einem langen Abendessen in Schlaf gefallen war.

Anne schloss die Augen und seufzte. »Gott sei Dank, David, Gott sei Dank.« Sie setzte sich ihm gegenüber auf einen Stuhl und hörte, wie er im Schlaf murmelte.

Das spärliche Licht hatte einen Ring um sie gebildet und

ließ eine seltene Intimität entstehen. Der schlafende Mann und seine kniende Frau. Vorsichtig umfasst sie seine kalten Fußgelenke, um sie zu wärmen, während sie immer wieder seinen Namen flüsterte. Obwohl er die ganze Zeit geschlafen hatte, schien eine Veränderung mit ihm vorgegangen zu sein. Eine neue Dimension. Ein eiskalter Windhauch einer eiskalten Strategie.

Ihre langen, schlanken Finger mit den rot lackierten Nägeln glitten über die Initialen seines Hausmantels.

»Verzeih mir«, flüsterte sie, »ich weiß, dass du mich hören kannst, obwohl du schläfst. Verzeih mir, David. Falls jemals ein böses Wort zwischen uns gefallen ist, falls ich schlimme Gedanken oder geheime Absichten hatte, dann nehme ich alles zurück.«

Sie löschte die Lampe in der Ecke. Sofort breitete sich die Dunkelheit aus. Die Dunkelheit und das bläuliche Licht des Sees. Wenn man genau hinschaute, konnte man die oberste Stufe der Treppe erkennen. Doch sie schaute nicht genau hin, sondern ging ins Wohnzimmer, durchquerte die Halle und schritt über den Korridor, der zur Garage führte. Der Geruch nach Öl und Benzin stieg ihr sofort in die Nase wie ein Schuldgeruch. Sie schaute in die vier Autos hinein und atmete erleichtert auf.

In der Garage klang Mahlers Musik wie eine unterschwellige Drohung. Sie lehnte sich gegen die Wand und sagte sich, dass sie es die ganze Zeit gewusst hatte. Dass der Plan, den sie im eiskalten Sommerhaus gefasst hatten, völlig verrückt gewesen war. Ausdruck einer momentanen Verwirrung, die vorüberging.

»Lau, bist du hier? Hör zu, wir tun es nicht. Hörst du mich? Es ist abgesagt! Komm raus, wenn du mich hörst.«

Keine Antwort.

Sie versicherte sich, dass die Tür nach draußen verschlossen und die vier Handgriffe des Garagentors fest verriegelt waren. Mit kleinen, schnellen Schritten ging sie zum Haus zurück und schloss die Tür zum Garagenzugang.

Mahlers Musik wurde lauter. Was bedeutete, dass David aufwachen würde. Wenn nicht jetzt, dann in wenigen Minuten. Vielleicht hatte er die CD deswegen aufgelegt.

Sie lief die Treppe hinauf, ging ins Badezimmer und trank ein Glas Wasser, überdachte die Situation und wunderte sich über ihre Ruhe.

»Die eine Folge meiner Entscheidung ist, und die bleibt, wie sie ist: Die Sache ist abgesagt.«

Alle Türen waren verschlossen. Das Haus war versiegelt. Die Vernunft war zurückgekehrt.

»Deshalb bin ich plötzlich so ruhig. Meine Hände zittern nicht mehr.«

Sie ging ins Schlafzimmer und glättete die Laken, schüttelte die Kissen auf, nahm das Glas Wasser mit in die Halle, stellte es auf die Ablage unter den Spiegel, bürstete sich die Haare, bündelte sie zu einem Pferdeschwanz, hielt dann inne und starrte auf das Wasserglas, das schief auf der eigentlich ebenen Unterlage stand.

Anne griff nach dem Glas, hatte aber kaum genug Kraft, um die Muschelschale zu entfernen, auf der es stand.

Mahlers Musik wurde vom Chicago Symphonieorchester regelrecht auseinander genommen.

Sie starrte die braune Muschelschale an.

Er ist im Haus. Er ist von der Garage ins Haus gelangt und hat seine Visitenkarte hinterlassen. Ich habe uns eingeschlossen.

Die entschiedene Ruhe, die sie gespürt hatte, ging von Apathie in Panik über. Sie zögerte einen Augenblick, lief dann in die Küche und öffnete die Tür zur Speisekammer, eilte durch den Gang mit den Schrankwänden und drückte auf alle Lichtschalter, kehrte in die Halle zurück, lief ins Büro und schaltete das Deckenlicht an, hörte das Faxgerät rattern, ließ das Licht brennen, hastete zur Halle zurück, nahm die Treppe im Laufschritt nach oben und riss im ersten Stock alle Türen auf.

Vor dem großen Kleiderschrank zögerte die Hand, die ihn öffnen sollte. Sie hatte überall nachgesehen, er musste im Kleiderschrank stecken. Also musste sie öffnen. Sie nahm sich zusammen, schob die Tür zur Seite und spürte die Verzweiflung in der Kehle, während sie fieberhaft zwischen den Kleiderbügeln herumwühlte.

»Ich habe uns eingeschlossen.«

Sie machte Licht im Bad und in den beiden Ankleidezimmern. Lehnte sich für einen Moment an den Türrahmen, starrte aufs Telefon und war drauf und dran, zum Hörer zu greifen, um die Angelegenheit ein für allemal aus der Welt zu schaffen.

Doch wen konnte sie alarmieren?

»Hörst du mich, Lau? Wenn du mich hörst, dann komm raus. Komm raus und fahr nach Hause, hörst du? Es ist abgesagt.«

Als sie wieder in der Halle stand, um sich zu vergewissern, dass die Haustür auch wirklich verschlossen war, dröhnte die Musik wie Kanonendonner. Sie ging zur Anlage, dämpfte die Lautstärke und lief ins Kaminzimmer, um David mit nach oben zu nehmen.

Sein Stuhl war leer.

Sie fuhr herum, hielt sich die Hand vor den Mund, flüsterte seinen Namen, lief in die Halle und rief nach ihm.

»David, bist du hier? Bist du im Keller, David?«

Warum sollte er im Keller sein? Er ging nie in den Keller.

Sie wich zurück, prallte gegen die Wand, drückte sich an ihr entlang und hörte, wie die Musik erstarb. Im Haus wurde es still. So still, dass man das Brummen der elektrischen Geräte hören konnte.

Sie blickte von einer zur anderen Seite. Was geschah hier? Etwas, worauf sie nicht vorbereitet war. Das Haus hatte etwas mit ihr vor. Das fremde, abweisende Haus. Obwohl sie die Wandfarben ausgewählt hatte, war es immer noch das Haus von Maria. Vielleicht war sie aus ihrem Pariser Exil zurückgekehrt. Vielleicht hatte er sie nach Hause gerufen. Sie hatten etwas miteinander, die tote Frau und der halbtote Mann. Mahlers Musik, die sanfte, gemächliche Einleitung, die pervertiert wird und in ein infernalisches Chaos umschlägt.

Annes kurze, aggressive Atemstöße wurden zu langen, tiefen Zügen.

»Es ist nicht Maria, die wiederkehrt«, flüsterte sie, »sondern ich.«

Das Licht der Halogenlampen zitterte schwach und knisternd.

»Ist da jemand? David, bist du's?«

Sie ballte die Hände vor der Brust und beobachtete, wie das Licht der achtzehn Deckenlampen schwächer wurde, um den Raum schließlich in gelbliches Zwielicht zu tauchen.

Die Zimmer rückten zusammen und ließen den Raum verschwinden.

»Seid ihr hier?«, rief sie. »David ... Lau. Seid ihr hier?«

Sie schaute die Treppe hinauf.

Er stand am Dimmer und hielt eine Flasche in der Hand. Die weißen Fußgelenke in den schwarzen Hausschuhen, die schmalen Schultern in dem weiten Bademantel. Das Lächeln auf seinen Lippen. Er liebte es, mit dem Dimmer zu spielen.

Er kommt die Treppe herunter. Mit schweren Schritten, ohne sich zu übereilen. Er stellt die Flasche auf ein Regal, geht zu ihr, öffnet ihren Kimono und entblößt ihre Brüste.

»Ich habe auf dich gewartet, Liebste. Warum schreist du so?«

Seine Zunge fährt über ihren Hals.

»David ...«

»Aber du bist nicht gekommen.«

»Ich dachte, du bist hier unten, David. Ich habe dich gesucht. Ich hatte gar nicht gehört, dass du nach oben gegangen bist.«

Sein Kopf wiegt hin und her, seine Augen haben Schwierigkeiten, den Blick scharf zu stellen.

»Du wirkst erregt, Anne. Irgendwas scheint dich sehr zu erregen.«

»Lass uns nach oben gehen.«

Seine Hand sucht ihren Schoß. Lächelnd schließt er die Augen.

»Hier unten mag ich es am liebsten, das weißt du doch. Lass uns zur Treppe gehen. Das Bett ist der langweiligste Ort, um sich zu lieben.«

Sie windet sich los und weicht drei Schritte zurück. Er folgt ihr. Sein Atem ist schwer vom Whisky. Er stemmt die Hände in die Hüften, beugt den Kopf und lacht.

»Ich krieg dich ja doch.«

Er greift nach ihr, gerät kurzzeitig aus dem Gleichgewicht und öffnet seinen Bademantel, sodass sie sein Geschlecht sieht.

»Komm zu deinem Mann, Anne.«

Sie schaut an ihm vorbei, gewiss, dass sich im dunklen Zimmer ein Schatten gelöst hat. Ein leicht zu identifizierender Schatten, der sich in der Garage oder irgendwo anders befinden sollte, nur nicht hier.

David schwankt ihr entgegen. Im Dunkel hinter ihm bekommt der Schatten einen Körper und ein Gesicht. David steht seitlich neben dem großen Spiegel und braucht nur den Kopf ein wenig zu drehen, um Lau im Zimmer zu entdecken. Den unbeweglichen Lau, der David mit unergründlichem Blick anstarrt.

»Wo schaust du hin, Anne?«

Er tritt einen halben Schritt zurück, findet das Gleichgewicht wieder, dreht den Kopf und lässt seinen Blick durchs Zimmer wandern. Anne betrachtet seine Hände und wartet. Die Sekunden verrinnen. Die von Leberflecken übersäte Hand tastet nach dem Lichtschalter. Das Zimmer ist braun und schwarz, mit der fließenden Kontur einer dunklen Gestalt.

In diesem Moment flammt das Deckenlicht auf. David stützt sich auf eine Stuhllehne und fährt herum.

Anne geht zu ihm. »Was geht hier vor?«, flüstert sie.

Sein wässriger Blick ist von zwei unsicheren Altmänneraugen abgelöst worden. Seine Hände halten sich an der Stuhllehne fest.

»Da war jemand«, murmelt er.

Sie streckt die Hand nach ihm aus. »Aber nein, David.«

»Da war jemand, Anne. Maria war da. Ich konnte sie spüren. Den Geruch ihrer Kleider. Ich erkannte den Geruch ihrer modrigen Kleider.«

Anne nimmt ihn unter dem Arm. »Lass uns raufgehen.«

»Ich wünschte, sie würde verschwinden.«

Er sagt es sehr leise: »Ich wünschte, sie würde uns in Ruhe lassen.«

Anne dreht ihn um, führt ihn zur Treppe und hilft ihm nach oben. Es geht nur langsam, sie nehmen eine Stufe nach der anderen. Er spricht von Mahler und der Empfindsamkeit seiner Musik, und sie redet ihm nach dem Mund, während sie ihn stützt. Doch plötzlich, mit der langsamen, übertriebenen Bewegung eines Betrunkenen, macht er sich frei, schlägt nach ihr und verliert den Boden unter den Füßen, fuchtelt mit den Armen und trifft sie hart im Gesicht. Anne greift nach ihm, doch er fällt bereits. Sie packt seinen Bademantel. Seine Augen treten aus den Höhlen, seine Hand zuckt nach vorne und ritzt mit den Fingernägeln Annes Wange und die Haut ihrer Brust auf, doch jetzt hat sie ihn zu fassen bekommen und zieht ihn an sich. Weinend lässt sie sich auf den Boden sinken.

Er sitzt auf der obersten Treppenstufe und murmelt, dass sie blute. Sie starrt in die Halle hinunter, die sich in einen abgrundtiefen Krater verwandelt hat. David hangelt sich am Geländer hoch.

»Danke für deine Hilfe.« Er nickt ihr zu, ohne sie anzublicken. »Danke für deine Hilfe, Anne. Das war … ganz schön knapp. Ich weiß gar nicht, wie das passiert ist, aber plötzlich habe ich die Balance verloren.«

Im Badezimmer sieht sie sich die Verletzungen an. Der Kratzer im Gesicht muss gereinigt werden, doch auf der Brust sieht man nur eine kleine Schramme.

Danach geht sie zu ihm.

»Du hast ganz schön lange Nägel, mein Schatz.« Er legt sich die Hand auf die Stirn, schaut zu ihr auf und wirkt plötzlich vollkommen nüchtern. »Was für ein Schreck.«

Sie nickt. »Schlaf jetzt«, flüstert sie und deckt ihn zu.

Er spricht mit sich selbst. »Glenn Gould und Leonard Bernstein fingen plötzlich vor dem Publikum an zu diskutieren. Sie wollten Brahms spielen. Lenny sagte, er könne nicht dirigieren, wenn Glenn alles so langsam und weich spiele. Vollkommen ungerechtfertigt.«

Er schließt die Augen. »Wie alt ist Glenn geworden? Nicht sehr alt. Wenn man durch das Hotel in Toronto geht, spürt man seinen Wahnsinn. Die sterile Kaufhausmusik, die synthetischen Teppiche, die künstlichen Golfbahnen mit Kunstrasen. Bis zu seinem Tod hat Glenn dort gewohnt.«

Sie holt ein Glas Wasser, legt seine Schlaftabletten auf den Tisch und nimmt seine Hand.

»Ich sollte nicht so viel trinken. Niemand spielt Bach so wie Glenn. Aber er war schwierig, so zerbrechlich und ungeheuer verletzlich.«

»Es ist schon spät, David. Du solltest jetzt schlafen.«

Sie löscht das Licht in der Halle und geht zurück ins Schlafzimmer. Er blickt zu ihr auf und sieht aus wie ein Mann, der sich versöhnen will.

Sie lächelt ihn an. »Ich lasse die Tür offen.«

Er lächelt und nickt.

Unter der Dusche behält sie ihn im Auge. Von der Duschkabine aus kann sie seine Füße und ein Knie sehen. Sie dreht den Warmwasserhahn zu und bleibt für einen Moment unter dem eiskalten Strahl stehen. Dann stellt sie das Wasser ab, wickelt sich in ein Handtuch, schließt die Tür zum Treppenhaus und vergewissert sich, dass die Balkontüren auch wirklich verschlossen sind.

Stille. Dunkelheit. Ein Windhauch dringt durch den Türspalt und bauscht die Gardine, unbewusst und plötzlich, wie eine Schlafende, die einen bösen Traum hat. Behutsam legt sie sich ins Bett und betrachtet ihn. Die Nase, die senkrecht in die Luft steht. Das Oval des Mundes. Vor Tausenden von Jahren wurden die Witwen gemeinsam mit ihren Männern begraben. Doch nur die großen Männer und die jungen Witwen. Manche von ihnen verbrannten sogar auf demselben Feuer. Er tot, sie lebendig. Doch jetzt sind die Türen verschlossen und die Gardinen vorgezogen.

Draußen herrscht der armseligste aller Monate.

Sie schließt die Augen, zieht sich die Decke über das Gesicht und krümmt sich zusammen.

Eine Stunde später wachte er auf. Sie hörte ihn pinkeln und mit den Schlaftabletten hantieren. Die Badezimmertür wurde geöffnet und das Licht gelöscht. Für einen Augeblick stand er am Fenster und sah hinaus. Er atmete schwer.

Sie drehte sich im Bett um und sagte, dass sie wach sei. Durch die Dunkelheit blickten sie einander an.

Sie ging zu ihm. Seine schlanken Finger glitten über ihr Gesicht.

»Ich dachte daran«, seufzte er, »dass es doch nicht unbedingt so sein muss.«

»Nein«, flüsterte sie, »nicht unbedingt.«

Er öffnete die Balkontür, sprach langsam und leise.

»Ich kann Gritt eigentlich nicht ausstehen, aber Franz habe ich sehr gern.«

»Ich weiß, David. Mir geht es genauso.«

Er schaute sie an. »Siehst du? Wir empfinden dasselbe. Damals, in Hué, war alles so leicht. Ich finde kein anderes Wort dafür. So leicht. Man glaubt, das würde immer so bleiben, versucht es festzuhalten, versucht zu verstehen, was geschieht. Warum ist das so schwer? Warum lässt man es zu? Plötzlich ist es verschwunden und nichts ist mehr leicht. Alles wird beschwerlich. Was geschieht da?«

»Es geschieht nichts, David. Sieh mich an. Es geschieht nichts. Wie hatten uns weit voneinander entfernt, aber das muss nicht so sein. Wir haben alles, alles wovon man nur träumen kann.«

Er nickte. »Meine alte Großmutter erzählte mir das russische Märchen von dem Prinzen, der in die Welt hinauszog, um das Glück zu suchen. Er fand es in Gestalt einer Feder.«

»Wir haben nichts verloren, David.«

Sie nahm seine Hand und legte sie an ihre Wange. »Und du sollst nicht mehr alleine reisen. Nie mehr.«

Er strich ihr über die Haare und ließ seine Hand auf ihrer Schulter liegen.

»Manchmal, wenn ich nach Hause komme …«

Er geriet ins Stocken.

»Was dann, David?«

»Dann sage ich zu mir selbst: Wie schön Anne geworden ist, während ich fort war.«

Seine braunen Augen schimmerten. Er lächelte entschuldigend.

»Wie ein Stern«, flüsterte er, »und ebenso fern.«

»Jetzt bin ich da. Ich bin da, David. Hörst du mich? Ich bin da.«

Er legte die Arme um sie und seufzte: »Blame the rain.«

»Ja, blame the rain.« Sie schloss die Tür.

Er setzte sich auf das Bett. »Mehr gibt es nicht zu sagen. Wir brauchen nicht alles zu zerreden. Setz dich zu mir, Anne.«

Sie setzte sich neben ihn. Er stieß sie mit dem Ellbogen an. Sie lächelte und spürte, wie ihr Kinn zu zittern begann.

»Ich liebe dich, David. Mehr als je zuvor. Und es war mein Handy, das während des Konzerts in Kopenhagen gepiept hat. Ich sehe dir an, dass du dich erinnerst.«

»Sogar die *Berlingske Tidende* hat es erwähnt.«

»Ich weiß nicht, ob ich eine Vergebung verdient habe.«

Er schaute sie eindringlich an. »Man hat nichts davon, nachtragend zu sein. Sollten wir das Handy nicht vergessen und stattdessen in die Zukunft blicken?«

»Ja, David, wir vergessen es«, flüsterte sie. »Wir vergessen es.«

Er ließ sich zurück ins Bett sinken. »Die Schlaftabletten, ich bin völlig benommen.«

Anne deckte ihn zu, setzte sich an seine Seite und küsste ihn auf die Wange.

»Vielleicht hätten wir versuchen sollen«, flüsterte er, »ein Kind zu bekommen.«

»Ist es zu spät dafür?«

»Ja, es ist zu spät. Außerdem hat das nichts mit dem Regen zu tun.«

»Bist du sicher?«

Er zwinkerte ihr zu. »Nein, nicht so ganz.«

Er schloss die Augen und nickte. Sie beugte sich über ihn und flüsterte ihm ins Ohr, dass sie ihn liebe, spürte seine Hand auf dem Rücken und blieb neben ihm sitzen, bis er eingeschlafen war.

Eine Stunde später schaltete sie das Licht in der Halle an, ging durch die Zimmer und schloss die Garage auf, wo sie Lau hinter dem Steuer ihres Wagens vorfand.

Er schaute sie mit müdem Lächeln an. »Ich würde mir nie im Leben einen Automatik anschaffen.«

»Das weiß ich«, flüsterte sie.

»Was ist mit deinem Gesicht passiert?«

»Nichts.«

»Nichts?«

»Nichts, und du gehst jetzt bitte nach Hause.«

»Das wollte ich sowieso gerade.«

»Na, siehst du.«

Anne schloss die Augen und fuhr sich mit der Hand durch die Haare, lehnte sich an ihn und spürte seinen Arm um ihre Schultern.

»Was haben wir uns bloß dabei gedacht, Lau?«

»Wir haben an uns selbst gedacht.«

Sie nickte. »Warum bist du ins Haus gekommen?«

»Weil ich der Versuchung nicht widerstehen konnte. Außerdem hat er geschlafen.«

»Er hat nicht geschlafen. Er war hellwach und hat gespürt, dass du da warst.«

»Anni, er schlief und hat nichts gemerkt.«

Sie schüttelte seufzend den Kopf. »Das spielt jetzt auch keine Rolle mehr. Ich verstehe nur nicht, wie alles so weit kommen konnte. Dass wir uns haben hinreißen lassen.«

»Wieso? Wir sitzen doch bloß in der Garage, so wie immer. Ist doch ziemlich gemütlich hier.«

Sie nickte und spürte einen Anflug von Zorn. Eine leichte Irritation.

»Du bist wirklich gekommen.«

»Ich wollte dich nur sagen hören, dass wir es sein lassen.«

»Okay. Dann sage ich es noch mal. Wir lassen es sein!«

Er lächelte. »Ich bin von Østerbro bis hierher zu Fuß gegangen. Ein wunderbarer Spaziergang. Auf dem man vieles überdenken kann. Wie geht's jetzt weiter mit uns?«

»Ich weiß nicht. In meinem Kopf dreht sich alles. Er tut mir so schrecklich Leid. Ich kann ihn einfach nicht verlassen. Ich kann nicht, Lau. Anscheinend ist es möglich, zwei Menschen gleichzeitig zu lieben. Und ich liebe ihn.«

Er lächelte und strich ihr mit gekrümmtem Finger über die Wange.

»Das weiß ich. Und kann es verstehen. Besser als jeder andere.«

Sie nahm seine Hand.

»Frische Luft«, flüsterte sie, »du riechst nach frischer Luft.«

»Gefällt dir das oder nicht?«

»Das ist der Unterschied zwischen dir und mir.«

Er nahm ihr Gesicht zwischen seine Hände.

»Was ist geschehen, Anni?«

»Ich kann's dir nicht sagen. Es ist, als wäre ich aus einem bösen Traum erwacht und würde versuchen, ihn zu vergessen.«

Sie schaute ihn an. »Ich hatte so Angst, dich nicht finden zu können.«

»Du brauchst keine Angst mehr zu haben. Du gehst jetzt rauf zu deinem Mann, und ich gehe nach Hause.«

»Ich möchte dir gern ein paar Socken schenken.« Sie trocknete sich die Augen. »Aber daraus wird wohl nichts.«

»Findest du nicht, dass dies der falsche Ort ist, um Schluss zu machen? Können wir uns nicht morgen sehen, Anni?«

»Morgen? Ich weiß im Moment noch nicht mal, wie ich die Treppe hochkommen soll.«

»Morgen kutschiere ich ein paar Touristen nach Helsingør. Wir fahren nach Kronborg. Das dauert einige Stunden. Wir könnten uns meinen Reiseproviant teilen.«

Sie lächelte. »Buttermilch?«

»Drei Liter.«

»Ach, Lau.« Sie schüttelte den Kopf.

Er umgriff sanft ihren Nacken. »Wir kriegen das schon alles hin.«

»Ja, natürlich. Ich kann kaum noch die Augen offen halten.«

Er öffnete die Wagentür. »Für heute bist du mich los. Ich bin auch müde.«

»Hast du Geld?«

»Massenhaft.« Er küsste sie. Auf dem Parkplatz bei Kronborg um zwei?«

Sie nickte. »Ja, so wie immer. Mit Bart und Sonnenbrille und in aller Verschwiegenheit.«

Er ging zur Tür, schloss auf und trat lächelnd hinaus.

Anne blieb noch kurz sitzen, bemerkte, dass sie fror, ging ins Haus zurück, nahm die Muschelschale und führte sie an den Mund. Dachte an den grünen Gecko, der in der alten Kaiserstadt Hué vor ewigen Zeiten an ihrer Decke geklebt hatte.

Eiskalt und quicklebendig.

11

Am Hafen von Nivå gibt es einen kleinen, abgegrenzten Strand. Der Sand ist weiß und feinkörnig, das Wasser lädt in der Regel zum Baden ein. Im November ist dort natürlich keine Menschenseele, also setzt sie sich auf einen Stein und blickt über den Sund, der dieselbe Farbe hat wie die Rasierseife ihres Mannes. Ihre Kleidung ist der Witterung und ihrem Vorhaben angepasst. Halstuch, Sonnenbrille, eine dunkelblaue Hose, eine marineblaue wattierte Jacke und schwarze Timberland-Stiefel.

Sie zündet sich eine Zigarette an und denkt an ihren Mann, der bis weit in den Vormittag hinein geschlafen hatte. Als er aufgestanden war, hatte er eine Bemerkung über das Tageslicht gemacht.

Sie stehen zwei Meter voneinander entfernt, während ihr durch den Kopf geht, dass dieser Tag sein letzter hätte sein können. Aber dazu wird es nicht kommen. Sie denkt daran, dass sie ihm gestern das Leben gerettet und mit ihm ein wunderbares Gespräch von seltener Einmütigkeit geführt hatte, dem die Heilung alles Bösen, Entzündeten und Krankhaften zu verdanken war.

Er sah die Morgenzeitungen durch.

»Man sollte nicht so viel trinken.«

Sie setzte sich neben ihn.

»Ich finde, es war ein wunderbarer Abend.«

»Wenn nicht gar fantastisch.« Er schaute sie nicht an und lächelte in sich hinein.

»Überirdisch!«

»Natürlich, was sonst.« Er schaute auf die Uhr. »Ich bin viel zu spät aufgestanden. Willst du schon fahren?«

Anne nickte. Sie hatte den Hut aufgesetzt, den er ihr einst geschenkt hatte und der ihr in Venedig beinahe vom Kopf geweht wurde, als sie den Rio della Fornace überquerten.

»Ich kann auch zu Hause bleiben, wenn dir das lieber ist.«

»Nein, nein, ich muss nur meine steifen Finger ein wenig lockern. Skodsborg wird dir sicher gut tun.« Er schaute sie an. »Du gefällst mir mit dem Hut. Natürlich auch ohne, so ist das nicht gemeint.«

Sie lächelte. »Vielleicht gehe ich lieber ins Louisiana Museum. Ich brauche mir schließlich nicht ständig die Nägel feilen zu lassen.«

Er blickte sie ernst an. »Ja, um die Wahrheit zu sagen …«

»Die Wahrheit?«

»Spielen die Nägel doch gar keine Rolle, oder?«

»Meinst du?« Anne spürte ihr Lächeln wie eine gespannte Feder.

»Nicht die geringste. Das wissen wir doch beide.«

Sie stellte sich mit dem Rücken zu ihm und wühlte in ihrer Tasche.

»In Wahrheit bist du zu faul zum Schwimmen geworden. Warum soll man das nicht offen aussprechen?«

Sie drehte sich um und küsste ihn. »Erkannt.«

»Museumsbesuche sind immer so anstrengend.« Er massierte ihren Rücken. »Du wirst sehen, wenn du nach Hause kommst, bist du fix und fertig. Ausgelaugt und mit roten Wangen von der all der frischen Luft in Humlebæk.«

Sie hörte ihm an, dass er es ernst meinte. Vorgestern hätte es noch ganz anders geklungen.

»Mein Mann könnte mich ja begleiten. Aber der hat ja beschlossen, fleißig zu sein.«

»Fleiß ist die Voraussetzung, Anne.«

Die Art, wie er ihren Namen sagte. Vor weniger als einer

Woche hätte er ihn anders betont. Jetzt klang das Anhängsel wie eine freundliche Entschuldigung. Ein Entgegenkommen.

Er ging zu seinem alten Flügel. Spreizte die Finger und ließ den Kopf kreisen. Blätterte in seinen Noten. Schaute nach, ob Tinte im Füller war. Brauchte viel Zeit, um die Klavierbank richtig einzustellen, obwohl er der Einzige war, der sie benutzte.

Dann nahm er Platz und schlug energisch und in rascher Folge immer wieder denselben Ton an.

Anne lehnte sich gegen den Türrahmen.

Er blickte zur Decke. »Wann ist Larsen das letzte Mal da gewesen?«

»Ich glaube, im Mai.«

Larsen war sein Klavierstimmer.

»Hättest du Lust, ihn anzurufen?«

Sie ging zu ihm und küsste ihn auf die Wange. »Ja, ich hätte Lust, ihn anzurufen.«

»Ich könnte es natürlich auch selbst tun.«

»Dazu bin doch ich da.« Sie fasste ihn an den Schultern. »Verstehst du, David? Ich möchte gern in Anspruch genommen werden.«

Er schüttelte seufzend den Kopf, kam auf die Beine und ging zum großen Fenster, vor dem er auf und ab schlenderte, während er einige Bücher, Notenhefte und Musikmagazine hin und her räumte. Er drehte sich zu ihr um, als wolle er etwas sagen, überlegte es sich anders und pustete den Staub von dem kleinen Pappmodell einer offenen Auster, in deren Mitte sich ein Miniaturflügel befand.

Anne trat zu ihm. »Ist es bei uns nicht richtig sauber, Herr Zeeberg?«

»Doch, doch, absolut. Ich habe nur gerade darüber nachgedacht, wann ich zum ersten Mal diese Dekoration benutzt habe. Ich glaube, es war in Kopenhagen.«

»Sie ist zauberhaft, David.«

»Sie hat sich überlebt. Aber damals war sie schön. Maria hat sie entworfen. Sie hatte ein Gespür für so was. Sie liebte Symbole. Ich hingegen habe für Symbolik ja nicht so viel übrig.«

»Du lebst eben ganz in der Gegenwart.«

Er drehte den Miniaturflügel zwischen seinen langen Fingern.

»Die Gegenwart stellt ihre Forderungen. Früher war es selbstverständlich, in der Gegenwart zu leben. Doch heute befinden wir uns mit einem Bein immer schon in der nächsten Woche. Dabei ist es doch so gut wie unmöglich, die nächsten vierzehn Tage vorauszusehen. Ob man den morgigen Tag noch erleben wird.«

Sie nahm seine Hand. »Natürlich werden wir den morgigen Tag noch erleben. Und übermorgen und die nächsten vierzehn Tage auch. Darauf bestehe ich.«

Er zog sich am Ohrläppchen und lächelte. »Komisch, ich habe das Gefühl, als hätte ich über Nacht fünf Kilo abgenommen.«

Sie schmiegte ihre Wange an seinen Rücken.

»Ich auch. Macht zusammen zehn Kilo.«

»Dann brauchen wir eine völlig neue Garderobe.«

Er wandte sich dem Flügel zu.

Anne sagte, sie habe ihm etwas zu essen in die Küche gestellt.

»Schwarzen Heilbutt.«

»Du weißt, dass ich den nicht ausstehen kann.«

»Du liebst Schwarzen Heilbutt.«

»Was war es dann, was ich nicht mochte?«

»Pfeffermakrele.«

»Ich liebe Pfeffermakrele.«

Anne lachte. »Wir sehen uns heute Nachmittag, Herr Zeeberg.«

Er antwortete nicht, stand jedoch plötzlich auf, ging zu ihr, nahm ihre Hand und schaute ihr lange in die Augen. Forschend, freundlich und voller Wärme.

»Bist du zurückgekehrt, Anne?«

Sie zog ihn an sich und flüsterte ihm ins Ohr: »Ja, ich bin zurückgekehrt.«

Er lächelte. »Das spürt man. Bis heute Nachmittag.«

Anne ging zur Tür, drehte sich noch mal um und sah, wie so oft zuvor, seinen Rücken. Er schlug mehrmals dieselben drei Töne an, streckte dann die Arme und ließ die Finger über die Tasten laufen.

Alles war wie früher, selbst die Zerstreutheit.

Kurz darauf befand sie sich auf dem Strandveien.

Die Finger gleiten durch Nivås kalten Sand, der immer noch den Duft des Sommers trägt. Sie versucht sich über diesen Tag im Klaren zu werden, der an einen Tag im Oktober erinnert. Ich könnte hier bleiben. Sie lächelte vor sich hin. In einem Zelt wohnen. Ganz ich selbst sein. Am Ufer sitzen und das Vorüberziehen der Jahreszeiten beobachten. Alt und wunderlich werden und meiner Umgebung vortäuschen, dies sei ein Ausdruck von großer Weisheit.

Sie war erwacht, ohne den Traum der Nacht ganz abgeschüttelt zu haben, und wusste, dass sie sich nicht sogleich in der Realität, sondern in einem eigentümlichen Zwischenstadium befand. Dass etwas in ihrem Unterbewusstsein zu ihr sprechen wollte. Sie hatte sich selbst in zehn Jahren gesehen. Eine Frau Ende vierzig, immer noch hübsch und gut in Schuss und vor allem frei von Bitterkeit. Eine satte und reife Frau. Neben ihr lag ihr Ehemann, der auf die Achtzig zuging. Er sah immer noch so aus wie mit fünfundsechzig. Im Traum entfernte sie die Decke und studierte seinen Körper. Bemerkte, dass die Zeit seine Beine verkürzt hatte. Das amüsierte sie. Sie musste an den Kerl denken, der Lauritz geheißen und in Østerbro gewohnt hatte. Eine zärtliche Erinnerung. An eine beschwerliche Zeit. Beschwerlich war vielleicht nicht das richtige Wort, doch damals hatte sie alles als beschwerlich empfunden. Eine zärtliche und verstörende Erinnerung, doch nur so verstörend, dass sie mit der Art von Wehmut zurückblicken konnte, die man als angenehm empfindet.

So war der Traum, so war die Perspektive, und als sie wieder in ihrem Auto saß und gen Norden fuhr, erschütterte es sie, wie schlagartig sich das Leben verändern konnte. Nicht dass sie aufgehört hatte, etwas für Lau aus Østerbro zu empfinden. Doch etwas war geschehen. Vielleicht hatten sie in jener Nacht in Kandestederne ihre Unschuld verloren. Er hatte eine Seite von sich gezeigt, die weniger exotisch und keine Spur poetisch war. Eine Seite, von deren Existenz sie nichts gewusst hatte. Der sanfte Lau, der lief wie ein Junge, schwamm wie ein Fisch, tanzte wie ein Südamerikaner und liebte wie ein Orkan. Und plötzlich in ihrem Wohnzimmer stand, in dem er nichts verloren hatte. Der entscheidende Schritt zu viel.

»Das ist wie mit einigen Fotos«, sagte sie laut. »Sie verblassen einfach. Lösen sich auf und sind eines Tages verschwunden. Man muss scharf nachdenken, um sich überhaupt an das Motiv zu erinnern.«

Lau war eine Fiktion. Im selben Augenblick, in dem er in das wirkliche Leben trat, verschwand die Magie. Auch David hatte sich verändert. Eine Versöhnung war nah. Anne zweifelte nicht. Es war spürbar. Er wünschte sich Versöhnung und Vergebung. Fast so, als kehrte man nach langer Reise heim. Sie hatte immer sowohl an Fernweh als auch an Heimweh gelitten. Jetzt spürte sie nur Heimweh. Es war an der Zeit, reinen Tisch zu machen. Sie war nahe daran gewesen, alles zu verlieren. War es vielleicht immer noch, doch es war nicht zu spät. Sie konnten auf Reisen gehen. Sie würde ihn auf seiner Weihnachtstournee begleiten und sie würden wieder zusammenfinden. Nähe, Vertrauen und Freundschaft wiedergewinnen. Hand in Hand über die 5th Avenue schlendern, Heiligabend gemeinsam im Hotel verbringen, in Gesellschaft eines kunterbunten Plastikbaums, inmitten eines Bergs von Geschenken. Kein Mensch war so großzügig wie David Zeeberg. Er kam immer auf die besten Ideen und schenkte Dinge, von denen man gar nicht wusste, dass man sie sich wünschte. Die zu der Frau passten, die sie gern gewesen wäre. Ihre Handgelenke schmücken Perlen und ihren Hals zieren goldene Ketten. An ihren Ohren glitzern kostbare Steine, die ihr die Art von schlichter Eleganz verleihen, die man für Geld nicht kaufen kann. Auf einem Rollwagen wird der Truthahn ins Zimmer geschoben. David hat sich selbst um den Wein gekümmert. Das Personal richtet das Dinner an, sodass sie Manhattans kitschige Weihnachtsdekoration betrachten können, während sie das Essen zu sich nehmen und Dolly Parton lauschen.

Sie fuhr durch Helsingør, die Stadt ihrer Kindheit, doch sie sagte ihr nichts. Sie fuhr den Kronborgvej hinauf und entdeckte sogleich eine Reihe von Reisebussen.

Ein Stück entfernt parkte sie, blieb im Auto sitzen und wartete auf sein Erscheinen. Sie war eine Viertelstunde zu spät dran und nutzte die Zeit, um ihren einstudierten Text zu rekapitulieren. Empfand Freude über die richtige Entscheidung. Unsicherheit, was die Zukunft und die Endgültigkeit ihres Entschlusses betraf.

Ich muss mir alles noch mal gründlich durch den Kopf gehen lassen, Lau. Das verstehst du sicher. Vielleicht solltest auch du ein wenig Abstand zu den Dingen gewinnen. Ich fühle mich beinahe wie ein Rekonvaleszent. Und bin froh, dass unser Abschied voneinander nicht in einer Garage stattfand.

Mehr gibt es nicht zu sagen. Sie wird ihm die Hand auf die Wange legen und für einen Augenblick wird er frei unter dem stahlblauen Himmel schweben. Die Situation ist von innerer Schönheit. Ein Moment der Ruhe. Kurzzeitig muss sie an den Portwein ihres Mannes denken. Vintage Port von W. & J. Graham & Co, den sie am Heiligen Abend zu der Musik tranken, die sie beide so liebten, Corellis Weihnachtskonzert.

Sie lächelte und zündete sich eine Zigarette an, kurbelte die Scheibe herunter und schaute auf die Uhr. Es war halb drei.

»Wo bleibst du, Lauritz Andersen? Und warum bin ich plötzlich so froh?«

War es der Gedanke an Corelli? Ja, es war der Gedanke an das Weihnachtskonzert, an die Zeit der festlichen Vorbereitungen. Im letzten Jahr hatten sie in der Adventszeit Besuch von einer Frau bekommen, deren Name Anne entfallen war. Sie war gekommen, um ihr das Backen beizubringen. Das hatte ihr viel Spaß gemacht, auch wenn das Backen nach wie vor nicht zu ihren starken Seiten gehörte. David hatte diese Zeit geliebt. Das ganze Haus duftete nach Plätzchen. Sie hörten Telemann, Charpentier, Händel, Corelli und Dolly Parton. David war mit Thiesen unterwegs gewesen, um einen Weihnachtsbaum zu kaufen, und am Heiligen Abend kamen alle ihre kinderlosen Freunde zu Besuch. Die meisten von ihnen hatte Anne nur ein einziges Mal gesehen, aber alle waren sehr nett, unprätentiös und ein wenig zerstreut.

Der Abend hatte damit geendet, dass sie sich gemeinsam mit den beiden Serviermädchen eine Zigarette angezündet hatte. Sie hatten sie mit *Frau Zeeberg* angesprochen, obwohl sie fast gleichaltrig waren. Fast.

Sie warf die Kippe aus dem Fenster und trommelte auf das Lenkrad. Es war das erste Mal, dass er sie versetzte. Aus irgendeinem Grund empfand sie es als Erleichterung, geradezu als Befreiung, obwohl er sicher einen guten Grund hatte. Erneut wurde ihr bewusst, wie die Dinge oft ganz von allein in Fluss gerieten. Irgendwann stand man dann wieder sicher auf den eigenen Beinen, während sich eine innere Stimme zu Wort meldete: *In der Treue zu deinem Mann, in einer vertrauensvollen Partnerschaft findest du die einzige Freiheit, die es gibt.* Sie nickte bestätigend, obwohl sie sich erinnerte, dass der Satz – in zierlicher, violetter Schreibschrift – aus einer Familienzeitschrift stammte. Sie konnte sich auch an das dazugehörige Foto einer typischen Familienzeitschriftfamilie erinnern, die wie immer gute Ratschläge bei der Hand hatte, was die Provence, Orangenhaut und selbst gezogene Kerzen betraf. Als sie in den Rückspiegel lächelte, sprachen ihre Augen eine deutliche Sprache. Sie war die Undankbarkeit in Person und wollte ihre Weihnachtsplätzchen in diesem Jahr selbst backen. In Gedanken sah sie sich mit rot karierter Schürze und Kochmütze. Das Wort Idylle drängte sich ihr auf. Sie sprach es laut aus, putzte sich die Nase und ließ den Motor an. Ein Junge ging an ihr vorbei. Ein Junge mit einem riesigen blauen Muttermal, das sich von der Stirn bis zum Kinn hinabzog. Unwillkürlich wandte sie den Kopf ab und empfand aufrichtiges Mitleid mit dem Jungen, dessen Leben sicher von diesem unverschuldeten Fleck geprägt wurde. Doch noch ganz andere Dringe drängten sich ihr auf, denn Lau hatte den richtigen Entschluss gefasst. Den leichtesten für sie beide. Wenn es schon getan werden musste, dann richtig.

Sie überlegte, ob sie beim Louisiana vorbeifahren und einen Katalog mitnehmen sollte, ließ es aber bleiben. Diese Zeit war vorbei. Sie hatten lange genug Theater gespielt.

Sie fuhr rückwärts aus der Parklücke, rollte an den Reisebussen vorbei, flüsterte »Leb wohl, Lau« und freute sich darauf, nach Hause zu kommen.

12

Als sie in die Zufahrt einbog, erblickte sie sofort die vier Autos, die vor dem Haus standen. Vier zufällig geparkte Wagen, von welchen eines ein weißes Polizeiauto war. Dem Haus am nächsten hielten ein blauer Mannschaftswagen und zwei private Pkws. Vor der Haustür stand ein unformierter Polizeibeamter mit einem Walkie-Talkie.

Anne stellte den Motor ab und zog die Handbremse an, blieb jedoch, mit den Händen am Steuer, im Auto sitzen. Spürte, dass ihre Sinne hellwach waren. An den Polen ihres Blickfelds registrierte sie die vom Wind aufgewirbelten herbstlichen Blätter, das in einem Busch festsitzende Laub, einen sich aufplusternden Spatz und eine Birke, deren Rinde sich in großen, weißen Fetzen vom Stamm löste. Details an den Rändern ihres Blickfelds. Geräusche ohne Herkunft. Periphere Bewegungen. Doch im Zentrum blieb alles schwarz. Dort, wo eigentlich das Haus stehen sollte, war ein Nichts, und aus diesem Nichts kam ein grauer Mann mit grauer Hose und grauer Tweedjacke, die zu weit für seine Schultern und zu kurz für seine Arme war. Er ging auf ihr Auto zu. Er lächelte sie an. Vielleicht lächelte er gar nicht. Vielleicht schaute er immer so.

Er klopfte gegen die Scheibe. »Frau Zeeberg?«

»Ja?«

»Sind Sie Anne Zeeberg?«

»Ja, das bin ich.«

»Mein Name ist Møller, ich bin von der Kriminalpolizei.« Anne spürte, dass ihr die Luft wegblieb, versuchte tief durchzuatmen und sah, wie sich ihr eine Polizistin von der anderen Seite aus näherte.

»Ist etwas geschehen?« Anne blickte zu dem Mann auf, dessen Blick kurzzeitig flackerte.

»Ihr Mann hat einen schweren Unfall gehabt, Frau Zeeberg.« Møller sagte dies mit aufrichtigem Bedauern.

Anne beugte sich über das Lenkrad und spürte eine Hand auf ihrem Rücken.

»Was soll das heißen?« Sie starrte aus der Frontscheibe. »Ein schwerer Unfall ... Ist er verletzt?«

Der Mann vor ihr trat von einem Fuß auf den anderen.

»Es tut mir sehr Leid, das sagen zu müssen«, er räusperte sich und seufzte laut, »aber Ihr Mann ist tot, Frau Zeeberg.«

Sie schaute ihn nicht an, wusste jedoch in diesem Moment, an wen er sie erinnerte. Sie versuchte an denjenigen zu denken, an den er sie erinnerte, an Dario Fo, was aber weder die Umstände milderte noch an der Tatsache etwas änderte, dass sie so schnell atmete, dass sie keine Luft bekam. Sie legte den Kopf in den Nacken, kniff die Augen zusammen, saß einen Augenblick einfach da und betrachtete den rötlichen Schimmer hinter den Augenlidern, dachte an das Laub der Allee, den Spatz in der Hecke, die verrinnenden Sekunden und die Rinde der Birke. Dann stieß sie die Tür auf, ließ den Mann namens Møller einfach stehen und ging zur Haustür.

Im Nu umringten sie alle: der Wächter am Eingang, die Frau in der Uniform und der Mann, der aussah wie Dario Fo.

»Frau Zeeberg!«

»Dies ist mein Haus.« Sie sagte es mit fester und klarer Stimme. »Und es geht um meinen Mann. Wo ist er?«

»Bitte, kommen Sie, Frau Zeeberg.«

Sie befreite sich von seinem Griff, spürte jedoch in diesem Moment, wie ihre Beine einknickten. Widerstandslos sank sie zu Boden, nahm eine Hand voll Kies und schleuderte ihn gegen die Haustür.

Møller kniete sich neben sie.

»Kommen Sie bitte, Frau Zeeberg.«

Sie ließ sich zum Mannschaftswagen führen, wo die Polizistin ihr eine Thermoskanne entgegenstreckte, doch Anne wollte keinen Kaffee, sondern richtete ihre volle Konzentration auf den Beamten namens Møller.

»Wo ist mein Mann?«

»Ihr Mann wurde ins Krankenhaus gebracht.«

»Warum darf ich mein eigenes Haus nicht betreten?«

»Weil wir zuerst einige technische Untersuchungen durchführen müssen. Ich fürchte, das wird noch ein wenig Zeit in Anspruch nehmen.«

Møller war sichtlich betrübt. Anne griff zum Becher mit dem Kaffee, nippte an der kochendheißen Flüssigkeit und ließ ihren Tränen zum ersten Mal freien Lauf.

Die Beamtin reichte ihr einige Papiertücher. Anne fasste sich und holte ihre Schachtel Zigaretten heraus. Møller gab ihr Feuer. Er sagte, er habe immer ein Feuerzeug in der Tasche, obwohl er nicht rauche. Warum, wisse er nicht.

»Würden Sie mir bitte erzählen, was geschehen ist?«

»Das wissen wir noch nicht, aber einer Ihrer Angestellten, Herr Niels Thiesen, hat ihren Mann unten auf dem Badesteg gefunden.«

Anne schniefte und schüttelte den Kopf, zog an ihrer Zigarette, verschluckte sich und fing an zu husten.

»Ist er etwa …?« Sie verbarg das Gesicht in den Händen. »Ist er gefallen? Ist es das, was Sie mir sagen wollen?«

Sie nahm noch einen Schluck Kaffee, um ihren Schluckauf zu bekämpfen.

»Soweit wir das beurteilen können, hat ihr Mann nicht gelitten. Der Gärtner hat natürlich einen Krankenwagen gerufen, doch die Rettungsleute stellten sofort fest, dass er schon … ich meine, dass er an Ort und Stelle gestorben ist. Durch den Aufprall.«

Anne schaute durch die Fenster und blickte zur Haustür, die sich in diesem Moment öffnete. Einige Menschen mit weißen Kleidern, weißen Hauben und weißen Plastiktüten an den Füßen trugen Kisten und Koffer heraus.

Møller sah auf seine Uhr.

Dann erschien ein Mann in der Tür, der seine Plastikkleidung ablegte und sich über irgendetwas zu ärgern schien. Er war groß, dick und ungepflegt und schimpfte mit einem Beamten, dem er seine gesamte Montur einfach an den Kopf warf. Zwei weitere Männer traten aus dem Haus, die von dem Dicken ebenfalls angeschnauzt wurden, der in seinen Hosentaschen wühlte, eine Dose mit Pastillen fand, den Kopf zurücklegte und sich ein paar von ihnen in den Mund warf, bevor er Anne in dem blauen Mannschaftswagen entdeckte.

Møller rückte zur Seite.

»Das ist mein Chef«, sagte er, »Theis Jensen.«

Er sagte es in einem Ton, als wolle er sich im Voraus für die Laune seines Vorgesetzten entschuldigen.

Als Jensen einstieg, wurde der Wagen sehr klein. Er schielte zu einer Polizistin hinüber, die ihn offenbar so gut kannte, dass sie es vorzog, freiwillig auszusteigen. Møller machte Anne und Jensen miteinander bekannt. Die Dario-Fo-artigen Hundeaugen schauten den voluminösen Jensen, der Anne mit unverhohlener Missbilligung musterte, flehentlich an.

»Mein Beileid.«

Anne schaute weg. Entdeckte erst jetzt, dass in der Einfahrt ein Polizeiwagen parkte, der den Weg zum Haus versperrte. Irgendetwas gefiel ihr ganz und gar nicht, und sie war froh, ihren Schock in Zorn verwandeln zu können. Und jemand zur Hand zu haben, an dem sie diesen auslassen konnte. Der Anblick der vielen Menschen, die in ihrem Haus ein und aus gingen, verärgerte sie maßlos. Diese Selbstverständlichkeit, mit der sie glaubten, tun und lassen zu können, was ihnen passte. Als sie in die kleinen Schweinsaugen des dicken Jensen schaute, erblickte sie nichts als Zufriedenheit. Zufriedenheit mit sich selbst, mit seiner Arbeit und der Macht, die sie ihm verlieh.

»Treffen Sie hier die Entscheidungen, Herr Jensen?«

»Ja, das tue ich.«

»Gut, dann sagen Sie mir bitte, was hier vor sich geht. All die Menschen, all die Autos. Wozu soll das gut sein?«

»Reine Routine.« Er gab sich keine Mühe, glaubwürdig zu klingen.

Ein älterer Mann trat aus dem Haus und gab Jensen ein Handzeichen. Der nahm Annes Kaffeebecher und sagte: »Wir können jetzt reingehen.«

Sie sitzt im Kaminzimmer und sieht Møller an, der ihr gegenüber Platz genommen hat. Jensen steht ein Stück weit entfernt.

Sie hat erzählt, ihr Mann sei allein zu Hause gewesen, als sie wegfuhr, und habe auch keinen Besuch erwartet, abgesehen von Thiesen, ihrem Gärtner. Sie habe sich im Haus umgesehen und könne versichern, dass nichts fehle.

Møller nickt lächelnd und stellt seine Fragen mit jener Form von Höflichkeit, die automatisch abfärbt.

»Sie waren also unterwegs, Frau Zeeberg. Haben Sie Einkäufe erledigt?«

»Nein, ich fahre jeden Donnerstag nach Skodsborg zum Vigør Center. Ich schwimme und mache Gymnastik und solche Dinge. Warum fragen Sie?«

Jensen lutscht mit Hingabe an seinen Pastillen. »Sie müssen nicht antworten, wenn Sie nicht wollen.«

»Das habe ich nicht gesagt. Ich habe mich nur nach dem Grund Ihrer Frage erkundigt.«

Jensen schaut auf seine Uhr und wippt auf den Füßen. »Wir haben unsere Vorgehensweise.«

»Verstehe, Sie haben Ihre Vorgehensweise.« Anne nickt und blickt Jensen so lange an, dass der sich schließlich abwendet und Møller bittet, weiterzumachen.

»Wie lange waren Sie in Skodsborg, Frau Zeeberg?« Møller lächelt entgegenkommend.

»Ach, in Skodsborg bin ich gar nicht gewesen. Ich habe stattdessen das Louisiana besucht. Eigentlich wollte ich mit David zusammen fahren, aber er musste seine Weihnachtstournee durch die USA vorbereiten. Er stimmte gerade den Flügel, als ich wegfuhr.«

Sie putzt sich die Nase, geht in die Küche und wird von einem neuerlichen Weinkrampf geschüttelt, trinkt ein Glas Wasser und geht ins Zimmer zurück.

Sie haben sich nicht von der Stelle gerührt. Møller schaut sie mit aufrichtigem Mitleid an. Jensen hat ihnen den Rücken zugekehrt und starrt aus dem Fenster. Lange, rotweiß gestreifte Plastikbänder sind kreuz und quer durch den Garten gespannt. An der Treppe zum Badesteg hängt ein gelbes Schild.

»Können Sie sich erinnern, zu welcher Zeit Sie weggefahren sind?«

»Das war wohl so um ein Uhr herum, vielleicht um halb eins. Was sollen alle diese Bänder im Garten?«

Møller zog seinen kleinen Notizblock zu Rate. »Waren Sie den ganzen Nachmittag im Museum? Also bis gerade eben?«

»Ja … das heißt nein. Eigentlich hatte ich das Lousiana besuchen wollen, aber weil David nicht bereit war, mitzukommen, bin ich auch nicht dorthin. Ich hatte gefragt, was die Bänder sollen.«

Jensen drehte sich um. »Wie gesagt, wir haben unsere Vorgehensweise, Frau Zeeberg. Um auf der sicheren Seite zu sein. Sie waren also nicht in Skodsborg, wie gewöhnlich, und auch nicht im Louisiana, wie verabredet. Wo waren Sie dann?«

»Ich bin spazieren gefahren. Und ich habe keine Lust, weitere Fragen zu beantworten. Ich möchte jetzt meinen Mann sehen, wenn sich das machen lässt.«

Møller rappelt sich auf. »Selbstverständlich. Wir können Sie mitnehmen.«

»Nein, danke.«

»Ich glaube, es ist besser so, Frau Zeeberg. Die Umstände in Betracht gezogen.«

»Würden Sie mich bitte einen Augenblick entschuldigen?«

Sie geht hinauf in den ersten Stock und spült ihr geschwollenes Gesicht mit kaltem Wasser. Spürt, dass ihre Beine nachgeben, lässt sich rückwärts aufs Bett fallen, dreht sich auf den Bauch und verbirgt ihr Gesicht in den Händen. Sie versucht, einen klaren Gedanken zu fassen, doch es gelingt ihr nicht. Sie steht auf, tritt ans Fenster und schiebt die Gardine zur Seite, betrachtet die Stufen im Garten und die langen rotweißen Plastikbänder, die in verschiedene Richtungen verlaufen. Maschinerie. Dies ist eine Maschinerie. Hier gibt es keine Gefühle, keine Reue und keine mildernden Umstände. Die Plastikbänder flattern im Wind. Sie sind nicht zum Schmuck da; man hört geradezu, wie sie vom Verbrechen plappern. Es dröhnt in ihrem Kopf. David ist tot. Er ist die Treppe runtergefallen. Nein, er ist nicht gefallen. Du weißt, dass er nicht gefallen ist. Ich weiß von nichts. Ich weiß nur, dass etwas schief gelaufen ist. Ich habe keine Ahnung, was genau passiert ist, doch irgendwo da draußen steht es geschrieben. Zwischen den rotweißen Bändern liegt die Erklärung, bei den vierundvierzig algengrünen Stufen.

Als sie sich umdreht, steht der dicke Jensen im Türrahmen.

»Wollen Sie etwas von mir, Herr Jensen?«

Er lässt sich viel Zeit mit der Antwort. Gibt ihr Gelegenheit zu begreifen, dass er diese Situation zu nutzen versteht.

»Unten bei der Einfahrt ist ein Haufen Pressevolk.« Er lässt die Worte auf der Zunge zergehen.

»Presse? Woher wissen die, dass ...«

»Das fragen wir uns auch. Aber so ist es nun mal.« Jensen fährt sich mit der Zunge durch den Mund, findet einen Rest seiner unentbehrlichen Pastillen und spuckt ihn in den Raum. »Sind Sie fertig, Frau Zeeberg?«

»Ich komme sofort.«

Sie hört ihn die Treppe hinunterstampfen, geht zur Balkontür und lässt den dünnen Stoff der Gardine durch ihre Finger gleiten. Mein Lieblingsplatz, denkt sie. Mein Schutzschild.

So dünn wie Gaze.

David lag in der Intensivstation auf einer dünnen Pritsche. Das Zimmer ähnelte einem Waschraum. Über seinem nackten Körper lag ein blaues Laken, das auch seinen Kopf bedeckte. Eine ältere Krankenschwester, die Beamtin und Theis Jensen waren zugegen.

Der Letztgenannte trat ans Kopfende und blickte Anne in die Augen.

»Frau Zeeberg, Ihr Mann hat sich schwere Verletzungen zugezogen. Er hat sich den Schädel, den Nacken und dreifach den Rücken gebrochen. Körper und Gliedmaßen weisen zahlreiche Läsionen auf. Sie müssen sich darauf vorbereiten, dass er sehr mitgenommen aussieht.«

Ohne auf eine Antwort zu warten, schlug er das Laken zurück.

Anne zögerte einen Augenblick, bevor sie näher trat und sich zum Hinsehen zwang.

Der magere Körper war blass und grau und wies an verschiedenen Stellen rote und blaue Flecken auf. Eine Schulter war verdreht, Knie und Gelenke schwarz verfärbt. Um den Kopf spannte sich ein Verband, der den größten Teil seines Nackens bedeckte. Die Hälfte seines Gesichts war blauschwarz angelaufen, der Mund schief. Nur die Nase zeigte kerzengerade in die Luft und zeugte zweifelsfrei davon, dass es sich um David Zeeberg handelte, der hier das Zeitliche gesegnet hatte.

Sie legte einen Finger an seine trockenen Lippen.

Jensen räusperte sich.

»Ich muss Sie fragen, ob dies Ihr Mann ist.«

Anne nickte und bat darum, einen Augenblick allein sein zu dürfen.

Die anderen verließen den Raum.

Sie entdeckte einen Eisenstuhl an der Wand, setzte sich hin und begann sinnlos an ihrer Kleidung zu nesteln. Zog einen Schuh aus, nahm die Einlage heraus, legte sie wieder hinein und hielt sich die Hand vor den Mund, um die Tränen zurückzuhalten, die sie in Panik zu versetzen drohten. Das Krankenhaus war voller vertrauter Geräusche; Menschen bei der Arbeit, eilige Schritte, die kamen und gingen. In der Ferne hörte sie die Sirene eines Krankenwagens und das Weinen eines Kindes.

Durch den Øresund fährt ein Containerschiff gen Norden. Unerschütterlich pflügt es durch die Wellen.

»Das Wasser hatte dieselbe Farbe wie deine Rasierseife.«

Sie legte den Kopf in den Nacken und schloss die Augen. War gewiss, noch einen Rest seiner Aufmerksamkeit zu erhaschen.

»Du, der alles weiß«, flüsterte sie, »du weißt, dass ich es nicht wollte.«

Sie stand auf, ging zur Bahre und bedeckte seinen Körper mit dem Laken, sodass nur der Kopf frei blieb. Betrachtete ihn mit Widerwillen. Dachte an den Tod, der sich in Gestalt schwarzer Flecken auf der Haut abzeichnete, verzog den Mund und hob die Nase unnatürlich hoch in die Luft.

»Übrigens hattest du Recht. Es war Schwarzer Heilbutt, den du nicht mochtest. Außerdem solltest du nicht …«, sie geriet ins Stocken und stützte sich gegen die Bahre, »solltest du nicht so aussehen, mein Geliebter.«

Sie schüttelte den Kopf und unterdrückte ihre Tränen.

»David«, flüsterte sie und betrachtete seine langen, schlanken Finger, »möchtest du, dass ich dich wieder zudecke? Oder soll ich noch ein bisschen warten? Ich möchte lieber noch ein bisschen warten. Ich weiß, dass du mich hören kannst. Wenn es jemand kann, dann du.«

Sie schloss die Augen, um die Tränen zurückzuhalten, putzte sich die Nase und zog das Laken über seinen Kopf. Ging rückwärts zur Tür und lehnte minutenlang ihren Kopf gegen den Türrahmen. Sie konnte der unumgänglichen Frage nicht länger ausweichen. Der Frage, die ihren Puls bestimmt hatte, seit sie die Einfahrtsallee hinaufgerollt war, und die sich jetzt auf drei Buchstaben reduzierte. »Lau?« Sie schloss die Augen.

»Wo bist du? Was geschieht hier?«

Jensen stand draußen vor der Tür und sprach in sein Handy, beendete jedoch das Gespräch, als er sie erblickte. Der Mann namens Møller saß mit einem Plastikbecher auf einer Bank. Er sah wirklich deprimiert aus. Im Gegensatz zu Jensen, der mit abwartendem Blick die Arme verschränkte.

»Was geschieht jetzt mit meinem Mann?«, flüsterte Anne. Jensen musterte sie von Kopf bis Fuß. »Jetzt gehen die Dinge ihren Gang.«

Anne nickte und war sich bewusst, dass sie die Antwort erhalten hatte, die zu erwarten gewesen war.

Die Krankenschwester fragte, ob sie ein Beruhigungsmittel haben wolle.

Anne sagte, dies sei nicht nötig.

Jensen räusperte sich und schielte zu Møller hinüber.

»Die Rechtsmediziner werden ihn sich noch ansehen. Das ist in solchen Fällen üblich.«

»Warum?« Anne stützte sich gegen die Wand.

Møller stand auf und legte den Arm um sie.

»Kommen Sie bitte, Frau Zeeberg.«

Sie gehen den Flur hinunter. Sie hält sich eng an Møller; er ignoriert den dicken Jensen, der sich so schnell bewegt, dass er Atemnot bekommt.

Zehn Minuten später saßen sie im Polizeiauto. Møller hinter dem Lenkrad, Jensen neben Anne auf dem Rücksitz. Da niemand ein Wort sagte, sprach sie aus, was ihr auf der Zunge lag.

»Sie glauben nicht, dass er von allein gefallen ist, nicht wahr?«

Jensen entgegnete, bislang glaube er gar nichts.

»Was glauben Sie selbst, Frau Zeeberg?« Møller blickte sie im Rückspiegel an.

»Ich? Ich weiß nicht, was ich glauben soll. Vielleicht ist er die Treppe runtergefallen. David ist ja ein älterer Mann. Und die Stufen sind nicht ungefährlich.«

»Ist Ihr Mann oft die Stufen hinunter zum See gegangen?«

»Soviel ich weiß, nicht.«

Møller lächelte ein trauriges Lächeln. »Nicht gerade sehr angenehm, diese Stufen.«

»Davids erste Frau, Maria …« Anne geriet ins Stocken und hörte Jensen sagen, das wüssten sie bereits. Was genau sie wussten, behielt er für sich.

»Ich kann es einfach nicht fassen.«

Der freundliche Møller schaute sie bekümmert an und erkundigte sich, ob sie einen kleinen Unfall gehabt hätte.

Anne berührte die Kratzwunde in ihrem Gesicht. »Ach, der kleine Kratzer, das ist gar nichts.«

Erneut wurde es still.

Møller fragte, ob sie bei irgendjemandem bleiben könne.

»Bleiben?«

»Ja, das wäre wohl das Beste. Abgesehen davon, dass Sie vor den Presseleuten zu Hause keine Ruhe haben würden.« Jensen lutschte seufzend zwei Pastillen.

Anne schaute aus dem Fenster. »Können Sie mir die nicht vom Leib halten?«

Jensen sagte, David Zeeberg sei nun mal eine Zelebrität gewesen. Aus seinem Mund klang das wie ein Verbrechen. Als hätte er das schwierige Fremdwort vorher eingeübt, das er nun mit übertriebener Deutlichkeit aussprach. Møller fügte hinzu, dass sie mangels einer Alternative und da Anne nicht zu erreichen gewesen wäre, Herrn Zeebergs Managerin, Mrs. Reeves, in Wien angerufen hätten.

Møller schaute auf seine Uhr. »Sie müsste bereits in Kopenhagen angekommen sein und wollte sich im Hotel Admiral in der Toldbodgade einlogieren. Sie möchte dann auch gern mit Ihnen reden. Es gibt ja sicher viele Dinge, die sie zu besprechen haben. Und das ist wohl auch gut so. Einerseits.«

Sie schaute ihn an, dachte an die Bänder im Garten und die weiß gekleideten Männer. Und an David unter dem blauen Laken. Jetzt befand er sich in ihren Händen. In der nächsten Woche würde David Zeeberg der Presse und in den folgenden Jahrzehnten der Nachwelt gehören, doch in den nächsten Tagen gehörte er Jensen. Sie konnte sich natürlich gegen eine Obduktion aussprechen, aber die Bänder im Garten wollten es anders. Also hatte Jensen freie Hand, ging systematisch ans Werk und verlangte eine Obduktion. Wenn sie nur seine Hände in Ruhe ließen. Seine langen, schlanken, völlig unversehrten Finger. Den Rest konnten sie ruhig sezieren und analysieren. Obwohl sie weiß, dass sie ihre Zeit verplempern. Doch sie beschließt zu schweigen. Protestiert nicht, sondern tut, was ihr gesagt wird. Denn sie sitzt in einem schmalen Hausboot und lässt sich mit der Strömung treiben; alles auf dieser Fahrt ist unabänderlich und alle Menschen bestehen aus Kristall.

»Möchten Sie uns etwas sagen, Frau Zeeberg?«

Møller schaute sie zuversichtlich an.

»Ich wüsste nicht, was das sein sollte.«

»Sie sahen so nachdenklich aus.«

»Ich dachte an das Märchen mit dem Prinzen, der in die Welt hinauszog, um das Glück zu suchen.«

»Und es in Gestalt einer Feder fand.« Møller lächelte, wurde aber schnell wieder ernst, als ihn Jensens Blick traf.

Møller räusperte sich. »Ich glaube, Mrs. Reeves hat auch für Sie ein Zimmer im Hotel Admiral reserviert.«

»Ja, das hat sie wahrscheinlich.« Anne putzte sich die Nase. »Angela ist sehr praktisch veranlagt.«

»Sollen wir sie dort absetzen?« Møller lächelte.

»Dafür wäre ich Ihnen sehr dankbar.«

Jensen stöhnte, murmelte etwas vor sich hin und wälzte sich aus dem Wagen. Er sagte zu Møller, er würde jetzt zum Büro zurückfahren.

»Und was Sie betrifft, Frau Zeeberg«, Jensen steckte seinen Kopf in den Wagen, »gibt es noch ein paar Kleinigkeiten, über die wir mit Ihnen reden möchten. Können wir Sie im Hotel erreichen?«

Sie nickte.

»Ausgezeichnet.« Als Signal, dass Møller fahren konnte, klopfte er auf das Autodach.

13

Die Mitte der Pille ist grün. Sie hat Schwierigkeiten zu entscheiden, ob sie drinnen oder draußen ist. Die Leute bewegen sich mit hängenden Armen und verdrehten Beinen, niemand spricht miteinander, und plötzlich sind alle verschwunden. Da steht sie nun und ist mutterseelenallein, während sich an der Decke Löcher verschiedener Größe bilden. Das Licht kommt und geht und lässt sie in einer greifbaren Dunkelheit zurück; dennoch erkennt sie einen schmalen, dunkelroten Flur mit Brokattapete. Hinter einer Wand hört man geheimnisvolles Murmeln, als befände sie sich an Bord eines Schiffes, wo die Geräusche durch das Wasser transportiert werden. Am Ende des Flurs ist eine Tür, und obwohl sie bis zu den Knien in Wachs steht, gelingt es ihr, sie zu öffnen. Der Wind trifft sie im Gesicht, frei schwebend hängt sie in der Luft, denn hinter der Tür ist nichts.

Absolut nichts.

Auf dem Frühstückstisch standen frisch gebackene Rosinenbrötchen, Jogurt, Orangensaft, Tee, Kaffee, Milch und Käse. Das Interieur des modernen Hotelzimmers wirkte leicht und steril. Obwohl sich das Bett auf einer erhöhten Ebene befand, fühlte man sich beengt und lechzte nach Sauerstoff.

Sie öffnete ein Fenster, schloss die Tür ab, legte den Schlüssel unter das Kopfkissen und ging ins Bett. Sie erinnerte sich vage, dass ihr Angela eine grüne Pille und ein Glas Wasser gegeben hatte. Danach hatte sie von einem Schiff geträumt, das auf dem Øresund gen Norden fuhr. Sie hatte sich in einem der

Container befunden, in dem die Leute mit hängenden Armen und verdrehten Beinen umhergingen.

Sie blieb noch eine weitere halbe Stunde liegen, döste vor sich hin, hörte das Telefon klingeln, hob aber nicht ab.

Kurz darauf klopfte es an der Tür.

Eine wohlbekannte Kommandostimme rief ihren Namen, dann öffnete sich die Tür.

Angela trat in Begleitung eines älteren Herrn in grauem Anzug und eines Manns von der Rezeption ein. Der Letztgenannte erhielt seinen Generalschlüssel zurück.

Die Managerin schloss die Tür, setzte sich an den Frühstückstisch und schenkte sich und ihrem Gast Kaffee ein.

»Anne, dies ist Lleyton Campbell, der Anwalt der Agentur und der beste, den es überhaupt gibt. Lleyton sieht ein wenig müde aus, weil er die ganze Nacht geflogen ist.«

»Mrs. Zeeberg«, der Mann streckte die Hand aus, »so very sorry, Mrs. Zeeberg.«

Anne wollte gerade ihr Bedürfnis, allein zu sein, zum Ausdruck bringen, doch Angela, die wieder einmal ihr Äußeres verändert hatte, kam ihr zuvor. Ihre Haare waren grau getönt und ihr Make-up bemerkenswert dezent. Sie trug ein schwarzes, geschmackvolles Kostüm, das sie offenbar in der frommen Hoffnung gekauft hatte, eines Tages fünf Kilo abzunehmen. Außerdem trug sie schwarze Schuhe, schwarze Strümpfe und ein rotes chiffonartiges Tuch um den Hals, dass Anne unwillkürlich an eine Kupplerin denken ließ.

»Wir haben eine ganze Menge zu erledigen, Sweetheart.« Die Managerin hustete und schlürfte an ihrem Kaffee. »Glücklicherweise stehen uns Lleyton und seine Jungs zur Seite. Sie haben auch schon damit angefangen, die Fäden zu entwirren.«

»Welche Fäden, Angela?«

»Erst einmal müssen wir uns um die Beisetzung kümmern. Es tut mir Leid, aber wir kommen nicht darum herum.«

Anne setzte sich aufs Bett. Angela nahm neben ihr Platz.

»Wir dürfen nicht nur an die nahen Angehörigen denken. Wenn du die Zeitungen aufschlägst, dann weißt du, was ich meine. Von Dakar bis Venezuela ist Zeppe auf den Titelseiten der Zeitungen. Er wird in einem Atemzug mit Rubinstein und Horowitz genannt. Barenboim hat gestern auf CNN einen Nachruf gehalten. Simon Rattle hat zwei Konzerte abgesagt. Die musikalische Welt steht unter Schock. Lass uns erst mal das Begräbnis hinter uns bringen, dann sehen wir weiter. Das wird eine ziemlich nervenaufreibende Angelegenheit, also schlage ich vor, du überlässt das uns.«

»Hast du mir diese Pille gegeben?«

»Sie werden inzwischen nicht mehr hergestellt. Man nennt sie Jacqueline-Pillen, benannt nach der Frau von Kennedy. Sollen sich besonders für junge Witwen eignen.«

Angela wandte sich an den Mann im hellgrauen Anzug, der anfing, sich Notizen zu machen. Er sagte, er kenne da einen guten PR-Mann. Anne bat ihn, diesen Mann herbeizuschaffen, und sagte dann zu Anne:

»Okay, es wird irgendwas in der Grundtvigskirche stattfinden, für die Zeppe eine Schwäche hatte. Die Größe passt auch, weder zu groß noch zu klein. Ich habe mit dem Pfarrer gesprochen, er hört sich vernünftig an, aber wir müssen unseren eigenen Organisten mitbringen. Außerdem denke ich, dass wir noch ein paar Musiker anheuern sollten, vielleicht ein Trio, das den Standard ein wenig hebt. Bloß nichts Düsteres, ich hoffe, da sind wir uns einig. Kim soll sich selbst aussuchen, was sie spielen will. Sicher was Traditionelles. Ich habe mit Maria Grafs Agent gesprochen, der versprochen hat zurückzurufen. Wenn wir sie bekommen, brauchen wir sonst niemanden mehr. Eine Live-Übertragung im Fernsehen kommt bislang nicht in Betracht, aber die Sache ist noch nicht entschieden. Gestern habe ich mir die Kirche angesehen«, Angela blickte von Lleyton zu Anne. »Jesus, was für ein scheußlicher Kasten. Den haben sie einfach aus dem Boden gestampft. Schrecklich dänisch, wenn du mir den Ausdruck verzeihst. Und von innen leider ziemlich langweilig. Wir müssen uns um die Garderobe, die Gästeliste und das Pressematerial kümmern. Drei voneinander unabhängige Autoren fragen nach Fotos für eine Biografie und haben sich erkundigt, ob sie auf deine Mitwirkung zählen können. Ich habe gesagt: vielleicht, vielleicht auch nicht. Allein in den USA gibt es fünf Verlage, die Davids Memoiren herausbringen wollen. Ich habe sie informiert, dass wir noch warten müssen. Teils, weil es dafür noch zu früh ist, teils, weil wir kein Material haben. Der französische Sender TV 5 will ein Porträt produzieren, ich denke, das sollten wir annehmen. Ich habe John, der die Umschläge für den Londoner Verlag gestaltet, gebeten, nach einer passenden Grabinschrift zu suchen, und zwar so schlicht wie möglich, obwohl – zu bescheiden wirkt auch schon wieder versnobt. Anne, Sweety, wir müssen diese Dinge einfach hinter uns bringen. Wenn wir das geschafft haben, können wir uns dem zuwenden, was uns verloren ging. Ich habe mit Jonas und Kim gesprochen, sie sind natürlich am Boden zerstört. Kim ist nach Stockholm gefahren. Sie ist Gott sei Dank ziemlich gefasst … und ich bin gerade auf Diät, also sei so gut und leg die dänische Butter weg. Lleyton wird noch etwas zu der Arbeit der Polizei sagen. Go on, Lleyton.«

Anne betrachtete die staubtrockene Erscheinung in dem eleganten Anzug. Krawatte und Einstecktuch waren dunkelrot mit blauen Punkten. Seine Bräune sah aus, als käme sie aus der Tube.

»Mrs. Zeeberg, ich hatte ein kurzes Gespräch mit der dänischen Polizei. Man kann nicht behaupten, dass die Beamten sehr kooperativ sind. Die Prozeduren in Dänemark unterscheiden sich erheblich von denen in den USA, aber es wird sich schon noch ein Zeitpunkt finden lassen, um miteinander ins Gespräch zu kommen.«

Angela schaltete sich ein.

»Wir reisen heute Abend nach Berlin.«

Anne kniff die Augen zusammen. »Was tun wir?«

»Ich habe bei Mærsk Air ein Propellerflugzeug gebucht. Von Berlin aus können wir alles in Ruhe organisieren. Auf diese Weise gehen wir auch der Presse und diesem ungehobelten Schwachkopf von heute morgen aus dem Weg.«

»Mr. Jensen«, seufzte Campbell.

»Genau, Mr. Jensen«, schnaubte Angela. »Ungepflegt, übergewichtig und unverschämt. Ich habe ihm geraten, sich einen Rasierapparat zu kaufen, da hat er mich gefragt, ob er meinen ausleihen dürfte.«

Anne stand auf und trat an das kleine Fenster, das zum Garten hinausging. Die kleine, grüne Pille hatte ihre Schuldigkeit getan und nahm alles Unwirkliche mit sich fort. Leider vergaß sie Angela Reeves und Lleyton Campbell. Sie betrachtete eine auslaufende Fähre und überlegte, ob es sich um die Fähre nach Oslo handelte.

An Deck stand ein junger Mann und winkte. Er sah aus wie Lau, allerdings rothaarig.

»Lauritz«, flüsterte sie und zündete sich die erste Zigarette des Tages an.

Angela trat zu ihr. »Hast du etwas gesagt, Schätzchen? Trink noch einen Kaffee. Außerdem müssen wir etwas mit deinen Haaren machen. Du siehst aus, als könntest du drei Liter Wasser gebrauchen. Trinkst du auch genug, Anne? Du wirkst ganz ausgetrocknet, Kleines.«

Angela klatschte in die Hände. »Fürs Erste vielen Dank, Lleyton. Wir sprechen heute Abend miteinander, du hast ja meine beiden Telefonnummern und den Namen des Berliner Hotels, Eislebenstraße vierzehn.«

Der Anwalt schloss seine Aktentasche und entblößte seine weißen Porzellanzähne. »Ich spreche mit Dean und Kathy, die nach Helsingør gefahren sind.«

Anne schaute auf. »Was tun sie in Helsingør?«

Campbell und Angela wechselten Blicke.

»Laufarbeit«, sagte Angela lächelnd. »Nichts, worum du dich kümmern müsstest.«

»Mrs. Zeeberg. Nice to meet you and once again, so very, very sorry.« Lleyton machte einen Diener und verschwand durch die Tür.

»Nächster Punkt der Tagesordnung.« Angela trat sich die Schuhe von den Füßen und massierte ihre Zehen. »Der Brandenburger Hof, für unsere Zwecke das beste Hotel der Stadt, zentral und dennoch ruhig gelegen, dänisches Interieur, zumindest annähernd. Du weißt, was ich meine: Kirschbaumholz, Bang & Olufsen, Le Klint und weißes Leinen. Ich bin verrückt nach weißem Leinen. Kann nichts anderes mehr vertragen.«

»Würdest du bitte mal den Schnabel halten, Angela?«

Angela lächelte ungläubig. »Excuse me.«

»Was glaubst du eigentlich, wer du bist? Kommst hierher und kommandierst die Leute herum. Weißes Leinen.«

»Irgendjemand muss das schließlich machen.«

»Das weiß ich, Angela, aber was glaubst du eigentlich, wer du bist?« Anne warf ein Kissen auf das Bett.

»Wer ich bin?«

»Soll ich dir sagen, wer du bist? Du bist ein Nichts, eine totale Null.«

»Ich glaube, Sweetheart, du bringst hier etwas durcheinander.«

Anne drückte ihre Zigarette im Aschenbecher aus. »Das Sweetheart kannst du dir sparen. Ein Wort von mir, und du bist gefeuert. So schnell geht das.«

Angela schlug seufzend ihre fleischigen Beine übereinander.

Anne trank ihren Orangensaft aus. »Und was, zum Teufel, sollen wir in Berlin?«

»Okay, wenn ich gefeuert bin, dann bin ich also gefeuert.«

Anne warf die Hände in die Luft und hob die Stimme. »Ich bin froh, dass du dich um die Beerdigung und um alles andere kümmerst, aber im Augenblick bin ich einfach so …«

Sie geriet ins Stocken, blickte dann jedoch mit wiedergewonnener Energie auf. »Okay, du bist gefeuert, Angela. Verschwinde, ich will dich und deine Anwälte nicht mehr sehen. Du weißt ja, wo die Tür ist.«

Angela studierte das Etikett des Marmeladenglases.

Anne nahm ihr das Glas aus der Hand und warf es aufs Bett.

»Bist du taub, Angela? Hast du dein Gehör beim Rübenpflücken in der russischen Provinz verloren, beim Lärm der Traktoren?«

»What has got into you?«

»Von Anfang an hast du mich nicht ausstehen können. Hast uns mit deinen Anrufen bombardiert, am liebsten mitten in der Nacht. Hast mich vom ersten Tag an beleidigt.« Anne äffte ihre Stimme nach: »Don't think you can fool me, honey. Ich werde dir mal was sagen, du widerliches, geschmackloses, aufgedunsenes russisches Miststück, ich kann deinen Anblick nicht mehr ertragen. Und nimm endlich das rote Tuch ab.«

Das Letzte rief Anne so laut, dass sie husten musste.

Angela regte sich nicht. Lächelte in sich hinein und wippte mit dem Fuß.

»Bist du taub, Ludmilla?«

»Du kannst mich nicht verletzen, Anne. Das Leben hat mich gegen solche Bemerkungen immun gemacht. Und was meine Kindheit in Kurgan angeht …«

Anne schnitt ihr mit einer Handbewegung das Wort ab. »Das kannst du auf deinen Wodka-Gelagen mit der russischen Mafia zum Besten geben. Herrgott, ist mir übel. Und was ist das für eine Geschichte mit Helsingør?«

»Die Polizei hat Lleyton gegenüber angedeutet, dass David nicht durch einen Unfall ums Leben gekommen ist. Sie ermitteln wegen Mord. Das wollte ich dir schon die ganze Zeit sagen. Und mit denen ist nicht zu spaßen.«

»Das interessiert mich einen Dreck. Ich will diese Gesichter nicht mehr sehen und Theis Jensen schon gar nicht.«

»Orson Welles nach einem Vollrausch. Bauernschlau und provinziell. So was habe ich noch nie erlebt. Bekommen die in Dänemark kein Gehalt?«

Anne legte sich aufs Bett und die Hände auf die Stirn. »Haben sie das gesagt? Dass sie glauben, David sei ermordet worden?«

»Ist es nicht gleichgültig, was sie sagen, solange wir wissen, dass es nicht wahr ist? Und Lleyton wird sie schon davon überzeugen.«

»Wovon?«

»Dass du nicht die Täterin bist.«

Angela nahm sich ein Brötchen.

Anne setzte sich auf. »Sag mal, was redest du da, Angela?«

»Was glaubst du eigentlich, warum Lleyton und seine Leute nach Kopenhagen gekommen sind?«

»Behauptet die Polizei etwa, ich hätte David getötet?«

Angela bürstete sich einen Fussel vom Knie.

»Warum schaust du mich so an? Ich kann schließlich nichts dafür.«

»Aber ich war doch in Helsingør, um Himmels willen. Vierzig Kilometer weit weg.«

»Deswegen hat Lleyton auch zwei seiner besten Leute dorthin geschickt.«

»Einen Augenblick.« Anne fasste sich an den Kopf. »Wie lange habe ich geschlafen?«

»Fast zwei Tage, on and off.«

»Die Polizei sagt oder glaubt also, dass ich gar nicht in Helsingør war. Ist das richtig? Antworte mir, ist das richtig?«

Angela schmierte sich Marmelade auf ihr Brötchen.

»Sie waren nicht besonders mitteilsam und auch nicht sonderlich begeistert davon, dass du nach Berlin fährst. Aber glaub mir, Lleyton beherrscht sein Metier. Ich nehme an, dass sie dich bis zur Beerdigung in Ruhe lassen.«

»Mich in Ruhe lassen?«

»Darum sollten wir auch ein Gespräch unter Frauen führen.«

»Würdest du bitte mit der Fresserei aufhören, Angela? Ich dachte, du bist auf Diät. Was wollen die denn von mir? David ist tot, aber ich habe ihn nicht umgebracht. Sieh mich an. Ich war in Helsingør, meiner Heimatstadt.«

»Save your breath. Wir haben tausend Dinge zu erledigen. Wenn ein Mann wie David stirbt, ist der Himmel schwarz von Geiern. Einer von ihnen heißt Kresten Rygaard, Anwalt beim Oberlandesgericht, ein mieser Typ. Davids Anwalt.«

»Der wird heute noch gefeuert.«

»Das solltest du schön bleiben lassen.«

Angela lehnte sich zurück und zeigte mit einem Zigarillo auf Anne.

»Hör zu! Du kannst *mich* rausschmeißen, du kannst uns alle vor die Tür setzen, aber du hast ein Problem.«

Angela zündete sich den Zigarillo an. »Drei Tage vor seinem Tod hat sich Zeppe wegen seines Testaments an diesen Rygaard gewandt. Er hat es zwar nicht deutlich ausgesprochen, aber es deutet einiges darauf hin, dass David die Scheidung wollte.«

Anne kniff die Augen zusammen und öffnete den Mund. »Scheidung? Wir haben nie über Scheidung gesprochen. Nun gut, um unsere Beziehung stand es in letzter Zeit nicht so gut, aber das ist doch ganz normal in einer Ehe. Es gibt eben Höhen und Tiefen.«

»Who do you think you are talking to?«

Angela zog an ihrem Zigarillo, hustete wie üblich und schüttelte sich.

Anne breitete die Arme aus. »Wir wollten uns nicht scheiden lassen. Wir hatten es besser als je zuvor. Du hättest ihn an unserem letzten Abend sehen sollen. Wir waren so vertraut miteinander. So vertraut.«

Angela nahm ihre Handtasche, holte eine kleine Flasche mit einer klaren Flüssigkeit heraus und leerte sie in einem Zug. »Wenn du glaubst, das ist Wodka, dann hast du völlig Recht. Jetzt sag ich dir, wie es ist. Am Abend bevor David starb, bekam er von seinem Anwalt ein Fax mit folgendem Inhalt. Ich zitiere wörtlich: ›So, wie die Dinge liegen, kannst du jederzeit ändern, was immer du willst.‹ Die Polizei hat dieses Fax. Gnädigerweise haben sie Lleyton eine Kopie überlassen.«

Anne legte sich auf das Bett. Angela setzte sich neben sie.

»Können wir darüber reden, Anne?«

»Ich dachte immer, Wodka würde nicht riechen.«

»Im Testament ist kein Komma verändert worden. Alles ist rechtsgültig. Aber sie werden nichts unversucht lassen. Zum Glück haben wir Lleyton und seine Jungs, aber wir müssen ehrlich zueinander sein. Ich weiß auch nicht, warum er sich plötzlich scheiden lassen wollte, und ich behaupte auch nicht, dass es deine Schuld ist, aber du musst zugeben, dass dies ein verdammt schlechtes Timing ergibt.«

Angela legte den Zigarillo auf dem Teller ab und fragte mit gespielter Beiläufigkeit. »Hattest du eine Affäre?«

»Ob ich eine Affäre hatte? Natürlich nicht.«

»Das würde niemanden wundern. Versteh mich nicht falsch, aber Zeppe war nicht auf den Kopf gefallen.«

»Ich hatte keine Affäre. Und schau mich nicht so an!«

»Shit!« Angela stampfte auf. »Er wusste es. David wusste, dass da ein anderer Mann war. Er hat es mir in Toronto erzählt.«

Anne starrte die Wand an, drehte sich um und sah Angela in die Augen. »Was hat er zu dir gesagt? Ich will genau wissen, was er zu dir gesagt hat.«

»Du brauchst nicht so laut zu werden. Er sagte, dass sich

euer Verhältnis geändert habe und dass er kein Vertrauen mehr zu dir hätte.«

Anne schüttelte den Kopf. Angela nahm ihr die Nagelfeile ab.

»Kim erzählte mir, was in Paris passiert ist. Ich glaube, Zeppe hatte sich ihr anvertraut. Du weißt doch, dass sie wie Vater und Tochter zueinander waren.«

»Ich hatte keinen anderen Mann und ich habe keinen anderen Mann und der Teufel soll Hoa Kim Sun holen, diese fette Schnecke. Was weiß die schon vom Leben? Was weiß die überhaupt? David war ein hochbegabter Mann mit einer außergewöhnlichen Sinneswahrnehmung, aber auch ein Genie kann sich irren. Ich hatte keine Affäre!«

»Don't fuck with me, honey. Irgendjemand muss ihm was erzählt haben. Jemand muss euch gesehen haben. Glaubst du etwa, du bist die Einzige auf der Welt, die eine Affäre hat?«

»Angela …«

Angela hob die Hände über den Kopf. »Okay, okay, reden wir nicht mehr davon. Aber du musst Lleyton die Wahrheit sagen, sonst kommst du nicht heil aus dieser Sache raus. Und dieser dicke Jensen ist vielleicht schwer begabt, aber so sehr nun auch wieder nicht.«

Angela ging ins Badezimmer und wusch sich die Hände, während sie ihr Gesicht im Spiegel betrachtete.

Anne ging zu ihr. Angela lächelte zufrieden. »Ich habe letzte Woche ein Kilo abgenommen. Das sieht man, oder?«

»Ja, besonders zwischen den Augen.«

Angela trocknete sich die Hände. »Wir haben es nicht immer leicht miteinander gehabt, aber du musst mir vertrauen.«

»Wenn du glaubst – also wenn dieser Campbell glaubt, ich hätte David ermordet … da ist die Tür.«

Angela ging ins Zimmer, setzte sich aufs Sofa, wühlte in ihrer Handtasche, nahm ein Reinigungstuch und wischte sich die Hände ab.

»Du hast dir doch gerade erst die Hände gewaschen!« Anne fuchtelte mit den Armen.

»Ich kann den Geruch der Hotelseife nicht ertragen. Und was Campell betrifft: Dem ist es völlig egal, ob du Frieden im Mittleren Osten gestiftet oder die Freiheitsstatue in die Luft gesprengt hast. Er ist hier, um dich rauszuboxen.«

Angela öffnete die Minibar, sah sich die Auswahl an kleinen Flaschen an und knallte die Tür wieder zu.

Anne blickte sie an. »Deine Anwälte brauche ich nicht, und ich habe auch kein schlechtes Gewissen.«

»Gut, dann sag mir einfach, was du in Helsingør wolltest.«

»Ich habe meine Heimatstadt besucht. Eigentlich wollten David und ich ins Louisiana gehen, aber da er keine Lust hatte, bin ich nach Helsingør gefahren, damit er sich in Ruhe auf seine Weihnachtstournee vorbereiten konnte.«

»Ausgezeichnet. Dann muss es Hunderte von Menschen geben, die bestätigen können, dass du an diesem Tag durch die Stadt gelaufen bist.«

»Ich bin nicht gelaufen, ich bin gefahren.«

»Aber du hast doch wohl mit jemandem gesprochen.« Angela öffnete die Minibar, entdeckte eine kleine Flasche Kognak, schraubte sie auf und leerte sie in einem Zug.

»Mit wem hätte ich denn sprechen sollen?«

»Alles wird jetzt sehr schnell gehen, Anne. Wir müssen auf der Hut sein, wenn du verstehst, was ich meine. Lleyton sagt, dass die Polizei absolut nichts in der Hand hat, also ruhig Blut. Wir müssen uns nur einig sein, was du sagen wirst. Und wenn du mit jemand anderem gevögelt hast, dann ist es eben das, was du sagen musst!«

»Er ist gefallen, du russischer Schluckspecht! So wie Maria gefallen ist.«

Angela zündete sich eine Zigarette an und schaute schräg zur Decke hoch.

»Ja, das ist sie wohl. Aber es ist schon merkwürdig, dass

beide dasselbe Schicksal erlitten haben sollen. In diesem Moment versucht Jensen eine Indizienkette aufzubauen, die eine Untersuchungshaft rechtfertigt. In diesem Land kommt man bekanntlich nicht gegen Kaution frei, doch die Campbell-Jungs sagen, dass die Beamten für einen Haftbefehl nicht genug in der Hand haben. Aber sie werden dir genau dieselben Fragen stellen wie ich. Was hast du in Helsingør gemacht?«

»Und ich werde antworten …«

»Dass du herumgefahren bist, natürlich. Komm, wir müssen ein paar Sachen zusammenpacken.«

Angela stand auf. »Unten in der Lobby hat sich die gesamte Weltpresse versammelt, aber die scheren uns einen Dreck. In drei Stunden fahren wir nach Kastrup und kurz darauf sind wir schon in Berlin. Das Hotel hat mir absolute Diskretion zugesichert. Ich kenne den Direktor. Lleyton wird uns begleiten.«

»Es ist wichtig, dass du mir glaubst, Angela.«

»Vergiss es, Honey. Wir müssen ihnen eine Erklärung liefern. Eine, die hieb- und stichfest ist. Lleyton ist nicht billig, aber er beherrscht sein Fach. Ich muss noch dreihundert Telefonanrufe beantworten, das meiste erledigen wir von New York aus. Jetzt nimmst du erst mal ein langes, erholsames Bad. Keine Pillen mehr – und, Anne: kein Make-up! Ich hab was zum Anziehen für dich rausgelegt. Hinterher kannst du die Klamotten wegschmeißen, aber jetzt bitte ich dich, die Sachen anzuziehen. Keine Sorge, nicht *ich* habe sie ausgesucht, sondern Lleyton. Wenn es jemanden gibt, der weiß, wie man im Fernsehen auszusehen hat, dann er.«

»Wir sind doch nicht in den USA, Herrgott.«

»Nein, sondern in der alles verschlingenden globalen Glotzgesellschaft.« Angela stopfte sich einen Kaugummi in den Mund.

»Schau mich an, Anne. Diese Zeit wird vorübergehen. Eines Tages wird alles überstanden sein und dann können wir wieder nach vorne blicken. Der Kaiser ist tot, aber seine Frau ist am Leben. Gott, wie dieses Frühstück stinkt. Ich habe seit sechs Wochen nichts als Grapefruits gegessen, doch mein Arsch hängt mir immer noch in den Kniekehlen. Die Wechseljahre sind wirklich kein Vergnügen, das kann ich dir sagen. Also komm und umarm mich mal. Glaubst du etwa, ich wäre nicht genauso am Boden wie du? David war mein bester Freund. Er bedeutete alles für mich, und wenn Jensen Recht hat, wenn irgendein Verrückter meinen Zeppe getötet hat, dann gnade ihm Gott. Ich werde an deiner Seite kämpfen, Sweetheart, um das Schwein zu erwischen.«

Angela drückte Anne an sich. Sie blickten einander an. »Wir umarmen uns mit derselben Natürlichkeit wie zwei dressierte Affen.«

Anne seufzte. »Ich habe nichts gegen dich, Angela.«

»Du weißt, dass ich Lob nicht ertragen kann.«

»Du hast ein neues Parfüm.«

»In Wien gekauft. Gefällt es dir?«

»Es erinnert mich an die Hotellobby mit den Nutten in Moskau.«

»Du bist wirklich ein Miststück.«

»Ich weiß.«

Anne ging zum Fenster und senkte die Stimme. »Aber mit Davids Tod habe ich nichts zu tun.«

Sie drehte sich um. Anne lehnte sich mit verschränkten Armen gegen den Türrahmen und schaute sie mit halb geschlossenen Augen an.

»Hörst du mir eigentlich zu? Er war mein Mann. Ich habe ihn geliebt, und mir ist völlig egal, was die Polizei glaubt, was Lleyton glaubt oder was du glaubst, Angela Reeves.«

»Wenn ich der Meinung wäre, du hättest etwas mit Davids Tod zu tun, dann säße ich wohl nicht hier.«

»Warum sitzt du überhaupt hier? Was versprichst du dir davon?«

»Das hört sich ein bisschen zynisch an, Schätzchen.«

»Na los, sag schon.«

»Was soll ich sagen? Du weißt es doch ganz genau. Zeppe und ich waren über zwanzig Jahre lang ein festes Gespann. Zwanzig Jahre, in denen ich mir den Arsch für ihn aufgerissen habe. Er hat das Produkt geliefert, und ich habe mich um den Abfall gekümmert. Ich spüre, dass ich ein Teil seines Erfolgs war und will nicht mit ansehen müssen, wie alles einem Event-Vermarkter in den Rachen geschmissen wird, der Weihnachtsmänner und Bauchredner aus Tirana anbietet. Wir reden von Immobilien und den Rechten an seinen Verträgen, Büchern, Noten, Biografien, Copyrights, Filmen und einem Berg von Papieren, die zur Goldgrube werden können, wenn wir nur alles richtig angehen.«

Angela legte den Kopf in den Nacken, seufzte auf und senkte die Stimme. »Kim ist dabei, sich einen großen Namen zu machen. Wir lancieren sie als neuen Zeeberg. Selbst Jonas ist bis weit ins nächste Jahr hinein ausgebucht.«

Sie steckte das Messer in die Marmelade.

Anne nickte. »Es geht also nur ums Geld.«

»Schätzchen«, Angela leckte das Messer ab, »wenn ein Mann wie David den Löffel abgibt, eine halbe Milliarde hinterlässt und seine Ehefrau kein Alibi hat, dann ist Alarmstufe eins angesagt. Willst du das schriftlich haben?«

»Wir hatten vom Geld geredet.«

»Es geht immer noch ums Geld.«

»Und ich verlange ein wenig Solidarität von der Managerin meines Mannes.«

»Betrachte das unter rein professionellen Gesichtspunkten. Das ist mein guter Rat.«

»Wie tut man das?«

»Indem man sich klar macht, dass eine Hand die andere wäscht.«

»Müssen unsere Hände gewaschen werden?«

»Wer weiß. Lass es uns so sagen: Ich box dich da raus und du tastest meine Position nicht an. Das ist letztlich in deinem eigenen Interesse.« Angela schüttelte den Kopf. »Die Hotellobby mit den Nutten in Moskau! Du wirst es einfach nicht leid, Anne Zeeberg.«

»Im Gegenteil.«

Angela trat dicht an Anne heran. »Eine ziemlich junge, verhältnismäßig hübsche, unglaublich wohlhabende Witwe hat sich doch wohl um andere Dinge als die Buchführung zu kümmern.«

»Geld ist alles, nicht wahr, Angela?«

»You tell me. You tell me, honey.«

14

Der Rock war grau, das Hemd weiß und ein wenig zerknittert. Zum Rock gehörte ein hellgrauer Lambswoolpullover, aber es war nicht das Knittrige, das sie beschäftigte. Das Reine, das Weiße, das Zerknitterte. Ein Mann, der eine Mahlzeit am Strand zubereitet. Schnell und geschickt, in diesem weißen Hemd, das leuchtend und rein ist, nie einen Fleck bekommt, sondern Schmutz, Alter und Verschleiß zu trotzen scheint.

Sie stand vor dem ovalen Spiegel. Irgendwo war ein Riss entstanden. Sie betrachtete die Schramme in ihrem Gesicht und dachte daran, dass ein weiterer Riss existierte. Ein Riss, der einen Namen hatte. Sie sprach ihn aus: »Lau.« Wiederholte den Namen ein ums andere Mal. Laut, klar und deutlich, bittend und flehentlich. Flüsterte ihn gegen ihre weißen Fingerknöchel, wurde jedoch nicht schlauer. Sie hatte sich Zeit genommen, um herauszufinden, ob sie Zorn oder Mitleid mit ihm empfand, ob er Fürsorge, Behandlung oder Bestrafung verdiente. Wenn sie seinen Namen aussprach, klang es wie die Antwort auf eine nicht gestellte Frage. Lau im weißen Hemd läuft am Strand entlang, schwimmt in der Brandung, nimmt ihre Hand, raubt ihre Ruhe und ihr Vertrauen.

Hatte sie etwas übersehen? Hatte er sie verraten oder hatte sie ihn verraten? Sie fand keine dieser Fragen befriedigend. Es gab da eine ganz andere Frage, die mit seinem Namen zusammenhing, doch diese Frage ließ auf sich warten. Vorerst beschäftigte sie die Schramme in ihrem Gesicht. Der lange, hellrote Striemen, der sich in eine Narbe verwandelte, die nie wieder verschwinden würde. Der letzte Gruß eines Verzweifelten. Drei Finger, welche die Haut aufkratzten, während er sich zwischen Leben und Tod befunden hatte, im freien Fall über den falschen Stufen, denn dies war ja nur die Generalprobe gewesen. Also hatte Anne die Hand ausgesteckt und ihn an sich gezogen, damit er zwölf Stunden später wirklich parat stand. Vor der Treppe mit den vierundvierzig Stufen.

Es klingelte an der Tür. Die Klingelanlage des Hotels entsprach ihrer Umgebung und produzierte einen hellen, nasalen Laut.

Sie ging in den Wohnraum, fragte, wer da sei, und war sich bewusst, dass es sich mit der Presse verhielt wie mit Wasser. Sie bahnte sich stets ihren Weg.

»Hier ist Møller. Erik Møller.«

Sie öffnete.

»Ich schon wieder.« Er lächelte verschämt, breitete entschuldigend die Arme aus, setzte sich auf die äußerste Sofakante, sagte etwas Nettes über die hübsche Aussicht und fügte hinzu, er wolle ihr nicht unnötig die Zeit stehlen, es ginge nur um ein paar Fragen, die ihn beschäftigten.

Anne wandte ihm die Seite zu und gab sich keine Mühe, zu verhehlen, dass ihr der Besuch sehr ungelegen kam. Møller gehörte zu den Menschen, die man leicht unterschätzte. Doch sie hatte ihn durchschaut. Dieser Møller hatte keine Ecken und Kanten, nur eine aalglatte Oberfläche und eine natürliche Gefallsucht, die als Köder fungierte. Møller verbarg nämlich eine Reihe extrem spitzer Angelhaken, die ihre Beute niemals wieder freigaben, hatte sich diese erst einmal festgebissen.

Er zog sein kleines Notizbuch zu Rate. »Sie waren also für einige Stunden in Helsingør … ach, hier steht es ja.«

Anne seufzte auf. »Vielleicht anderthalb Stunden.«

»Und in all dieser Zeit haben Sie mit niemandem gesprochen?«

»Nein, Herr Møller, ich habe mit niemandem gesprochen,

weil ich die ganze Zeit im Auto saß. Ich habe Radio gehört und das Wetter sowie den Anblick meiner Heimatstadt genossen.«

Sie glättete ihren Rock und kehrte ihm halb den Rücken zu. Er fingerte in seiner Tasche.

»Ihr Mann hat ein Fax von seinem Anwalt bekommen.«

»Das weiß ich.«

»Das wissen Sie?«

»Ja, wir haben darüber geredet. Warum hätten wir das nicht tun sollen?«

Anne ging kopfschüttelnd ins Badezimmer und schmierte eine hautfarbene Creme auf den Striemen in ihrem Gesicht.

Er kam ihr nach. »Wie hat ihr Mann auf das Fax reagiert?«

Anne sandte ihm ein bagatellisierendes Lächeln. »Sind Sie verheiratet, Herr Møller?«

Er nickte. »Seit achtzehn Jahren.«

»Dann wissen Sie ja, wie das ist. Aber David war nicht so wie die meisten Menschen. Er war ein Künstler, sehr empfindlich, sehr temperamentvoll. In der kurzen Zeit, die uns vergönnt war, haben wir alle halbe Jahr beschlossen, uns zu trennen. Wenn nicht öfter. Das hatte überhaupt keine Bedeutung.«

Møller schaute sie offen und völlig verständnislos an. Eigentlich sah er sie gar nicht an, sondern war in einer Art und Weise konzentriert, die man leicht mit Geistesabwesenheit verwechseln konnte. Anne wusste, dass sie sich in diesem Moment besonders vor den Angelhaken in Acht nehmen musste.

»Sie haben eine Schramme im Gesicht.«

»Was ist damit?«

»Tja, was ist damit?« Er lächelte gutmütig.

»Mein Mann und ich hatten einen langen und sehr intensiven Abend.«

Møllers Mund öffnete sich.

Anne senkte die Stimme. »Erotik, Herr Møller.«

Er nickte ernst. »Es war also Ihr Mann, der Sie gekratzt hat?«

»Sonst gibt es niemanden, der mich im Gesicht kratzt.«

»Die Gerichtsmediziner«, er kramte in seinen Papieren, »haben unter drei Fingern ihres Mannes Hautrückstände entdeckt. Eigentlich sollte man glauben, sie stammten von einer handfesteren Auseinandersetzung.«

»Handfester als Erotik, Herr Møller?«

»Nun ja, das kann ich schlecht beurteilen. Sie hatten also keinen Streit miteinander? Gut, in Ordnung. Ist ja wirklich ein ganz schöner Striemen.«

Anne knöpfte ihr Hemd auf, damit Møller die roten Streifen auf ihrer Brust sehen konnte.

»David war betrunken. Wir wollten ins Bett gehen, da verlor er auf der obersten Treppenstufe das Gleichgewicht. Ich bekam ihn am Bademantel zu fassen, er machte eine unkontrollierte Armbewegung und hat mir diesen Kratzer verpasst. Ich will mich nicht selbst in ein günstiges Licht stellen, aber ich glaube, ich habe sein Leben gerettet.«

»Sein Leben gerettet?«

»Sonst wäre er rückwärts die Treppe runtergefallen.«

»Ja, um Himmels willen.«

Anne zuckte die Schultern und Møller fügte hinzu, es sei doch allgemein bekannt, dass die meisten Unfälle zu Hause geschähen.

»Wenn ich etwas nicht ertragen kann, Herr Møller, dann ist es Verstellung.«

Er schaute sie unsicher an.

»Ich weiß, dass Sie bei Davids Tod von einem Mord ausgehen.«

»Ach, so richtig … haben wir uns da noch gar nicht festgelegt.«

Sie lächelte. »Glauben Sie, ich habe meinen Mann getötet?«

Er blickte zu Boden. »Eigentlich glauben wir überhaupt nichts.«

»Doch, Sie glauben, dass ich meinen Mann getötet habe.

All die Fragen zu Helsingør. All die Bänder im Garten. Das Gerichtsmedizinische Institut. Ihre Anwesenheit.«

Er schien etwas sagen zu wollen, verzog aber nur entschuldigend das Gesicht.

Anne schüttelte den Kopf. »Habe ich Sie in Verlegenheit gebracht? Das war nicht meine Absicht. Doch lassen Sie es mich der Ordnung halber noch einmal sagen: Ich habe meinen Mann nicht umgebracht. Ich war in Helsingør.«

Anne ging in den Wohnraum und warf einen Koffer aufs Bett.

»Heute Abend fliege ich nach Berlin. Um den Leuten in der Lobby aus dem Weg zu gehen.«

»Oh ja, es sind wirklich ziemlich viele geworden. Aus der ganzen Welt. Auch ein britisches Fernsehteam ist dabei.«

Er benutzte sein Handy und öffnete die Tür zum Flur. Sie hörte, wie er darum bat, mit Jensen zu sprechen, und sah vor der Tür zwei Beamte beiderlei Geschlechts.

Es verging nur ein Augenblick, dann war er zurück.

»Frau Zeeberg, wir müssen Sie bitten, mit ihrer Reise zu warten, bis die Beerdigung vorbei ist. Es gibt vorher noch ein paar Dinge zu klären. Theis Jensen ist bei Ihnen zu Hause. Ich möchte Sie bitten, mich dorthin zu begleiten.«

»Jetzt?«

»Ja, wenn sich das machen lässt.«

Anne verschränkte die Arme und war einen Moment in Gedanken versunken.

»Würden Sie bitte so nett sein und mich kurz allein lassen?«

Sie schloss die Tür hinter ihm, ging zum Telefon und rief Angela an. Das Gespräch dauerte nur wenige Minuten, dann meldete sich Lleyton Campbell. Er klang wie immer knochentrocken und vollkommen gleichmütig und riet Anne, mit ihnen zusammenzuarbeiten.

Sie blickte den Hörer an und sagte, ihr wäre nie etwas anderes in den Sinn gekommen. Er fragte, was die Polizei noch gesagt hätte.

»Nicht besonders viel, aber sie deuten an, dass sie mich für die Täterin halten. Hallo, Mr. Campbell, sind Sie noch dran?«

»Ja, ich bin noch dran, Mrs. Zeeberg.«

Anne verlagerte ihr Gewicht von einem Fuß auf den anderen und fragte sich, wer hier eigentlich auf ihrer Seite stand. Die Stille am anderen Ende der Leitung war nicht überzeugend, sondern von quälerischer Dauer.

Dann sagte er: »Ich denke, es ist das Beste, wenn ich bei der Begegnung mit Theis Jensen dabei bin.«

»Herzlich gern. In einer halben Stunde. Sie haben ja die Adresse. Warum das unbedingt bei mir zu Hause sein muss, weiß ich nicht. Jensens Entscheidungen sind wirklich nicht nachvollziehbar.«

Campbell entgegnete nichts. Anne fragte sich, ob er immer noch den Hörer in der Hand hielt, an etwas ganz anderes dachte, oder es einfach genoss, die Zeit in die Länge zu ziehen. Vielleicht machte er sich Notizen. Sie sagte sich, dass sie ja im Grunde seine Arbeitgeberin war, allerdings keine Ahnung von seinem Honorar hatte. Wurde er nach Stunden bezahlt oder war sein Honorar erfolgsabhängig? Und konnte sie von ihren Angestellten nicht eine Spur von Mitgefühl erwarten?

Am anderen Ende der Leitung hörte sie ein leises Rauschen und eine Reihe klickender Geräusche, wie von einem Computer. Vielleicht hatte er das Telefongespräch völlig vergessen.

Anne räusperte sich. »Also dann auf Wiederhören, Mr. Campbell.«

»Noch eine Kleinigkeit, Mrs. Zeeberg. Nur ein Detail. Mir ist aufgefallen, dass Sie eine ziemliche große Schramme im Gesicht haben. Wie von einer Verletzung, die erst kürzlich entstanden ist.«

Anne seufzte. »Mein Mann hat mich versehentlich gekratzt.«

»Ihr Mann?«

»Ja, er wäre im Haus beinahe die Treppe hinuntergefallen. Ich habe ihn festgehalten, und dabei hat er mich gekratzt.«

»Wann war das?«

Anne zündete sich eine Zigarette an. »Das war in der Nacht, bevor er starb.«

Lange Pause.

»Verstehen Sie mich nicht falsch, Mrs. Zeeberg, aber vielleicht hätten Sie diese Kleinigkeit Jensen gegenüber gar nicht erwähnen sollen.«

»Da haben Sie möglicherweise Recht, aber Jensens Kollege, der in diesem Augenblick draußen vor meiner Tür steht, hat mich vor wenigen Minuten danach gefragt. Er wies auf den Obduktionsbericht hin. Offenbar hat man Hautrückstände unter den Fingernägeln meines Mannes gefunden. Von meiner Haut.«

»Oh, war es so heftig?«

»Nein, besonders heftig war es nicht. Aber er fügte mir auch eine Kratzwunde auf der Brust zu. Er war, wie gesagt, drauf und dran, die Treppe runterzufallen. Ich meine, die im Haus.«

»Ach, die, natürlich. Und es geschah also in der Nacht, bevor Ihr Mann …«

Anne schloss die Augen und seufzte laut. »Ich weiß, dass sich das ziemlich merkwürdig anhört und dass Jensen noch lange auf diesem Thema herumreiten wird. Tatsache ist jedoch, dass ich David bei dieser Gelegenheit das Leben gerettet habe.«

Møller öffnete die Tür, steckte den Kopf herein und zeigte auf seine Uhr.

Anne drückte ihre Zigarette aus. »Ich muss jetzt Schluss machen, Mr. Campbell.«

»Dann sehen wir uns bei Ihnen zu Hause, Mrs. Zeeberg. Nur noch eines.«

Anne winkte Møller aus dem Zimmer. »Go on, Mr. Campbell.«

»Es geht um die Kratzwunden. Wurden die Ihnen zugefügt, bevor Ihr Mann das Fax seines Anwalts erhalten hatte, oder hinterher?«

Sie zögerte einen Augenblick. »Daran kann ich mich nicht erinnern. Warum fragen Sie?«

»Weil wir uns darauf einigen sollten, dass es vorher war.«

Anne starrte auf den Hörer. Die Verbindung war abgebrochen.

15

Das Auto rollt die Allee entlang und wirbelt das Laub auf. Anne steigt aus und betrachtet das Haus, als würde es jemand anderem gehören. Stellt fest, dass es ihr nichts bedeutet und bald zum Verkauf anstehen wird.

Sie gehen hinein, Møller zuerst, Jensen zuletzt. In der Eingangshalle bleiben sie abwartend stehen und nesteln verlegen an ihrer Kleidung. Da keine Gastgeberin zur Stelle ist, übernimmt Møller diese Rolle. Seine stumme Ungeschicklichkeit und Jensens latente Aggressivität lassen Anne an eine Aussegnungshalle denken. Schuhe, die auf den Fliesen scharren, klappernde Kleiderbügel, das notorische Murmeln, das die Befangenheit nur noch verstärkt. Campbell räuspert sich, während Anne vor dem Spiegel ihre Haare ordnet und Møllers Hundeblick ignoriert. Das Haus hat bereits einen anderen Geruch angenommen, den Geruch eines Mausoleums. Seit drei Tagen steht es leer, ging ihr durch den Kopf, und schon ist es verstaubt. Als das Haus fertig gebaut worden war, stellte man fest, dass etwas fehlte. Man hatte an alle möglichen Details gedacht und sich sogar an einem berühmten, vor allem funktionellen Gebäude in Illinois orientiert, das Frank Lloyd Wright entworfen hatte. Doch irgendetwas, das weder mit der Architektur noch der Funktionalität zu tun hatte, fehlte. Schließlich war der Architekt in den Garten gegangen, überschaute den Abhang zum See und zeichnete eine Treppe mit vierundvierzig Stufen. Und als er drei Monate später das Trommeln des Regens auf den Schwellen hörte, wusste er, dass der Bau jetzt vollendet war.

Jensen geht im Kaminzimmer auf und ab, schenkt dem gesprächsbereiten Lleyton Campbell keinerlei Aufmerksamkeit und baut sich schließlich vor Anne auf, die ihn von Kopf bis Fuß mustert. Seine Hose ist zu kurz und seine Krawatte so nachlässig gebunden, dass es beinahe komisch aussieht. Er wirkt wie ein Mann aus den fünfziger Jahren, wie ein Relikt aus der Zeit, in der Männer kein Verhältnis zu ihrer Kleidung hatten. Sonderbarerweise macht dies Jensen vertrauenerweckender als den undurchsichtigen Møller, der jeden Abend mit seiner Frau über die berühmte Anne Zeeberg und den tragischen Tod ihres Mannes tratscht. Jensen schweigt, weil er niemanden zum Reden hat. Er befindet sich in einem ewigen Kampf mit dem Dasein, das ihm mit Dieben, Mördern und Pyromanen zur Last fällt. Er betrachtet seine Arbeit als Pest, die es ihm ermöglicht, seine Rechnungen zu bezahlen, obwohl tief in seinem Innern noch ein Rest Überzeugung aus den Fünfzigern nistet. Der Glaube an die Gerechtigkeit und daran, einer Berufsgruppe anzugehören, welche die beschissene Arbeit auf sich genommen hat, die Übeltäter zu schnappen und hinter Schloss und Riegel zu bringen. Damit ist er rund um die Uhr beschäftigt und hat daher auch keine Zeit, sich um einen Krawattenknoten zu kümmern, der aussieht wie ein Kreuzknoten.

Er schlägt die Hände zusammen.

»Ich hoffe, Sie haben sich ein paar Stunden Zeit genommen, Frau Zeeberg. Es gibt nämlich einige Dinge zu klären.«

»Und ich hoffe, wir können Englisch miteinander reden, weil mein Anwalt kein Dänisch spricht.«

»Dann hätten Sie eben einen Dolmetscher mitbringen sollen.« Jensen lächelt Møller verschmitzt zu. »Drehen wir die Zeit zurück. Es ist Donnerstag, der neunte November, 14 Uhr 50, als zwei Polizeibeamte aus Lynby Ihr Haus erreichen und Ihren Mann tot auf dem Badesteg vorfinden. Der Krankenwagen kommt um 15 Uhr. Als wir eintreffen, hat man

Herrn Zeeberg bereits nach oben gebracht, sodass wir sogleich mit unserer Arbeit beginnen können. Ich werde versuchen, mich kurz zu fassen.«

Jensen hat dem Zimmer den Rücken zugekehrt und blickt aus dem Fenster.

»Punkt eins: Es gibt keine Spuren, die auf einen Einbruch hindeuten, weder an den Möbeln noch an den Türen. Punkt zwei: Wir baten Sie, zu überprüfen, ob irgendwelche Gegenstände fehlen, und Sie antworteten, das sei nicht der Fall. Kein Hinweis auf einen Raubmord, kein Zeichen einer gewalttätigen Auseinandersetzung. Offenbar handelt es sich um einen selbst verschuldeten Unfall. David Zeeberg zieht seinen Mantel an, geht zur Treppe und stolpert. Wir haben uns erlaubt, einen Selbstmord auszuschließen. Punkt drei: Wie Sie sehen, haben wir eine kleine Demonstration an der Treppe vorbereitet, die das bescheidene Ziel hat, die Unfalltheorie zu entkräften.«

Anne schaute in den Garten hinaus und sah zwei Männer mit einer großen, weißen Kunststoffpuppe.

Lleyton Campbell fragte, ob Anne dieser Vorführung beiwohnen wolle.

Währenddessen öffnete Jensen die Gartentür und erklärte, die Puppe sei eine Leihgabe des Instituts für Verkehrssicherheit und werde normalerweise bei Fahrzeugtests verwendet.

Während sie hinausgingen, teilte er mit, die Puppe wiege 69,5 Kilo, genauso viel wie David Zeeberg.

Lleyton warf abermals ein, dass Anne nicht zuschauen müsse, wenn sie nicht wolle. Ein Umstand, den Jensen vollauf bestätigte.

Anne sagte, sie habe nichts dagegen.

»Umso besser.« Jensen hob die Stimme. »Ich bitte die Anwesenden, sich daran zu erinnern, dass David Zeeberg unterhalb der Treppe, auf dem Badesteg, gefunden wurde. Wir stellen unsere Attrappe nun auf die erste Stufe und lassen sie ohne weiteres hinunterfallen.

Die Puppe wurde aufgestellt und losgelassen.

Sie blieb einige Stufen weiter unten liegen.

»Jetzt versuchen wir es erneut. Diesmal geben wir ihr einen kleinen Stoß.«

»Møller, wären Sie so nett ...«

Møller gab der Puppe einen Stoß, und sie blieb zehn Stufen weiter unten liegen.

Jensen trug sie wieder hinauf. Diesmal wollte er es selbst probieren und bat einen seiner Mitarbeiter, die Puppe zu halten. Er trat zwei Schritte zurück und versetzte der Puppe einen mächtigen Stoß, der sie über die ersten Stufen fliegen ließ; irgendwo auf dem unteren Drittel der Treppe blieb sie liegen.

Jensen drehte sich zu Anne um, die ihren Blick schon längst in die Ferne schweifen ließ und sich sagte, dass Jensen samt seiner Puppe beim Institut für Verkehrssicherheit arbeitete und die Vorführung nichts mit ihr zu tun hatte.

»Verstehen Sie, Frau Zeeberg?«

»Was soll ich verstehen?«

»Dass ihr Mann nicht gestolpert sein kann. Und gesprungen sein kann er auch nicht, es sei denn, er hätte eine Vergangenheit als Turmspringer gehabt.«

Anne blickte verstohlen zu Campbell hinüber, der jedes Wort zu verstehen schien.

»Er kann doch wohl auf dem unteren Drittel der Treppe ins Stolpern geraten sein.«

Jensen beugte sich weit zu Anne hinüber.

»In diesem Fall hätte er sich das Fußgelenk verstaucht oder schlimmstenfalls den Arm gebrochen.« Er senkte die Stimme. »Frau Zeeberg, Sie haben Ihren Mann im Krankenhaus gesehen. Sie haben gesehen, wie geschunden sein Körper aussah. Er ist nicht gestolpert, er wurde gestoßen, ja, nicht nur gestoßen, er wurde regelrecht hinuntergeschleudert. Unseren Mitarbeitern zufolge ist nicht auszuschließen, dass Herr Zeeberg mehrmals gestoßen wurde, sonst wäre er wohl nicht auf dem Badesteg gelandet. Aus dem Untersuchungsberichts geht hervor, dass es unmöglich ist, sich ohne Fremdeinwirkung so schwere Verletzungen zuzuziehen.«

Jensen stellte den Fuß auf die Puppe, die Møller nach oben geschleppt hatte.

»Wir reden also von Mord, Frau Zeeberg, von einer vorsätzlichen Tat.«

Draußen auf dem See hatte der Wind zugenommen. Die kleinen geriffelten Wellen liefen von Ost nach West. Jensen zog seinen Hosenbund nach oben, ließ seinen Blick von Anne zu Campbell und wieder zurück wandern. Der Anwalt machte Anstalten, das Wort zu ergreifen, als Jensen in die Hände klatschte.

»Bitte folgen Sie mir.«

Mit langen, ungeduldigen Schritten strebte er dem Haus entgegen und wartete, bis sich alle im Kaminzimmer versammelt hatten.

»Mit unserem frisch erworbenen Wissen über die Vorgänge im Garten und nicht zuletzt auf der Treppe erinnern wir uns daran, dass keine Gegenstände im Haus fehlten und dass es keine Anzeichen für einen Einbruch gibt. Aus dem Untersuchungsbericht geht hervor, dass auf Boden und Teppichen nicht die geringsten Spuren zu finden waren. Nicht ein Fußabdruck, kein Fussel und keine, ich wiederhole: keine Fingerabdrücke. Abgesehen von denen der Zeebergs und eines einzigen Fingerabdrucks, der vom Gärtner Niels Thiesen stammt. Nun kann man natürlich behaupten, der Mörder sei gar nicht im Haus gewesen, aber das entspricht nicht den Tatsachen. Ich werde darauf zurückkommen, denn er war im Haus. Frau Zeeberg, wären Sie so freundlich, uns zu demonstrieren, wie Sie die Gartentür öffnen?«

Campbell wiederholte, es sei Annes gutes Recht, eine Mitwirkung zu verweigern.

Anne fragte Jensen, wozu das gut sein solle.

»Ich bitte Sie um nichts weiter, als die Tür zum Garten zu öffnen. Das haben Sie doch schon tausend Mal getan!« Jensen seufzte und rollte mit den Augen.

Anne nahm den Handgriff und schob die Tür mit der Thermopanescheibe zur Seite.

Jensen stand direkt hinter ihr. »Sie drücken den Griff also mit der rechten Hand nach unten, während Sie mit der linken Hand die Tür aufschieben. So haben Sie es getan, nicht wahr?«

»So würde es jeder tun.«

»Stimmt. Diese Tür war halb geöffnet, als wir eintrafen. Wir müssen also annehmen, dass Ihr Mann durch diese Tür ging und der Täter ihm folgte. Warum wir davon ausgehen? Das kann ich Ihnen sagen. Weil sowohl der Griff als auch die Scheibe auffallend gründlich gereinigt wurden. Es sind keinerlei Fingerabdrücke zu finden, weder von Ihnen noch von Ihrem Mann. Natürlich könnte man auch auf anderem Wege in den Garten gelangen. Es bleibt aber die Frage, warum Tür und Scheibe so bemerkenswert sauber sind. Jemand muss sie hinterher abgewischt haben. Folgen Sie mir bitte in die Küche.«

Jensen öffnete die Küchentür und wartete, bis alle vier vor dem Tisch standen, auf dem eine Flasche Portwein, ein Flaschenöffner und ein zierliches, ausgesprochen hübsches Glas standen.

»Alles steht noch so da, wie wir es vorgefunden haben. Der Korken befindet sich immer noch im Korkenzieher. Aus dem Glas wurde Portwein getrunken. Wir haben uns die Mühe gemacht, festzustellen, wie viel aus der Flasche getrunken wurde. Es sind genau zwei Gläser. Nicht mehr und nicht weniger. Theoretisch könnte Herr Zeeberg auch alleine zwei Gläser getrunken haben, aber das ist nicht sehr wahrscheinlich.« Jensen lehnte sich über den Tisch. »Wir glauben, dass David Zeeberg ein Glas Portwein mit seinem Mörder getrunken hat. Wir haben uns alle Gläser angesehen, aber kein anderes gefunden, das so aussieht wie dieses. Ich kenne mich mit Gläsern nicht besonders aus, doch selbst als Laie sieht man, dass es sich um ein besonders schönes Glas handelt. Ich nehme an, Sie kennen es, Frau Zeeberg?«

»Aber natürlich. Es stammt aus Venedig und ist sehr alt.«

»Haben Sie davon nur eines?«

»Ich erinnere mich nicht genau, wie viele es waren.«

»Aber mehr als eines?«

Anne zuckte die Schultern und schielte zu Lleyton, der um Erlaubnis bat, mit seiner Mandantin unter vier Augen zu sprechen.

Sie gingen ins Wohnzimmer, wo sie ihn von den Gegebenheiten in Kenntnis setzte. Er fragte sie, ob sie wirklich nicht wisse, wie viele dieser Gläser sie hätten, und sie antwortete, es seien zwei.

»Nur zwei?«

»Sie waren ein Hochzeitsgeschenk. Eines für mich und eines für David. Spielt das eine so große Rolle?«

Er nickte seufzend.

»Warum?«

»Weil es die These untermauert, dass Ihr Mann ermordet wurde.«

Anne trat ans Fenster und blickte in den Garten.

»Wurde er ermordet, Mr. Campbell?«

»Ohne jeden Zweifel.«

»Aber es gibt doch keine Fingerabdrücke.«

»Eben.«

»Also ermittelt die Kriminalpolizei in einem Mordfall.«

»So ist es.«

»Welche Rolle spielen die Gläser dabei?«

Lleyton senkte die Stimme. »Falls Jensen beweisen kann,

dass Ihr Mann ermordet wurde, und das hat er ja praktisch schon getan, dann bestärkt ihn die Sache mit den Gläsern in der Annahme, dass er seinen Mörder kannte. Und dann reduziert sich auch die Anzahl der Verdächtigen ganz erheblich. Als Nächstes wird Jensen nach einem Motiv suchen.«

Anne warf die Hände in die Luft. »Aber das ist doch unmöglich.«

»Was ist unmöglich?«

»Dass David von jemand ermordet wurde, den er kannte. Die Menschen, die er kannte, liebten ihn über alles.«

»Das ist nichts Ungewöhnliches, Mrs. Zeeberg, doch der Mord an Ihrem Mann wurde nicht von irgendeiner Person bei einer zufälligen Gelegenheit begangen, sondern von jemandem, der ein Motiv hatte. Wenn Sie verstehen, was ich meine.«

»Deuten Sie etwa auf mich hin, Mr. Campbell?«

Er sandte ihr ein kalkuliertes Lächeln zwischen Freundlichkeit und Nachsicht. »Natürlich nicht.«

»Denkt Jensen, dass ich meinen Mann ermordet habe?«

Campbell kniff den Mund zusammen und wackelte mit dem Kopf. »Vielleicht. Vielleicht auch nicht. Jensen lässt sich nicht in die Karten schauen. Auf seine Weise ein Mann von altem Schlag, aber nicht zu unterschätzen. Ich glaube nicht, dass er Sie direkt verdächtigt. Aber er muss noch was in der Hinterhand haben. Doch kein Grund zur Verzweiflung. Wäre es etwas Handfestes, dann hätte er Sie längst verhaften lassen.«

»Ausgerechnet mich? Warum verhaftet er nicht lieber den Mörder?«

»Wie gesagt, ich glaube, dass Jensen noch ein Ass im Ärmel hat.«

»Was soll ich zu ihm sagen?«

»Die Wahrheit natürlich.«

»Die Wahrheit?« Anne bemühte sich um ein Lächeln. »Gibt es davon mehr als eine?«

»Sie nehmen mir das Wort aus dem Mund, Mrs. Zeeberg.«

Anne massierte ihre Schläfen. »Was heißt das im Hinblick auf die Gläser?«

»Im Hinblick auf die Gläser sollten Sie Jensen sagen, dass Sie zwei besitzen. Falls Sie den Drang haben, ihm noch mehr zu erzählen, sollten Sie das vorher mit mir absprechen. Sie müssen sich vor Augen halten, dass man sowohl die Lüge als auch die Wahrheit überdosieren kann. Wir streben eine Version an, die Jensen zufrieden stellt.«

Anne ging zur Küchentür.

»Mrs. Zeeberg?«

Sie drehte sich um. Jetzt stand sie wieder so da wie am Anfang. Mit verschränkten Armen und leicht nach vorne geneigtem Kopf.

»Nein, Mr. Campbell«, sagte Anne, »ich habe meinen Mann nicht ermordet. Das wollten Sie mich doch fragen, oder?«

»Meine lange Berufserfahrung hat mich gegen Überdosierungen immun gemacht. Nur eines noch: Waren Sie in Helsingør?«

»Ja, ich war in Helsingør.«

»Ansonsten nennen wir einfach einen anderen Ort.«

»Ich war in Helsingør.«

Er ging zu ihr und senkte die Stimme zu einem Flüstern.

»Ein Selbstmord Ihres Mannes kommt nicht in Betracht. Wir können auch nicht behaupten, er sei die Treppe runtergefallen.«

»Das verstehe ich.«

»Ich kenne den Bekanntenkreis Ihres Mannes nicht so gut wie Sie.«

»David hatte einen großen Bekanntenkreis. Und er hatte viele Feinde. Das ist normal, wenn man Erfolg hat.«

»Aber reicht das aus, um ermordet zu werden?«

»Woher soll ich das wissen?«

Er steckte die Hände in die Hosentaschen. »Mrs. Zeeberg,

wenn ich Ihnen von Nutzen sein soll, dann ist es wichtig, dass wir offen zueinander sind.«

»Natürlich.«

»Auch wenn es darum geht, Ihr Privatleben unter die Lupe zu nehmen.«

»Mein Privatleben, Mr. Campbell?«

»Haben Sie einen Geliebten?«

Anne runzelte die Stirn und bemühte sich um ein beherrschtes Lächeln.

»Da gab es mal jemand, vor sehr langer Zeit, ja. Aber mit dem Tod meines Mannes hat das nichts zu tun.«

»Dieser Mann gehört also der Vergangenheit an?«

»Absolut.«

»Halten Sie es für möglich, dass Jensen … nein, lassen Sie mich es anders formulieren. Gibt es irgendjemanden, der von diesem Verhältnis gewusst hat? War es allgemein bekannt?«

»Nein, es war nicht allgemein bekannt. Vielleicht hegte mein Mann einen gewissen Verdacht, aber auf unsere Ehe hatte dies keinen Einfluss. Ich gehe davon aus, dass Mrs. Reeves Sie darüber informiert hat.«

Anne sandte dem Anwalt einen eiskalten Blick. Campbell verzog keine Miene.

»Könnte Jensen herausfinden, dass es diesen Geliebten gab?«

»Das kann ich mir nicht vorstellen.«

»Haben Sie irgendwelche Schriftstücke, persönliche Gegenstände oder Fotos, die von diesem Verhältnis zeugen?«

»Überhaupt nicht.«

Campbell schob die Unterlippe nach vorne und nickte. »Falls Sie doch etwas entdecken, so unwichtig es Ihnen auch erscheinen mag, dann sollten Sie es verschwinden lassen. Verstehen Sie, ein Fall wie dieser bleibt in der Regel eine Zeit lang in der Schwebe, bevor er sich zu einer Seite neigt.«

»In der Schwebe, Mr. Campell?«

»Jensen hat vielleicht nicht viel in der Hand, aber einen

ganzen Sack voller Indizien. In meinem Heimatland würde solch ein Fall vor dem Schwurgericht landen. Wir haben absolut keinen Grund, Mr. Jensen noch weitere Munition zu liefern, er besitzt schon mehr als genug. Können wir jetzt zu ihm reingehen?«

Anne öffnete die Tür zur Küche und setzte sich neben Møller.

Jensen lehnte sich über den Tisch. »Haben Sie inzwischen herausgefunden, wie viele Gläser Sie besitzen, Frau Zeeberg? Es müssen ziemlich viele sein, so lange, wie Sie gezählt haben.«

Sie schaute ihn nicht an. »Soweit ich mich erinnere, hatte David damals zwei Gläser gekauft. Das ist sechs Jahre her und wir haben so viele verschiedene.«

Jensen lächelte Møller unverhohlen an.

»Es waren also zwei Gläser? Dann fehlt eines. Wo mag es nur geblieben sein?«

Er wandte der Gesellschaft den Rücken zu und lehnte sich über den Küchentisch. »Ich resümiere: Am Donnerstagnachmittag zwischen 13 und 14 Uhr betritt ein Mensch mit bösen Absichten dieses Grundstück. Der Betreffende hat Glück, dass die Frau des Hauses gerade eine Spritztour macht und der Gärtner noch nicht aufgetaucht ist. Vieles deutet darauf hin, dass der Täter und Herr Zeeberg zusammen ein Glas Portwein getrunken haben, bevor sie in den Garten und zur Treppe gingen. Was danach geschah, wissen wir nicht. Doch zehn Minuten später liegt David Zeeberg tot zu Füßen der vierundvierzig Stufen. Hinterher verwischt der Täter die Spuren und verlässt das Haus mit einem venezianischen Glas in der Tasche.«

Jensen machte eine kleine Pause und stellte sich hinter Annes Stuhl.

»Die Gegend rund um den See ist am hellichten Tag nicht gerade ausgestorben. Die Leuten führen ihre Hunde spazieren, arbeiten im Garten, vertreten sich die Beine, gehen joggen, doch niemand – ich wiederhole: niemand! – hat ein Auto, ein Fahrrad, ein Motorrad oder einen Fußgänger bemerkt, der sich zu diesem Zeitpunkt dem Haus näherte. Es gibt Buslinien, deren Routen in unmittelbarer Nähe des Hauses vorbeiführen, die S-Bahn ist ebenfalls nicht weit von hier. Doch niemand hat etwas anderes gesehen als Schulkinder, Rentner und Anwohner. Und diejenigen, die aus irgendeinem Grund nicht zu diesen Personengruppen gehören: Handwerker, Besucher, Betreuer, Postboten, die Gärtner der öffentlichen Anlagen etc. haben wir alle verhört. Ohne Resultat. Ein Mord am hellichten Tag und kein Täter weit und breit. Aber hier in diesem Haus«, Jensen hob die Stimme, »ist sauber gemacht worden wie bei einem Frühjahrsputz.«

Er fuhr in gedämpftem Ton fort.

»Und das Phantom hatte auch noch unverschämtes Glück, beziehungsweise war extrem gut informiert. Frau Zeeberg verlässt das Haus zwischen 12 Uhr 30 und 13 Uhr. Der Gärtner kommt um 14 Uhr. Der Täter hat genau sechzig Minuten und in dieser Zeit ziemlich viel zu erledigen. Ein bisschen Smalltalk machen, Portwein trinken, einen Mord begehen und die Spuren verwischen. Das erfordert eine genaue Planung und vor allem detaillierte Kenntnisse der Terminpläne des Opfers, der Frau des Opfers sowie des Gärtners des Opfers, der Schlag 14 Uhr erscheint. Wäre der Mörder eine Stunde früher gekommen, wäre er Frau Zeeberg begegnet, wäre er eine Stunde später gekommen, hätte er den Gärtner getroffen. Nichts von alledem. Er kommt pünktlich auf die Minute und ist genauso pünktlich wieder verschwunden. Das setzt ein exaktes Wissen um die Angewohnheiten und den Tagesablauf der Familie Zeeberg voraus. Ja, der Mörder scheint mit den Familienmitgliedern sogar auf so vertrautem Fuß zu stehen, dass David Zeeberg mit ihm ein Glas Portwein aus den edelsten Gläsern des Hauses trinkt.«

Jensen wendet sich Anne zu. »Haben Sie jemals mit Ihrem Mann zusammen ein Glas Portwein getrunken?«

»Ja, natürlich. Besonders am Abend.«

Jensen schüttelte den Kopf. »Geben Sie mir Recht, Frau Zeeberg, dass es sehr zynisch ist, zuerst ein Glas Portwein mit seinem Opfer zu trinken und es hinterher in den Tod zu schicken? Einen alten Mann? Eine wehrlose Person? Was bringt einen Menschen nur dazu, so etwas zu tun?« Jensen seufzte. »Ich habe schon viel erlebt, aber das übertrifft einfach alles.«

Anne schielte zu ihm hinüber, wohl wissend, dass Jensen ein ziemlich schlechter Schauspieler war.

Er nahm zwei seiner Pastillen und schlug vor, ins Wohnzimmer zurückzugehen. Dort angekommen, wartete er, bis alle Platz genommen hatten.

»Jetzt berichten Sie uns bitte von Ihrer Autofahrt nach Helsingør, Frau Zeeberg. Das war ein spontaner Entschluss?«

»Ja und nein. Eigentlich hatten mein Mann und ich vor, ins Museum zu fahren.«

»Das wissen wir schon. Sie fuhren aber nach Helsingør. Warum?«

»Einfach so. Es ist meine Geburtsstadt.«

»Haben Sie den direkten Weg genommen?«

»Ich bin die Küstenstraße entlanggefahren.«

»Sind Sie über die Autobahn dorthin gekommen?«

»Nein, ich bin über Sorgenfri und Nærum gefahren, durch den Wald nach Skodsborg und von dort aus weiter in Richtung Norden.«

»Von dort aus in Richtung Norden. Kein Abstecher? Kein Halt, um sich Gebäck oder ein Erfrischungsgetränk zu kaufen?

»Nein. Ach, doch. In Nivå habe ich angehalten.«

»Warum in Nivå?«

»Einfach so. Das Wetter war herrlich, also fuhr ich zum Hafen und genoss für fünf bis zehn Minuten die Aussicht. So lange man eben braucht, um eine Zigarette zu rauchen.«

»Blieben Sie im Auto sitzen?«

»Nein, ich saß am Strand. Dort unten gibt es einen schmalen Sandstrand. In meiner Kindheit sind wir oft dorthin gefahren, um zu baden.«

»Waren noch mehr Leute am Strand?«

»Nein, nur ich. Es tut mir aufrichtig Leid, dass sich dort keine anderen Menschen aufhielten, aber so ist es nun mal.«

»Und Sie haben am Strand nichts zurückgelassen?«

»Was sollte das sein? Sie meinen doch nicht etwa ein Glas, Herr Jensen?«

»Erzählen Sie mir, wie Sie in Helsingør die Zeit verbracht haben, welche Straßen Sie benutzten, an welchen Orten Sie anhielten und welchen Weg sie zurückfuhren.«

Anne berichtete alles so, wie es gewesen war.

»Sie haben also mit niemandem gesprochen, ist das richtig?«

»Wie schon gesagt, ich habe die ganze Zeit über im Auto gesessen.«

»Es gibt also keine Menschenseele, die bezeugen kann, dass Sie wirklich in Helsingør und Nivå waren, wo Sie nach eigenen Angaben am Strand saßen und eine Zigarette geraucht haben.«

Jensen trocknete sich mit dem Taschentuch die Stirn.

»Frau Zeeberg, bevor ich Sie mit Ihrem Anwalt allein lasse, will ich Ihnen in aller Kürze den Handlungsverlauf beschreiben, wie er sich zugetragen haben könnte. Eine Theorie, wenn Sie so wollen.«

Jensen schüttelte drei kleine Salmiakpastillen aus der Dose auf seine Hand und warf sie sich in den Mund.

»Um Ihre Ehe stand es nicht besonders gut.«

»Unsere Ehe war ausgezeichnet.«

»Unterbrechen Sie mich nicht! David Zeeberg war allein in Paris und er flog auch allein nach Kanada. Sie hingegen sind oft ohne ihn zu ihrem Ferienhaus gefahren. Von einigen Ihrer Bekannten wissen wir, dass Ihr Mann in letzter Zeit unausgeglichen und unglücklich war. Am Tag vor seinem Tod haben Sie im Orion in Kopenhagen zu Abend gegessen. Alles andere als ein geglückter Abend, der damit endete, dass Gritt Hannesen Sie darüber informierte, dass Ihr Mann sich mit Scheidungsgedanken trägt. Haben Sie das Gespräch schon vergessen, Frau Zeeberg?«

Anne schüttelte den Kopf. »Nein, ich habe es nicht vergessen, aber sie hat sich eben geirrt. Das Gespräch fand auf einer Damentoilette statt, wo sowieso viel getratscht wird. Außerdem neigt Gritt Hannesen zu Übertreibungen.«

»Sie hatte sich also alles aus den Fingern gesogen?«

Anne zögerte einen Augenblick und blickte verstohlen zu ihrem Anwalt.

»Frau Zeeberg?« Jensen hob die Stimme.

»Ja, es war alles erstunken und erlogen. Bösartiges Geschwätz!«

»Kurz danach fahren Sie nach Hause. Ihr Mann hat ein Fax seines Anwalts bekommen, das ihm bestätigt, dass er jederzeit und in vollem Umfang sein Testament ändern kann. Sie geraten in Streit miteinander.«

»Es ging nur um bestimmte Formulierungen.«

»Ich habe mit dem Anwalt Ihres Mannes, Herrn Rygaard, gesprochen. Ich weiß, worum es ging.«

»Ich schwöre es!« Annes Stimme überschlug sich. »Ich schwöre, dass wir uns nicht scheiden lassen wollten. Im Gegenteil. Wir verbrachten einen wunderbaren Abend miteinander.«

»Der damit endet, dass Ihr Mann Ihnen blutende Wunden auf Brust und Gesicht zufügt. Wollen Sie meine Version hören? Ausgezeichnet. Der Streit zwischen Ihnen und Ihrem Mann wird immer heftiger und endet mit einem Handgemenge. Ihr Mann fügt Ihnen mehrere Kratzwunden zu und geht ins Bett. Am nächsten Tag ist nichts besser geworden. Ihr Mann hat keine Lust mehr, mit Ihnen ein Museum zu besuchen, sondern fängt an zu trinken.«

»Nicht einen Tropfen hat David getrunken. Er hat sich auf seine Tournee vorbereitet. Man kann nicht Klavierspielen, wenn man betrunken ist. Das versteht sich doch wohl von selbst, Herr Jensen.«

»Ihr Mann wurde obduziert. Sie können sich den Bericht gerne ansehen. Er hatte ziemlich viel getrunken.«

»Das war am Abend zuvor.«

»Das glaube ich nicht, Frau Zeeberg. Ich glaube vielmehr, ihr Mann war so betrunken, dass Sie ihn ohne Schwierigkeiten in den Garten manövrieren konnten.«

Anne sprang erregt auf. »Er hat seine Tournee vorbereitet, zum Teufel noch mal! Er war stocknüchtern. Wir sprachen von seinem Klavierstimmer. Die Stimmung war ungetrübt. Hören Sie, was ich Ihnen sage, Jensen, wir kamen bestens miteinander aus! Unsere Beziehung war besser als je zuvor!«

Anne schwieg. Campbell fasste sie am Arm.

Jensen sprach mit tiefer Stimme. »Nun stehen Sie vor den Stufen zum See. Zusammen mit Ihrem Mann.«

Anne spürte, wie ihre Knie weich wurden.

Jensen stützte sie. »Bleiben Sie bei uns, Frau Zeeberg.«

»Mr. Jensen!« Campbell hob die Stimme.

»Shut up, Mr. Campbell!« Jensen führte Anne zu ihrem Stuhl zurück, stellte sich hinter sie und legte seine Hände auf ihre Rückenlehne.

»Ihr Mann steht auf der obersten Stufe und hat sein Gesicht dem See zugewandt. Sie können an nichts anderes mehr denken, als dass eine Scheidung Sie wieder genauso arm zurücklassen würde, wie Sie es vor Ihrer Heirat waren, die Sie mit einem Schlag zur Alleinerbin von mehreren hundert Millionen Kronen gemacht hat.«

Anne schaute Campbell flehentlich an. »Kann diesen Mann denn niemand zum Schweigen bringen?«

Jensen ignorierte sie.

»Ihr Mann steht mit dem Rücken zu Ihnen. Vor ihm befindet sich die Treppe mit den vierundvierzig glitschigen Stufen. Eine lebensgefährliche Treppe. Eine Treppe, die bereits ein Menschenleben gefordert hat. Die Versuchung ist einfach zu groß. Sie treten einen Schritt zurück und legen Ihre ganze Kraft in den Stoß. Danach steigen Sie in Ihr Auto und fahren in Richtung Norden. Wir schreiben den neunten November, es ist 13 Uhr 30.«

Anne blickte Campbell an, der ihr beruhigend zunickte.

Jensen baute sich vor Anne auf. »Sie müssen zugeben, dass Sie über die Gelegenheit, ein Motiv und die Tatwaffe verfügten, nämlich die vierundvierzig lebensgefährlichen Stufen. Außerdem müssen Sie einräumen, für den Zeitraum zwischen 13 Uhr und 15 Uhr kein Alibi zu besitzen. Zwei Stunden, über die Sie uns keine Rechenschaft ablegen können. Sie durchqueren ganz Nord-Seeland und keine Menschenseele nimmt Notiz von Ihnen. Was für eine hanebüchene Story.«

Es wurde still. Anne schüttelte den Kopf. Møller räusperte sich und rutschte unruhig auf seinem Stuhl hin und her. Campbell sagte, er würde gern mit seiner Mandantin sprechen, und Jensen entgegnete, er könne ihm den Buckel runterrutschen.

Anne fixierte den Polizisten mit all der Abscheu, die sie noch aufbrachte.

»Es tut mir Leid, das sagen zu müssen, Herr Jensen. Vor allem, wenn man bedenkt, wie viel Arbeit Sie sich gemacht haben. Wie viel Sie nachgedacht, kombiniert und Schlüsse gezogen, Tag und Nacht geschuftet, all Ihre Erfahrung in diesen Fall gelegt und anderen Menschen Kraft und Energie geraubt haben. Nur um am Ende mit leeren Händen dazustehen. Was für ein Fiasko.«

Sie ließ Zigaretten und Feuerzeug in Ihrer Handtasche verschwinden. »Außerdem habe ich mich mit anderen Dingen als der Inkompetenz fremder Leute zu beschäftigen. Ganz zu schweigen von den unappetitlichen und beleidigenden Bemerkungen, die ich über mich ergehen lassen musste. Vielleicht ist Ihnen entfallen, dass ich gerade meinen Mann ...«

Jensen drehte sich auf dem Absatz um. »Wir wissen, wen Sie verloren haben, Frau Zeeberg. Uns interessiert, wie Sie ihn verloren haben.«

»Ich bin nicht verpflichtet, mir das weiter anzuhören.«

»Hier geht's lang.« Jensen packte sie am Arm und führte sie in die Küche, deren Tür er so laut zuknallte, dass es im ganzen Haus widerhallte.

»Setzen Sie sich! Bitte.«

Sie schrie ihn an: »So verstehen Sie doch! Ich habe meinen Mann nicht umgebracht! Wie oft soll ich das noch sagen?«

Er beugte sich über sie.

»Ich glaube auch nicht, dass Sie es getan haben. Soll ich Ihnen sagen, warum?

Anne spürte, wie ihr Kinn zitterte.

»Weil Sie intelligent genug sind, um zu wissen, dass Ihre Fingerabdrücke an der Gartentür niemanden wundern würden. Warum sie also beseitigen? Und weil überhaupt nichts Merkwürdiges daran ist, dass ein Mann mit seiner Frau zusammen ein Glas Portwein trinkt. Warum also das Glas wegwerfen?«

»Korrekt, Herr Jensen, korrekt.«

Er nickte.

»Warum dann diese Komödie?«

Er setzte sich ihr gegenüber, schloss die Augen, rieb sich die Stirn und senkte die Stimme. »Ich glaube nämlich nicht an Phantome.«

Anne zündete sich eine Zigarette an, musste jedoch ihr Handgelenk festhalten, das so stark zitterte, dass die Flamme einen Großteil der Zigarette schwarz färbte.

Sie nahm einen langen, tiefen Zug, schloss die Augen und schlug ihre Beine übereinander. »An was glauben Sie dann, Herr Jensen?«

Er faltete die Hände, sprach langsam und übertrieben deutlich mit gleichmäßiger Betonung aller Wörter, ohne jede Aggressivität: »Ich glaube, Sie wissen, wer am Donnerstag, dem neunten November, bei Ihnen im Haus war.«

Anne betrachtete den Rauch, der in einer langen, dünnen Spirale in die Luft stieg. Sie hatte es immer genossen, den Rauchspiralen nachzusehen. Das war die Hälfte des Genusses beim Rauchen.

»Man sollte glauben, Sie hätten ihr Pulver verschossen, Herr Jensen.«

Anne betrachtete seinen Fuß, der auf und nieder wippte.

»Ich muss Ihnen das einfach sagen, Frau Zeeberg. Man hat es Ihnen von Anfang an angemerkt.«

»Ach, jetzt spielen Sie wieder den großen Psychologen.«

Er seufzte. »Eigentlich nicht. Es war Møller, der mich darauf aufmerksam gemacht hat.«

Sie kniff die Augen zusammen. »Und jetzt soll ich wohl fragen, was Møller gesagt hat.«

»Er hat gesagt: ›Frau Zeeberg wusste es bereits, bevor ich es ihr sagen konnte. Als sie die Scheibe herunterkurbelte, wusste sie schon, dass ihr Mann tot ist.‹ «

Jensen zuckte die Schultern. »Møller hat einen Blick für so was. Er wohnt draußen in Rødovre, sammelt polnische Briefmarken und hat einen Sohn, der gepierct ist und zwanzig Ringe im Gesicht trägt. Aber Møller hat einen Blick für so was.«

Anne schüttelte den Kopf.

»Ist das alles, was Sie zu bieten haben? Soll das etwa Ihre heiße Spur sein?«

Er nickte schwer.

»Armer Herr Jensen.«

»Das sollten Sie so nicht sagen, denn für den Anfang ist das nicht wenig. Und der Rest wird von ganz allein kommen. Ich muss einfach abwarten, weil ich glücklicherweise eine Informantin habe. Im Moment ist sie noch nicht sehr kooperativ, aber das wird sich ändern.«

Anne erhob sich und sprach mit formeller und fester Stimme: »Dies ist meine Küche, Herr Jensen. Mein Heim und mein Leben. Ich habe erst kürzlich den Menschen verloren, der mir am meisten bedeutete. Ich möchte Sie jetzt bitten, mein Haus zu verlassen.«

»Wen decken Sie, Frau Zeeberg?«

»Leben Sie wohl, Herr Jensen.«

»Und was treibt Sie dazu? Warum wollen Sie nicht, dass der Mord an Ihrem Mann aufgeklärt wird?«

Es klopfte an der Tür, die von Campbell geöffnet wurde.

»Mrs. Zeeberg?«

Jensen knallte die Tür zu und sprach weiter. »Ich brauche zur Presse nur ein falsches Wort zu sagen, und Sie werden sich auf den Titelseiten sämtlicher Zeitungen wiederfinden: Die schwarze Witwe mit dem schwarzen Gewissen. Am Stand der Ermittlungen muss ich gar nichts ändern. Ich muss nur ein einziges Wort fallen lassen. Dann werden diese Schmierfinken das Innerste nach außen kehren. Von denen gibt es nämlich zehnmal mehr als von uns. Außerdem sind sie zehnmal so zynisch und kümmern sich nicht um Schuld oder Unschuld, sondern bevorzugen irgendwas dazwischen.«

»Wollen Sie mir etwa drohen?«

»Das liegt nun mal in meiner Natur.«

»Sie sind ein abstoßender Mensch und ein schlechter Polizeibeamter.«

Er zog seufzend seinen Hosenbund nach oben.

»Natürlich können Sie sich mit Ihrer amerikanischen Schaufensterpuppe beraten, aber wir werden uns bald wiedersehen. Das verspreche ich Ihnen. Mir ist völlig egal, was Sie von mir halten, aber denken Sie gründlich über etwas sehr Naheliegendes nach.«

»Und das wäre?«

»Über sich selbst. Vielleicht haben Sie ja irgendwas übersehen oder vergessen. Etwas, das Ihnen aus der Zwangslage helfen kann, in die Sie sich gebracht haben. Glauben Sie bloß nicht, Ihr amerikanischer Freund könne Wunder bewirken. Wir sind hier in Dänemark, und in Dänemark kommt man nicht davon, wenn man einen Mord zu verantworten hat.«

Sie schüttelte den Kopf und wandte ihm den Rücken zu.

Er trat einen Schritt nach vorne, sodass er direkt hinter ihr stand.

»Beginnen Sie in Kandestederne.«

Sie starrte aus dem Fenster und sah den Garten hinter einer Milchglasscheibe verschwinden.

Jensen trat noch näher an sie heran.

»Denken Sie an Ihren letzten Aufenthalt im Ferienhaus. Ihr Mann ist in Toronto, und Sie sind nach Jütland gefahren. Weniger als vierzehn Tage vor seinem Tod.«

Anne schloss die Augen. Jetzt zog Jensen sein Ass aus dem Ärmel.

»Es ist ein kalter und feuchter Herbsttag. Es regnet und Sie gehen am Wasser spazieren. An so einem Tag rechnet man nicht damit, anderen Menschen zu begegnen. Doch ein Stück weit entfernt steht ein Hobbyornithologe. Jemand, der Vögel studiert, so viel ich weiß.«

Anne nahm Zigarettenschachtel und Feuerzeug vom Regal und steckte sich eine Zigarette zwischen die Lippen.

»Er hat auch ein Fernglas dabei. Zwei Menschen an einem Strand. Sehr intensiv miteinander beschäftigt. Ein Mann und eine Frau. Teils vermummt. Aber nur teilweise. In regem Austausch. Nur zehn Tage vorher.«

Anne zündete die Zigarette an.

»Mein Privatleben geht Sie nichts an.«

»Sie können sich drauf verlassen, dass es mich etwas angeht.«

»Mit dem Tod meines Mannes hat das nichts zu tun.«

»Den Namen, Frau Zeeberg. Nennen Sie mir einfach den Namen dieser Person, mit der Sie in Kandestederne waren.«

Anne drückte die Zigarette aus und sah, dass Ihre Hand zitterte. Jensen wiederholte seine Aufforderung.

»Er nannte sich Jan.«

»Jan? Und weiter?«

Anne drehte ihm den Rücken zu und stützte sich auf den Küchentisch.

»Ich weiß nicht, wie er mit Nachnamen hieß. Im Grunde kennen wir uns gar nicht.«

»Frau Zeeberg …«

»Das war nur ein junger Anhalter, den ich mitgenommen hatte. Wir sind am Strand spazieren gegangen und haben uns dann voneinander verabschiedet. Das ist doch wohl nicht verboten.«

»Es ist verboten, falsche Zeugenaussagen zu machen.«

Jensen lehnte sich über den Tisch und senkte die Stimme.

»Sie haben es gewusst, Frau Zeeberg. Als Sie nach einer langen und bequemen Autofahrt nach Hause kamen, versuchten Sie schockiert zu wirken, aber es war nicht überzeugend. Sie wussten es. Sie wissen auch, wie viele venezianische Gläser in ihrer Küchenvitrine standen, und Sie wissen auch, wie der Mann heißt, mit dem Sie in Kandestederne waren.«

Jensen öffnete die Tür. »Ich bin bis zum Abend in meinem Büro zu erreichen. Was Ihre geplante Reise nach Berlin angeht, so ist Ihnen verboten, das Land zu verlassen. Gehen Sie jetzt zu Ihrem Anwalt. Wenn der sein Geld wert ist, wird er Ihnen empfehlen, die Karten auf den Tisch zu legen. Die Strafen für Mitwisserschaft sind sehr hart in diesem Land. Sehr hart.«

Jensen ging hinaus.

Im Haus wurde es still.

Es klopfte an der Tür. Es war Campbell. Sie bat ihn, einen Augenblick zu warten.

Es wurde ein langer Augenblick, während sie die Flasche mit dem Portwein und das Glas anstarrte, aus dem getrunken worden war.

Sie löschte die Zigarette, legte den Kopf in den Nacken und sah zu, wie die Dunkelheit sich über das Grundstück senkte. Über den See zogen die üblichen Schwärme von Dohlen und Saatkrähen, grauschwarze Untergangsvögel, die der Dämmerung und dem Echo nachjagten, die das Licht zurückgelassen hatte.

»Ihr habt miteinander getrunken«, flüsterte sie. »Warum habt ihr miteinander getrunken?«

Sie lehnte sich über die Platte und war kalt und trocken und völlig klar im Kopf, als sie das Glas und die Flasche vom Tisch fegte.

16

In der Morgendämmerung fiel der erste Schnee, und die Art, wie er fiel, hatte einen Hauch von Resignation an sich. Der Wind hatte sich gelegt, sodass die ersten Flocken senkrecht und dicht nebeneinander auf der feuchten Erde landeten, die sie anfangs mit einem dünnen Schleier, gegen Abend mit einer weichen, drei Zentimeter dicken Decke überzogen.

Sie stand im ersten Stock und konstatierte, dass das Licht zu dieser Jahreszeit vom Boden her kam. Vorher hatte sie Angela im Gästebadezimmer gehört und sich widerwillig die Beerdigung in Erinnerung gerufen, die ganz nach Plan verlaufen war.

In der Kirche hatte sie nur mit halbem Ohr zugehört, benommen von Angelas Valiumtabletten und einem Immunsystem, das zu ihr auf Distanz ging. Sie fühlte sich aufgebläht und leicht und hatte das Gefühl, jederzeit fortschweben zu können, während sie zwischen den Bedürfnissen, in Schlaf zu fallen oder einen hysterischen Weinkrampf zu bekommen, hin und her schwankte. Wie eine Schlafwandlerin war sie an den unzähligen Menschen vorbeidefiliert, die alle ein und dasselbe Gesicht zu haben schienen. Sie hatte eines nicht vom anderen unterscheiden können. Bei der Horde der schwarzweiß gekleideten Menschen im Kirchenraum war es ihr nicht anders ergangen. Der dünne, anthrazitfarbene Schleier hatte sich als geeigneter Panzer erwiesen, wie die verspiegelte Scheibe einer schwarzen Limousine.

Sie erinnerte sich nur noch an ein federleichtes Musikstück, das den Sarg nach draußen begleitete. Der letzte Gruß an einen und von einem Mann, der einmal gesagt hatte, dass

Ravels *Pavane pour une Infante défunte* sowohl die ganze Schönheit des Lebens als auch deren Leere und Unendlichkeit berge.

Ob die attraktive Maria Graf Davids Version von Ravels Stück gewählt hatte, konnte sie nicht entscheiden, doch wenn Anne sich den Klang ihrer Harfe vergegenwärtigte, passte er gut zu dem neuen Tag und dem sinnlosen Aufstieben des Schnees, das die ersten Flocken des Jahres unweigerlich mit sich gebracht hatten.

Ein passendes Bild drängte sich ihr auf – von einem langen, schmalen Lastkahn, der Bambus von den Wäldern des Nordens zur südlich gelegenen Stadt transportiert. Die Szenerie ist von derselben Ruhe, derselben Monotonie und derselben Schönheit.

»Lau.« Sie sagte seinen Namen wie die Antwort auf eine Frage. Mit einer Stimme, die von nichts als Resignation zeugte.

Sie flüsterte ihn ins Kissen und schmeckte das Salz ihrer Tränen. »Du hast einen Kreis um dich geschlagen, Lau, und die Dunkelheit wird immer dichter. Wenn sie dich doch nur verschlingen würde und mich dazu. Sie wollen deinen Namen wissen und haben nur eine, die sie fragen können.«

Aus der Dämmerung leuchteten bleiche Gesichter; die Angelas, Campbells, Jensens und Møllers.

»Ich werde ihnen sagen, dass du ein x-beliebiger Typ warst, den ich mal per Anhalter mitgenommen habe. Mehr nicht. Wir trugen bloß dieselben Umhänge, verschwanden im selben Haus und fuhren mit demselben Auto wieder weg. Meine Verteidiger reden von einer Strategie. Ich habe keine Freunde, nur Verteidiger, und meine Hoffnung gründet sich auf eine Strategie.«

Sie hatte drei Stunden lang mit Jensen zusammengesessen und sich unendlich viele Fotos früherer Straftäter angesehen. Ohne Erfolg natürlich.

Es war jetzt so hell wie nur möglich. So still, wie es nur im November sein konnte. Es wurde Zeit, das Laub zusammenzufegen, doch der Gärtner hatte seine Stelle gekündigt. Ihre Pläne, es selbst zu erledigen, begrub Anne in dem Moment, als sie mit der Harke vor der Treppe stand, die ihr mit ihrem algengrünen Gebiss entgegengrinste. Sie warf die Harke weg und ging langsam zum See hinunter. Und erst dort, auf dem Badesteg, nahm sie Abschied von ihm. Erst da wusste sie, dass er niemals wiederkommen würde.

Sie zieht sich an und lässt sich von Angela helfen, die hinter ihr im Spiegel erschienen ist.

Angela lehnt sich gegen den Türrahmen und verschränkt die Arme.

»Wie hübsch du bist, Anne. Hübscher als je zuvor. Wenn Elisabeth Arden Trauer in Flaschen abfüllen könnte, hätte sie es längst getan.«

»So etwas Geschmackloses habe ich noch nie gehört.«

»So etwas Gewinnbringendes, meinst du wohl.« Angela hob die Schultern und schnitt eine Grimasse.

Anne setzte sich auf die Bettkante. »Du warst doch dreimal verheiratet, Angela. Warum hast du keine Kinder bekommen?«

Angela nahm sich viel Zeit, bevor sie antwortete. »Ich hätte zehn haben können. Wenn ich das gewollt hätte. Aber du weißt ja, wie das ist.«

»Nein, ich weiß nicht, wie das ist.«

»Meine Schwester in Israel hat fünf. Eines schöner als das andere. Ich sehe sie einmal im Jahr. Das ist mehr als genug. Ich mache mir nichts aus dem Familienleben. Mir gefällt auch nicht, was ich um mich herum beobachte. Jedes Mal, wenn ich mit ihnen zusammen war, brauche ich mehrere Wochen, um mich zu erholen.«

»Was beobachtest du denn?«

»Ich beobachte immer wieder dasselbe. Die Geschichte der Menschheit. Die Kinder tun alles, um von ihren Eltern geliebt zu werden, doch nie ist es gut genug. Denn wir können nicht anders, als das Unmögliche von ihnen zu verlangen, nämlich genauso zu werden wie wir.«

»Und deshalb hast du keine Kinder bekommen?«

Angela lächelte. »Auch weil die in Frage kommenden Spender nicht meinen Erwartungen entsprachen.«

Anne nickte. »Bevor wir gehen, bevor wir mit Campbell sprechen: Ich möchte gern, dass du das Haus zum Verkauf anbietest …«

»Ich finde, du solltest damit warten.«

»Und gleichzeitig eine vorübergehende Bleibe für mich besorgst, bis ich etwas Dauerhaftes gefunden habe. Das ist das eine. Das andere, Angela …«

Anne blickte auf. »Das andere ist noch wichtiger. Ich weiß nicht, ob ich überhaupt noch mit diesem Campbell verkehren möchte.«

»Honey, er und seine Jungs rackern sich ab für dich.«

»Ich weiß nicht, was sie tun, aber ich weiß, wie sie mich anblicken.«

»Wie blicken sie dich denn an?«

»Genauso wie du.«

Angela öffnete die Balkontür und zündete sich einen Zigarillo an. Sagte, sie habe dieses Haus noch nie gemocht.

»Das war nicht das Thema.«

»Nein, ich weiß, aber mir hat es wirklich noch nie gefallen. Ich habe heute Nacht kein Auge zugekriegt. Das Haus stinkt förmlich nach ihr, nach Maria. Dieses ganze rustikale Zeug. Jede Kachel und jede Klinke. Einerseits sollte alles so einfach und schlicht sein. Und dann stopfte sie die Schränke mit diesem kindischen Porzellan voll. Ihr Geist befindet sich immer noch in diesem Haus. Zeppe hat ihn nie vertreiben können.«

Anne ging zu ihr. »Erzähl mir mehr davon.«

»Was willst du wissen?«

»Du redest von ihrem Geist. Was meinst du damit?«

Angela klopfte den Zigarillo am Geländer ab. »Ihre Einsamkeit.«

Anne seufzte und schüttelte den Kopf. »Ich weiß gar nichts über sie. Doch aus irgendeinem Grund begann David wieder von ihr zu reden. Am Abend, bevor er starb, erwähnte er zweimal ihren Namen. Sehr liebevoll, sehr zärtlich. Vielleicht waren sie enger miteinander verbunden, als wir glauben. Wie war ihre Beziehung?«

»Sie hatten keine Beziehung. Sie lebte vollkommen eigenständig und hielt sich die meiste Zeit in Paris auf. Vielleicht mochte sie dieses Haus ebenfalls nicht, vielleicht bin ich auch ungerecht. In Davids Universum war jedenfalls nur Platz für eine Person: David, David und nochmals David.«

»Ich dachte, du hättest ihn geliebt.«

»Wer sagt denn, dass ich das nicht habe?«

Anne machte eine resignierte Handbewegung. Angela wandte ihr den Rücken zu. »Vor sechs Jahren, in London, wollte ich dir schon dieselben Dinge sagen, aber damals warst du jung, und man kam einfach nicht an dich heran. Entschuldige, natürlich bist du immer noch jung.«

»Warum die ganze Geheimniskrämerei? Warum ist sie ein so völlig unbeschriebenes Blatt, als hätte sie nie existiert?«

»Woher soll ich das wissen? Du warst doch schließlich mit ihm verheiratet.«

»Hatte sie einen anderen Mann?«

Angela lächelte. »Nein, Anne. Maria hatte keinen anderen Mann.«

»Warum bist du dir da so sicher?«

»Weil Maria lesbisch war.«

Anne ließ sich auf den Boden sinken. »Wie kannst du nur so was behaupten? Starb sie nicht, bevor du auf der Bildfläche erschienst?«

»Ich habe ein Videoband mit ihr gesehen.«

»War das wirklich so eindeutig?«

»Nein, so ganz eindeutig nicht.«

»Wie kannst du dann so sicher sein?«

Anne erhielt keine Antwort. Das war auch nicht nötig. Sie bereute, überhaupt gefragt zu haben.

Angela drehte sich um und ließ ihren Blick über den Garten schweifen.

Anne stand auf und legte ihr eine Hand auf den Rücken. »Ich fühle mich so schrecklich klein. Eine kleine, dumme Porzellanfigur in einer Vitrine.«

»Alles geht vorüber.«

Anne ließ ihren Blick über den See schweifen. »Sonderbar, wie sich eine vertraute Umgebung auf einmal verändern kann. Früher habe ich die Aussicht genossen, jetzt jagt sie mir einen kalten Schauer über den Rücken.«

»Eigentlich habe ich diese ganze Natur immer gehasst.« Angela warf die Kippe durch die geöffnete Tür. »Außerdem macht sie mir schlechte Laune. Ich brauche Leben um mich herum. Deswegen liebe ich Manhattan. Die Leute in New York wollen einfach nicht sterben. Den meisten geht es miserabel, aber sie leben und klammern sich an ihr hektisches Dasein. Übrigens glaube ich, dass Maria sich das Leben genommen hat. Falls sie überhaupt ein Leben besaß, das sie sich nehmen konnte.«

»Was ist mit David? Wusste er, wie es ihr ging?«

»Natürlich wusste er es.«

»Und er hat nicht versucht, ihr zu helfen?«

»David Zeeberg hat immer erwartet, von der Welt vorbehaltlos geliebt zu werden. Deshalb wäre er nie auf den Gedanken gekommen, dass eine Frau in seiner Nähe unglücklich sein könnte.«

»Warum urteilst du plötzlich so hart über ihn?«

»Weil David Zeeberg einen objektiven Nachruf verdient

hat. Und in dem Mausoleum, das gerade errichtet wird, steht kein einziges Wort davon, wie er andere Menschen behandelt hat. Ich schätze mich glücklich, emotional unbeteiligt zu sein.«

Anne schielte zu der Managerin hinüber. »Don't think you can fool me, honey.«

»Ich glaube nicht, jemanden zum Narren halten zu können, und dich schon gar nicht, Anne.«

Anne seufzte. »Arme Maria. Arme, einsame Maria aus Västerås.«

»Was ist mit der armen, einsamen Anne aus Helsingør?«

»Tja, was ist mit ihr?«

»Willst du dir jetzt einen Kajak zulegen?«

»Ich brauche keinen Kajak. Herrgott, warum bist du nur immer so zynisch?«

Angela nestelte an Annes Kragen und schaute ihr in die Augen.

»Sie finden ihn, Schatz.«

»Wen?«

»Den Mann, mit dem du in Kandestederne warst. Ihn, an den du gerade denkst. Es gibt viele Formen von Geistesabwesenheit, und deine hat mit einem Mann zu tun.«

Anne schloss die Balkontür. »Ich denke an keinen bestimmten Mann.«

»Warum schützt du ihn dann?«

Anne antwortete nicht.

»Bedeutet er dir so viel?«

»Ich weiß nicht, was er mir bedeutet.«

Angela verschränkte die Arme vor der Brust. »Dann hör jetzt gut zu: Lleyton sagt, wir haben ein Problem. Früher oder später wird die Polizei den Kerl ausfindig machen. Niemand kauft dir die Geschichte mit dem Anhalter ab. Wenn du also das Gefühl hast, dass Lleyton und seine Jungs dich misstrauisch angucken, dann kommt das daher, dass sie deinen Erklärungen nicht trauen. Sie wundern sich, Anne. Wundern sich, dass dein Freund sich nicht freiwillig meldet. Wundern sich darüber, dass du nicht kooperativ bist.«

»Wir haben die Sache doch beendet«, murmelte Anne.

»Wann?«

»Als wir in Kandestederne waren.«

»Wie konntest du ihn nur mit nach Camp David nehmen?«

»Jetzt hasst du mich.«

»Überhaupt nicht. Es werden ständig neue Seiten an dir sichtbar. Das ist doch sehr erfrischend. Aber du bist in Erklärungsnot, Sweety. Hast du jemanden, mit dem du dich aussprechen kannst?«

»Ich habe doch dich, Angela. Die beste Freundin der Welt.«

»Was ist mit der Moskauer Hotellobby, in der sich die Nutten herumtreiben? Hast du nicht so was gesagt? Hast du dich in letzter Zeit mal im Spiegel betrachtet? Was zum Teufel geht nur in deinem Kopf vor?«

Anne schaute weg. »Gar nichts«, flüsterte sie.

»Aber wie stellst du dir alles weitere vor? Was ist das für ein Kerl?«

Anne ging ins Badezimmer und drehte gedankenverloren an ihrem Lippenstift. »Ich bin ihm irgendwann im April begegnet. Vor ewigen Zeiten. Vor einem halben Jahr. Er stand einfach da. Wie aus dem Nichts. Jensen hält ihn für den Täter, Møller hält ihn für den Täter, und Campbell hält ihn auch für den Täter. Was glaubst du, Angela?«

»Was glaubst du, Anne?«

»Ich weiß, dass er es nicht war.«

»Warum gibt er sich dann nicht zu erkennen? Wenn er ein wasserdichtes Alibi hat, kann ihm doch nichts passieren.«

»Und wenn er keines hat?« Anne schüttelte den Kopf. »Wir sind regelrecht hineingelockt worden, Lau und ich. Wir Armen. Wir wissen beide, dass es so ist. Man hat uns hinters Licht und in die Dunkelheit geführt.«

Anne legte sich viel zu großzügig neuen Lippenstift auf.

»Nicht einmal das kann ich begreifen.«

Angela nahm ihr den Lippenstift aus der Hand. »Was ist das für eine Dunkelheit, von der du sprichst?«

Anne blickte in den Spiegel und wischte sich die Lippen ab.

»Ich spreche von einer Dunkelheit, die finsterer ist als die Trauer.«

»Wo sollte die herkommen?«

»Von David«, flüsterte sie.

Einer von Campbells Leuten holt sie ab. Eine junge Frau mit effektiver Ausstrahlung. Anne versucht sie anzulächeln, doch entweder gelingt es ihr nicht, oder die Frau hat keine Lust, zurückzulächeln. Sie lenkt den Mietwagen zu dem Hotel am Bahnhof, in dem man koffeinfreien Kaffee trinkt und zum Rauchen nach draußen geht.

Angela bezeichnet es als Kommandozentrale.

Campbells Socken haben dieselbe Farbe wie sein Hemd. Er versucht Entschlusskraft auszustrahlen, doch Anne sieht, dass er leckgeschlagen ist. Vielleicht hat er den Glauben daran verloren, ihr helfen zu können. Vermutlich würde er gern nach Hause fliegen, um sich einer aussichtsreicheren Angelegenheit zuzuwenden. Mr. Campbell hat auch an seine Karriere zu denken.

Anne wiederholt ein ums andere Mal, dass sie in Helsingør war und von nichts wusste, als sie am Nachmittag nach Hau se kam. Alle blicken sie abwartend an. Vielleicht wissen sie, dass sie irgendwann zusammenbrechen wird, und hoffen, dies werde geschehen, bevor sie Jensen erneut gegenübersitzt, damit ihnen genug Zeit bleibt, eine Strategie zu entwickeln.

Campbell sagt: »Wir wissen, dass Sie es nicht getan haben. Das wissen wir«

Angela fährt fort: »Aber wir müssen auch wissen, wer der

Mann ist, mit dem du in Kandestederne warst. Sonst wird sich die Angelegenheit nur unnötig in die Länge ziehen.«

Ein schwarzhaariger junger Mann, offenbar Campbells rechte Hand, übernimmt: »Wenn wir einfach beweisen könnten, dass Sie in Helsingør waren, dann wären wir aus dem Schneider. Und wenn Sie zehn Affären gehabt hätten. Das Einzige, das sie in der Hand haben, ist dieser Amateurornithologe, der glaubt, zwei Menschen in Ihrem Auto gesehen zu haben. Das ist ja nicht strafbar. Jensen weiß das genau, deshalb hält er sich lieber an ihr nicht vorhandenes Alibi.«

Auf dem Sofa der Suite hat die junge Frau, die als Fahrerin fungierte, damit begonnen, das zweite Make-up des Tages aufzulegen. Zunächst reibt sie ihr Gesicht mit einer Reinigungscreme ein.

»Der kann doch nicht einfach nur Lau heißen?« Angela schüttelt verärgert den Kopf. »Ist er Däne? Antworte mir, Anne. Ist es ein Däne?«

Campbell nippt an seinem Tee und sieht aus dem Fenster.

Anne antwortet nicht. Starrt unverwandt das Mädchen mit der Reinigungscreme an.

Sieben Menschen halten sich in der Hotelsuite auf und sie alle wirken erschöpft, mutlos und zunehmend gleichgültig. Was hätte jeder Einzelne darum gegeben, nicht anwesend sein zu müssen. Selbst Campbell hat sein Charisma eingebüßt und betrachtet Anne wie ein enttäuschter Lehrer seine verstockte Schülerin. Sie spielt nicht mit, liefert ihnen keine Anhaltspunkte, damit sie ihren Aufenthalt doch noch erfolgreich abschließen konnten. Ihre Fragen drehen sich im Kreis, ihre Antworten ebenfalls, und so etwas ermüdet. Die Zeit schleppt sich dahin. Es beginnt zu dämmern. Selbst die abwegigsten Vorschläge sind jetzt willkommen, wenn sie auch nicht zur Erholung beitragen. Erst als Angela vorschlägt, sich etwas zu essen aufs Zimmer zu bestellen, leben die meisten auf. Das Gespräch dreht sich mit einem Mal um die Getränke und die kulinarischen Wahlmöglichkeiten. Einer will thailändisch, ein anderer japanisch essen, zwei sprechen sich für Burger aus, ein fünfter ist Vegetarier.

Campbell studiert das Angebot des Hotels. Anne sieht ihn an.

»Es gibt doch eine Person, die bezeugen kann, dass ich in Helsingør war.«

Die Gespräche verstummen. Campbell legt die Speisekarte beiseite.

Angela setzt sich zu Anne auf die Stuhlkante.

»Das ist mir eben erst eingefallen. Ich hatte meinen Wagen in Kronborg geparkt.«

»Sprechen Sie weiter.« Campbell steht mitten im Zimmer.

»Ein Junge, ungefähr zehn Jahre alt. Er hat mich direkt angesehen. Er hatte ein riesiges Muttermal auf der Wange, das den Großteil seines Gesichts bedeckte. Ungefähr zehn Jahre, dunkle Windjacke, Alltagskleidung. Ich hätte ihn sicher völlig vergessen, wenn das Muttermal nicht gewesen wäre.«

Binnen weniger Minuten verlassen die meisten den Raum. Zurück bleiben Anne, Angela und Lleyton Campbell. Die übrigen haben mit Campbells letzter Order das Weite gesucht. »Fangt mit den Schulen an.«

Eine Stunde vor Annes Gespräch mit Jensen klingelt das Telefon.

Campbell nimmt eine kurze Nachricht entgegen und notiert sich den genauen Wortlaut auf der Rückseite einer Serviette.

Er legt den Hörer auf und blickt Anne an.

»Sein Name ist Victor Steensgaard, er ist elf Jahre alt und kann sich genau an den schwarzen BMW und die Frau mit der dunklen Sonnenbrille erinnern. Sogar die ersten Buchstaben Ihres Nummernschilds hatte er noch im Kopf. Er schwärmt für Cabrios.«

Angela nimmt Annes Hand. Campbell greift zu einer Krawatte und bindet sie mit großer Geste. Im Spiegel lächelt er sie an.

»Es ist vorbei, Anne. Glauben Sie mir, es ist vorbei. Jensen hat nichts mehr in der Hand. In einer halben Stunde haben wir den Jungen samt vollständigem Namen und Adresse auf Video. Ich hoffe, meine Leute haben ihm irgendwas gegeben für seine Mühe, falls der Ausdruck angebracht ist. Rotwein zum Essen?«

Auf Jensens kleinem Monitor erkennt man den Jungen namens Victor vor der grünen Mauer eines Schulhofs. Er erzählt von seinen Autokenntnissen und insbesondere von seiner Leidenschaft für BMW-Cabrios.

Møller starrt auf den Bildschirm, der den dicken Jensen, der ein Butterbrot isst, nicht zu interessieren scheint. Sie sitzen in seinem Büro, in dem es drückend warm ist. Offenbar hat er es so am liebsten. Die Wände sind schmutziggrün, die Einrichtung ist ärmlich. An der rechten Wand steht ein gähnend leeres Buchregal, auf dem Schreibtisch befinden sich eine elektrische Schreibmaschine und ein Stapel Rapporte.

Jensen spült sein Essen mit einem Glas Milch hinunter und verlässt den Raum

Anne bleibt allein mit Møller zurück, der sich das Video mit dem Jungen aus Helsingør fünfmal angesehen hat. Er kratzt sich im Nacken und sendet ihr sein traurigstes Lächeln.

»Schön, dass Sie ihn gefunden haben.«

»Das hört sich ja nicht gerade begeistert an.«

»Begeistert?« Møller lässt das Wort auf der Zunge zergehen. »Nein, eher erleichtert. Und jeder kleine Fortschritt ist schließlich willkommen.«

»Wie heißen Sie mit Vornamen, Herr Møller?«

»Erik, so wie mein Großvater.«

Anne nickt lächelnd, prustet plötzlich los, nimmt sich zusammen und entschuldigt sich.

»Darf ich Sie etwas fragen, Frau Zeeberg?«

»Dazu bin ich doch wohl hier.«

Sie zündet sich eine Zigarette an, drückt sie jedoch sogleich wieder aus. Aus irgendeinem Grund schmeckt sie ihr hier nicht.

»Würden Sie uns zustimmen, wenn wir feststellen, dass Ihr Mann ermordet wurde?«

Sie schaut ihn an. Die Frage hat eine gewisse Berechtigung, doch sie wird zum ersten Mal gestellt. Campbell hatte sie im Großen und Ganzen auf alles vorbereitet, aber er hatte sie nicht auf diesen Møller vorbereitet, der den Namen seines Großvaters trägt. Die Art und Weise, wie er die Frage stellte, hat nichts mit den Ermittlungen zu tun. Sie ist von privatem Charakter. Er möchte es einfach gern wissen. Anne denkt gründlich nach, bevor sie antwortet, sie könne sich kaum vorstellen, dass jemand auch nur im Traum daran dächte, David zu ermorden.

»Aber finden Sie nicht, dass es den Anschein hat?«

»Doch.«

»Tja, was nun, Frau Zeeberg?«

»Sehen Sie denn nicht, dass etwas fehlt, Herr Møller? Etwas, das wir nicht kennen.«

Er flüstert. »Ein Geheimnis?«

»Vielleicht. Vielleicht ist es aber auch viel offensichtlicher. Ich weiß es nicht. Ich weiß nur, dass irgendetwas fehlt.«

»Lässt es sich beschreiben?«

»Ja, es lässt sich als Dunkelheit beschreiben.«

Møller schüttelt seufzend den Kopf. »Irgendwo treibt sich ein Mensch herum, der einen Mord auf dem Gewissen hat.«

Er lehnt sich über den Tisch und wirkt müder als je zuvor.

»Frau Zeeberg«, er spricht langsam und leise, »ich weiß, dass Sie mehr wissen, als Sie uns erzählen.«

Anne blickt an die Decke. »Ich weiß nicht, was ich dazu sagen soll.«

»Und das ist es auch, was Sie traurig macht.«

»Ich habe meinen Mann verloren, Herr Møller.« Sie legt eine Hand auf den Tisch.

Er sieht an ihr vorbei. »Vielleicht haben Sie zwei verloren.«

Im angrenzenden Büro befindet sich jemand, der fragt, ob es mehr Kaffee gibt, und jemand, der antwortet, das sei nicht der Fall.

Anne zieht ihre Hand zurück.

In diesem Moment kommt Jensen herein. Wie immer ist er ruhelos, mürrisch und unberechenbar, doch jetzt hat sich eine Boshaftigkeit dazugesellt, die auf seine Untergebenen gemünzt ist. Er schnauzt sie wegen Dingen an, die nichts mit Anne zu tun haben. Møller gibt sich einsilbig und blickt Jensen nicht an, der sich aufplustert. Für einen Augenblick befürchtet Anne, es könne zu einem Handgemenge kommen. Møller nimmt seine Papiere, seine Aktentasche und seinen verschlissenen Mantel.

Als er die Tür öffnet, um zu gehen, ruft Jensen ihm nach: »Unfähig, total unfähig!«

Es schallt durch das ganze Gebäude.

Jensen grunzt und blickt Anne in die Augen. »Wollen Sie noch was hinzufügen?«

Anne schüttelt den Kopf. Jensen geht um seinen Schreibtisch herum, nimmt jedoch nicht Platz. Amüsiert sich über irgendwas, das ihn nicht fröhlicher macht, kramt in Papieren, die ihn nicht interessieren, und glotzt mit leerem Blick aus dem Fenster.

»Kann ich jetzt gehen?«

»Ja, natürlich können Sie jetzt gehen.«

Anne nimmt ihre Tasche und legt sich den Mantel über den Arm. Jensen öffnet die Tür und stöhnt wie nach langen Strapazen. Anne streckt ihre Hand aus, doch er ignoriert sie. Er hat etwas in der Brusttasche, das sich als Visitenkarte erweist.

»Meine Telefonnummer steht hier drauf. Vermutlich werden Sie die Karte wegwerfen, aber ich denke, sie könnte Ihnen noch von Nutzen sein.«

»Warum sollte sie mir noch von Nutzen sein?«

Er schaute sie grimmig an. »Weil ich aus Erfahrung weiß, dass man sehr einsam ist, wenn man sein Wissen mit niemandem teilen kann.«

17

Nachdem das Taxi abgefahren ist, schließt sie sich ins Haus ein. Draußen dämmert es bereits. Sie macht Licht in allen Zimmern, sucht Brennholz zusammen und entfacht ein Feuer im Kamin, lauscht dem Knistern des Feuers, dem Knacken der Astlöcher, dem Einstürzen der Scheite und dem Rieseln der Asche.

Niemand kann so Feuer machen wie du, Anne. Ich glaube, Frauen haben eine geheime Beziehung zum Feuer.

Sie holt irgendeine Flasche aus dem Weinkeller, setzt sich vor den Fernseher, sieht einen Werbeblock, zappt ein wenig durch die Programme und bleibt bei einem älteren BBC-Porträt über David hängen. Anne stellt den Ton leiser und begnügt sich mit den Schwarzweißbildern aus den bekannten Konzertsälen, den vielen schönen Standfotos, auf denen Staatsmänner, Minister, Schauspieler, ja sogar der Papst zu sehen sind. Die Dokumentation endet mit einem Klavierstück von Chopin, einem tänzerischen, sorglosen Klanggebilde ohne Anfang, Mitte und Ende. Der Abspann läuft, und auf der Spanischen Treppe dreht Maria Callas dem Mann, der jetzt tot ist, ihr hübsches Profil zu.

Anne schaltet den Fernseher aus und den CD-Player ein, legt Judy Garland auf, geht ins Kaminzimmer und blickt über den schneebedeckten Garten, der bläulich und zart in der Dämmerung leuchtet.

Sie nippt am Rotwein, nimmt Halstuch und Mantel, schiebt die Gartentür auf und geht hinaus. Die klare Luft ist überraschend mild und trägt einen wunderbaren Duft nach Moder, Feuchtigkeit und Kaminrauch mit sich. Auf der anderen Seite des Sees sieht sie die kleinen, gelben Lichter von Häusern mit winzigen Schornsteinen, aus denen aschweißer Rauch in den schwarzen Himmel steigt. Sie steht vor der Treppe, die in ein dunkles Nichts führt. Setzt sich auf die oberste Stufe, fröstelt, stampft mit den Füßen und denkt an Maria, die sicher unzählige Male hier gesessen hatte. Vielleicht in Träume von Paris und der Rue de Vaugirard versunken. Vielleicht wäre sie weniger einsam gewesen, hätte sie sich mit ihren geschminkten Fayencen umgeben, die in Annas Augen den übernächtigten Leichenbestattern nach der Katastrophe von Pompeji glichen. Im Esszimmer steht die einzige Vase, die nach Annas Tod nicht verkauft worden oder in der Vitrine gelandet war. Anne hatte sie oft betrachtet. Aus irgendeinem Grund zog sie die Aufmerksamkeit auf sich. Der schwarze Untergrund ist mit einer transparenten, grünen Emailschicht überzogen. Auf einer kleinen Karte am Fuß der Vase steht in etwas unregelmäßiger Schreibmaschinenschrift: *Ch'ing-Dynastie, Famille noire.* Das Motiv der Vase zeigt einen Drachen auf der Jagd nach einer Perle. Marias letzter Kauf.

Anne legt ihr Kinn auf die Knie, schließt die Augen und fühlt sich für einen Augenblick so schwerelos, dass sie mühelos in Marias Körper schlüpfen kann, und als sie nach einer Weile in ihren eigenen zurückkehrt, wundert sie sich, wie wenig sie doch voneinander trennt.

Jonas hatte angerufen und sich nach ihrem Befinden erkundigt. Sie freute sich über seine Anteilnahme. Sie hatte nach seiner Freundin gefragt, zu der offenbar kein Kontakt mehr bestand, und das Thema angesprochen, das im Grunde tabu war, nämlich die Abtreibung.

»Wer hat dir das erzählt? Wer, Anne?«

Seine Stimme klang zornig, beinahe vorwurfsvoll.

»David«, antwortet sie. »Ich habe ihn so verstanden, dass es ein gemeinsamer Entschluss von euch war. Dass ihr euch einig gewesen seid.«

»Einig? Ja, ja, natürlich, es wäre ja nicht gegangen.«

»Ich wollte dich nicht verletzen.«

»Tust du auch nicht. Wir durften ihn immerhin begraben.«

»Das Kind?«

»Ja, die Schwangerschaft meiner Freundin war schon ziemlich weit fortgeschritten. Er liegt unter einem Stein in den Schären, der kleine David.«

»Es tut mir so Leid, Jonas.«

»Ach nein, Anne, das muss es nicht. Es war wirklich eine schöne Beerdigung, wirklich.«

»Aber du hast keinen Kontakt mehr zu Catarina?«

»Nein, nein. Wir passten einfach nicht zueinander. Jetzt konzentriere ich mich voll und ganz auf meine Karriere.«

Das Gespräch endete so warmherzig wie es begonnen hatte, doch bevor sie sich voneinander verabschiedeten, hatte sie sich nach Kim erkundigt, und er hatte geantwortet, er sehe sie nur selten. Sie habe ohnehin so viel zu tun, dass ihr nicht einmal Zeit geblieben wäre, zu Davids Beerdigung zu kommen.

»Warst du denn auf der Beerdigung, Jonas?«

»Ja, ich war da. Du warst sehr hübsch und völlig in deine eigene Welt versunken. Angela sagte mir, du hättest das Bedürfnis, ein wenig allein zu sein.«

»Ich war völlig benommen von den Tabletten.«

Sie einigten sich darauf, dass er sie im Dezember besuchen würde.

Anne geht zum Haus zurück und schließt die Tür. Sie leert ihr Weinglas und schüttet Wasser auf die Glut, löscht das Licht in der Einganghalle und denkt an den Stapel von Beileidsbriefen, den sie in den nächsten Tagen durchgehen will. Ein langer Brief von Kim ist dabei, den sie bereits zweimal gelesen hat. Kim war offensichtlich wenig geübt im Schreiben. Ihre Handschrift ist kindlich und unbeholfen, und die drei eng beschrieben Seiten handeln ausschließlich von ihr selbst und ihrem Aufenthalt in München. Anne meinte fast das Lachen der Absenderin aus den Zeilen springen zu hören. Kim hatte den Brief mit der Bemerkung beendet, sie würde sich jeden Tag eine CD von David anhören, bevor sie ins Bett ging. *So sind wir im Schlaf vereint,* hatte sie geschrieben, und in einem langen Postskriptum hinzugefügt, sie habe mit einem Walkman Davids Grab besucht, Tschaikowskis Klavierkonzert gehört und sich absolut schwerelos und glücklich dabei gefühlt. *Wie merkwürdig, dass Rubinstein sagte, das Konzert sei vulgär und sollte vernichtet werden. Armer Peter Iljitsch, der für seine Ehre in den Tod ging. Liebe Grüße, Hoa Kim Sun*

Der Brief hatte weder eine Absenderadresse noch den Wunsch enthalten, mit Anne in Verbindung zu bleiben, woraus diese schloss, dass sie Kim wohl niemals wiedersehen würde, womit sie durchaus leben konnte.

Sie liegt im Bett und stellt den Wecker auf 9 Uhr, überlegt es sich anders und deaktiviert die Weckfunktion. Ein Windhauch findet einen Weg durch die Balkontür und bauscht die leichte Gardine. Sie löscht das Licht, liegt im Dunkeln und spürt die Kälte in dem großen Bett. Steht auf, zieht das Laken von Davids Matratze ab und schmeißt es samt Bettdecke und Kopfkissen auf den Flur. Sieht sein Glas mit den Schlaftabletten und sein altes Brillenetui. Beides landet auf demselben Haufen. Sie öffnet die Tür zum Balkon, zündet sich eine Zigarette an, raucht sie zur Hälfte und wirft sie hinaus in den Schnee.

Ein Immobilienmakler hatte ihr einen Besuch abgestattet. Ein fröhlicher Mann. Ein kompetenter und neugieriger Mann. Die Kaufsumme, die er ihr schließlich nannte, hatte sie schon vergessen, bevor er wieder weggefahren war. Doch das Wort Liebhaberobjekt hing, gemeinsam mit dem Duft seines Aftershave, immer noch in der Eingangshalle.

Es gibt eine neue Strategie, die davon ausgeht, dass sie in

der nächsten Woche mit Angela nach New York fliegen wird, um die letzten Formalitäten zu erledigen. Eine gute Idee. Manhattan wird ihr gut tun und vom Kennedy Airport aus kann man die ganze Welt erreichen. Angela Reeves glaubt, die junge Witwe an der Leine zu führen, aber das stimmt nicht. Sie wird von niemandem an der Leine geführt, denn alle Leinen sind gekappt.

Anne schließt die Augen, ist todmüde und ganz sicher, nicht einschlafen zu können. Sie holt ihre Schlaftabletten aus dem Badezimmer, legt sich wieder ins Bett, nimmt eine, wartet ein paar Minuten und spürt ihren Körper schwer von Müdigkeit werden.

Ihre Hand greift nach dem Telefonhörer, aber die Finger gehorchen ihr nicht. Erst beim dritten Versuch schafft sie es, die Auskunft anzurufen. Sie bittet um die Telefonnummer von Lauritz Andersen, Svendborggade 32, 2100 Kopenhagen Ø. Es dauert nur einen Augenblick. Die Stimme am anderen Ende der Leitung fragt, ob sie noch weitere Auskünfte wünsche. Als die Frage wiederholt wird, legt Anne den Hörer auf und denkt, dass Campbell sie davor gewarnt hatte, das Telefon zu benutzen. »Das Telefon abzuhören ist doch heutzutage ein Kinderspiel.«

Doch es gibt noch einen anderen Grund, der weniger leicht zu durchschauen ist. Dass es so am besten ist. Wenn kein Kontakt mehr besteht. Sie ist sich auch nicht sicher, ob sie seine Stimme wiederhören möchte. Worüber sollten sie überhaupt reden? Die Frage materialisiert sich als langer, dunkler Korridor. Jetzt, da die Tablette ihre Wirkung tut, ist nicht zu entscheiden, ob es der Korridor des Schlafs oder etwas ganz anderes ist. Doch sie hat den Korridor bereits betreten und weiß, dass er am anderen Ende auf sie wartet.

Denn es gibt eine Frage, die sich immer mehr aufdrängt.

Sie streckt die Arme aus und starrt vor sich hin. Hört ihre hohle Stimme, die durch den schmalen Tunnel hallt.

»Gibt es eine Antwort, Lau? Ihr habt miteinander getrunken. Warum habt ihr miteinander getrunken?«

Anne schließt die Augen, während eine Stimme durch den Korridor hallt:

»Ich war es nicht, Anni. Ich war es nicht.«

»Aber wenn du es nicht warst, wer war es dann?«

»Wenn du es wissen willst, musst du weiter hineingehen. Im Inneren des Tunnels findest du die Antwort.«

Sie rollt sich auf den Bauch und flüstert in ihr Kissen.

»Ich befinde mich in einem System von Schachteln. Die erste und größte Schachtel ist so groß wie die Erdkugel. Will man also die nächste Schachtel erreichen, muss man ins Innere der Erde reisen, in dem sich ein Schrein befindet, kaum kleiner als die erste Schachtel, mit einem Schloss wie ein Berggipfel. Und gibt man hier nicht auf, bergen die nächsten siebenundzwanzig Schachteln ebenso unlösbare Aufgaben. Doch wenn Geduld, Kraft und Mut tatsächlich ausreichen, wird man am Ende zu der letzten und kleinsten Schachtel gelangen, die sich nur mit Hilfe einer Losung öffnen lässt, die sich in der Schachtel selbst befindet. So bekämpft man die Dunkelheit, indem man die Augen schließt.«

Sie lächelt und zieht plötzlich die Beine an. Das Geräusch von Schritten auf der Treppe ist unverkennbar.

Die fünfte und siebte Stufe geben einen charakteristischen Laut von sich, wenn das Wetter wechselt. David nannte das den Glockenschlag der Astlöcher, aber dieses Geräusch hat nichts mit dem Wetter zu tun. Es ist jemand auf der Treppe.

Die Tür zum Flur steht offen. Sie brauchte nur aufzustehen und sie zu schließen, doch sie ist wie am Laken festgefroren. Sie beißt auf ihre Fingerknöchel und stemmt den Rücken gegen das Bettgestell.

Jetzt ist alles ruhig. Sie lauscht angestrengt, schwingt die Beine aus dem Bett, geht zur Tür und presst ihren Nacken gegen den Rahmen.

Hatte sie sich geirrt? Sie konzentriert sich. Doch, da ist jemand. Sie spürt eine Gegenwart, die sich nicht beschreiben lässt. Eine fremde und doch vertraute Gegenwart.

Sie macht das Licht an, geht zum Treppenabsatz und setzt ihren Fuß auf die erste Stufe.

In dieser Sekunde erlöschen sämtliche Lichter im Haus.

Anne sinkt zu Boden, prallt gegen die Wand und zieht die Beine an. Die Stille schmerzt in ihren Ohren.

Jemand muss die Hauptsicherung ausgeschaltet haben. Jemand, der sich im Haus auskennt. Langsam kommt sie wieder auf die Beine und geht die Treppe hinunter, bleibt aber nach der Hälfte der Stufen stehen, als sie eine Gestalt in der dunklen Halle entdeckt.

»Ich kann dich sehen«, flüstert sie. »Was willst du von mir? Wer bist du?«

Sie starrt ins Leere. Der Schatten ist verschwunden. Sie geht die Treppe ganz hinunter und bleibt stehen.

»Wer bist du?«, flüstert sie. »Ich weiß, dass du da bist. Warum versteckst du dich?« Sie lehnt sich an die Wand und beugt den Kopf.

»Oder sehe ich Gespenster? Phantome?«

Sie öffnet die Tür zum Korridor und geht wie ein Schlafwandler in die Garage.

Die Lichter leuchten wieder auf.

Sie fährt herum. »Bist du das, Lau?«

Sie lässt die Tür offen, drückt sich an der Wand entlang, bis sie wieder in der Eingangshalle steht, und blickt die Treppe hinauf.

Er ist oben. Die Wörter stehen wie ein Graffiti auf der Innenseite ihres Kopfes. Sie umfasst das Geländer.

»Ich komme nicht rauf. Wenn du etwas von mir willst, musst du runterkommen. Du hast mich betrogen, Lau. Du hast dich nicht an unsere Abmachung gehalten. Du bist nicht gekommen. Lau, bist du da? – Falls du's bist«, fügt sie hinzu.

Stille. Sie schaut sich um, doch die Einrichtung hat ihr den Rücken zugekehrt. Hier soll es keine Zeugen geben.

»Hier ist doch niemand, Anne.« Sie wiederholt den Satz, als sie den Fuß auf die erste Stufe setzt. »Du weißt, dass hier niemand ist. Hier ist nie jemand gewesen.«

Langsam geht sie nach oben und blickt dabei zum dunklen Flur hinauf.

In diesem Moment wird das Licht im Schlafzimmer gedämpft. Sie spürt es als Attentat auf ihre Atmung. Denn es gibt nur einen, der ständig mit den Dimmern gespielt hat.

Sie verliert das Gleichgewicht, gleitet ein paar Stufen hinunter, hält sich am Treppenpfosten fest, schlägt sich die Hand vor den Mund und schnappt nach Luft.

Ihre Hand greift nach dem Telefon. Sie tippt die Nummer aus dem Gedächtnis, hört das nasale Freizeichen und eine Stimme, die sagt:

»Mit wem spreche ich?«

18

Jensen trug dieselben Kleider wie am Nachmittag, doch seine rastlose Ungeduld war einer gespannten Konzentration gewichen. »Sie sagen, dass jemand bei Ihnen im Haus war?«

Anne nickte.

Er seufzte. »Zumindest ist jetzt niemand mehr da. Waren Fenster und Türen geschlossen?«

»Ich denke schon, das heißt, da bin ich ganz sicher.«

»Doch Sie behaupten, dass etwas fehlt.«

Sie setzte sich auf. »Während ich auf ihr Eintreffen warte, habe ich meinen Schmuck und die wenigen Devisen kontrolliert, die in der Schublade liegen. Dort war alles vollzählig, aber ich habe gesehen, dass jemand in dem Regal gewühlt hat, in dem sich Davids Videobänder befinden. Einige lagen auf dem Boden, außerdem fehlen drei Kassetten.«

Jensen ging zum Regal und fragte, ob die Videokassetten nach einem bestimmten System geordnet seien. Anne entgegnete, das sei wohl so gewesen, aber sie habe sich schon lange keinen Überblick mehr verschafft.

»Woher wissen Sie dann, dass drei Kassetten fehlen.«

»Weil David für jedes Video eine Karteikarte angelegt hatte. Als ich gesehen habe, dass jemand in dem Regal gewühlt hat, habe ich anhand der Karteikarten nachgezählt. Es sollten 31 Videos sein, aber es sind nur noch 28 vorhanden. Die meisten seiner Filme hat Angela Reeves schon vor längerer Zeit mitgenommen, aber seine Privataufnahmen hat sie dagelassen, und von denen fehlen drei Kassetten.«

»Was ist auf diesen Kassetten zu sehen?«

»Ich weiß es nicht, irgendwelche Privataufnahme eben.«

Jensen senkte die Stimme. »Frau Zeeberg, ich möchte Sie bitten, gründlich nachzudenken. Die Bänder wurden doch nicht ohne Grund gestohlen.«

»Das ist mir schon klar, aber ich glaube, es handelt sich nur um Urlaubsaufnahmen.«

Jensen hob die Brauen. »Der Mörder Ihres Mannes ist auf diesen Bändern zu sehen. Wer, glauben Sie, könnte auf diesen Filmen alles drauf sein?«

Anne zuckte die Schultern. »Davids erste Frau, nehme ich an, Hoa Kim Sun, Jonas Berg, Angela Reeves, vielleicht Franz und Gritt, der Papst, Maria Callas, John F. Kennedy, was weiß ich? David hatte einen großen Bekanntenkreis und damals habe ich ihn ja noch gar nicht gekannt.«

»Was ist mit den anderen Filmen, wer ist da drauf?«

»Derselbe Personenkreis. Wie gesagt, das ist alles privat. Es gibt Videobänder, Super-8-Filme und 16-mm-Spulen. Und nur diese privaten Aufnahmen sind noch vorhanden. Alles andere hat Angela Reeves bereits mitgenommen.«

»Angela Reeves?«

»Ja, sie sammelt doch schließlich sämtliches Material über David.«

Jensen trat ans Regal heran und führte ein Selbstgespräch. »Man kann sicherlich davon ausgehen, dass Mrs. Reeves über den Inhalt der Kassetten mehr weiß als Sie.«

Anne machte eine ausgreifende Armbewegung. »Kann schon sein.«

»Als sie die Filme abholte, haben Sie da auch über die Privataufnahmen geredet?«

»Wir haben über alles geredet. Einige der Privatbänder sollten neuen Fernsehporträts dienen, andere sollten einer ständigen Ausstellung zugute kommen, die Angela gerade vorbereitet. Ich denke, sie wird inzwischen das meiste ausgewertet haben.«

Jensen rückte mit seinem Stuhl nahe an Anne heran.

»Und an den Bändern, die Sie als Urlaubsaufnahmen bezeichnen, war sie nicht interessiert?«

Anne zögerte. »Ich erinnere mich daran, dass ich zu ihr sagte, es solle auch einiges in privaten Händen verbleiben.«

Jensen zog sich am Ohrläppchen.

»Korrigieren Sie mich, wenn ich etwas Falsches sage. Mrs. Reeves trat doch erst nach Marias Tod in Erscheinung, nicht wahr?«

Anne nickte.

Jensen fuhr fort. »Dann vergingen ein paar Jahre, ziemlich viele sogar, bevor Sie Ihren Mann kennen lernten.«

»Ja, er war viele Jahre verwitwet.«

»Und nur mit Angela Reeves zusammen?«

»Wie meinen Sie das?«

Jensen blickte zur Decke. »Wie hat Mrs. Reeves reagiert, als ihr Chef, der Multimillionär David Zeeberg, eine Frau heiratete, die, entschuldigen Sie den Ausdruck, minderbemittelt und dreißig Jahre jünger war als er?«

Anne lächelte. »Gemischt.«

»Gemischt?«

»Sie war nicht gerade begeistert. Zum ersten Mal bin ich ihr in London begegnet. Angela hat nie ein Blatt vor den Mund genommen.«

»Machte sie Andeutungen, Sie hätten David des Geldes wegen geheiratet?«

»Nein, sie hat es mir ins Gesicht gesagt.« Anne wollte aufstehen.

»Eines noch. Wusste Mrs. Reeves, dass Sie eine Affäre hatten?«

»Eine Affäre?«

»Jetzt kommen Sie schon«, knurrte er.

»Nein, das wusste sie nicht. Oder vielleicht doch. Sie hat später behauptet, David hätte ihr davon erzählt.«

Jensen nickte. »Mrs. Reeves wusste also etwas, bevor Ihr Mann ermordet wurde.«

»Ich glaube nicht, dass David so ... intim war mit Angela.«

»Ist es ganz und gar undenkbar, dass Angela Reeves etwas für Ihren Mann empfand?«

»Das ist wohl nicht auszuschließen, obwohl sie einmal andeutete, sie sei lesbisch.«

»Ist sie nicht geschieden?«

»Doch, dreimal. Aber was heißt das schon? Maria war schließlich auch mit David verheiratet.«

Jensens Mund öffnete sich. »Wollen Sie damit sagen, dass Maria ebenfalls ...«

»Angela hat es mir erzählt.«

»Moment mal, Angela und Maria, kannten sie einander?«

»So viel ich weiß, nein. Doch Angela war sich ganz sicher. Ich habe sie gefragt, woher sie es wüsste.«

»Und was hat sie geantwortet?«

Anne sah weg und senkte die Stimme. »Sie sagte, dass ... dass sie ein paar Videobänder mit Maria gesehen hätte.«

»Also hat sie diese privaten Aufnahmen gekannt.«

»Vermutlich.«

»Vermutlich?«

»Rufen Sie Angela doch einfach an.«

»Worauf Sie sich verlassen können.«

Anne ging in die Küche, trank ein Glas Wasser, umklammerte für einen Moment die Tischplatte und sah, wie ihre Fingerknöchel weiß wurden. Sagte sich, wenn es keine natürliche Erklärung gäbe, dann eben eine unnatürliche, worauf sie zurück ins Wohnzimmer ging.

Jensen saß da wie zuvor. Sie stellte sich vor ihn.

»Glauben Sie wirklich, dass Angela die Videobänder gestohlen hat?«

Er schüttelte den Kopf und schien an etwas ganz anderes zu denken.

»Sie war am neunten November in Wien. Nach unserem Kenntnisstand. Doch wer auch immer die Videobänder gestohlen hat, muss einen Schlüssel zum Haus besitzen.«

»Von wem reden wir, Herr Jensen? Von Angela?«

»Wir reden von der Person, die Ihren Mann ermordet hat.«

Anne gab sich selbst Feuer.

»Ich glaube, Ihr Leben ist in Gefahr, Frau Zeeberg.«

»Wenn das der Fall wäre, säße ich wohl nicht hier. Wollen Sie mir da nicht zustimmen?«

»Sie bewegen sich auf ziemlich dünnem Eis.«

Anne putzte sich die Nase. »Ja, das glaube ich auch.«

»Also noch mal von vorn.« Er klatschte in die Hände. »Warum haben Sie mich angerufen?«

Sie flüsterte: »Weil jemand bei mir im Haus war.«

»Jemand, der offenbar ein und aus geht, wie es ihm passt.«

Sie schaute ihn an. »Ich weiß es wirklich nicht. Ich weiß nur, dass jemand da war, vielleicht war es Maria.«

»Reden Sie von der ersten Frau Ihres Mannes?«

»Die auch auf der Treppe verunglückt ist, genau, von der rede ich.«

Er stöhnte auf. »Sie glauben doch wohl nicht allen Ernstes, dass es die tote Maria war, die bei Ihnen …«

»Angela spürt es auch. David spürte es. Ich hatte nie gewusst, dass er es auch spürte, doch am Abend vor seinem Tod bat er sie, zu verschwinden. Es gibt da eine geheime Verbindung, Herr Jensen.«

Er schlug sich an die Stirn. »Meinen Sie nicht, wir sollten die Toten aus dem Kreis der Verdächtigen ausschließen, in Anbetracht der Kürze des Lebens?«

Anne legte den Kopf in den Nacken und schloss die Augen. »Ich kann es nicht erklären, und normalerweise glaube ich auch nicht an solche Dinge, ich bin ein nüchterner und rationaler Mensch, aber es besteht ein Zusammenhang zwischen Maria und dem Tod meines Mannes. Sie war eine unglückliche, einsame und vor allem vernachlässigte Frau. Manchmal ist sie auch in der Pariser Wohnung.« Anne senkte die Stimme zu einem Flüstern. »Ich höre das Tropfen ihrer nassen Kleider.«

Jensen studierte sein Uhrenarmband. »Sie kommt ja ziemlich herum.«

Anne lächelte ihn zaghaft an. »Sie haben doch selbst von einem Phantom gesprochen.«

»Ich habe von einem Menschen gesprochen, der keine Spuren hinterlassen hat.«

Anne schüttelte den Kopf. »Ich habe Ihnen alles gesagt, was ich weiß, aber ich weiß auch, dass es mehr gibt zwischen Himmel und Erde … es ist hier im Haus und es hat David getötet. Vielleicht hat es auch Maria getötet. Das muss es in unzähligen Häusern geben. Spüren Sie denn nicht die besondere Atmosphäre hier?«

Er ließ seinen Blick in die Ferne schweifen. »Mit so etwas gebe ich mich nicht ab.«

»Auch nicht, wenn es die Hand nach Ihnen ausstreckt?«

»Die Hand ausstreckt?«

»Ja, genau in diesem Augenblick. Ich merke Ihnen an, dass Sie es spüren.«

Jensen gab einen prustenden Laut von sich, schaute sich irritiert um, nahm eine Whiskyflasche aus dem Schrank und füllte ein Glas mit schwerem Boden.

»Trinken Sie das!«, kommandierte er.

»Das ist ein hervorragender Bourbon, aber ich habe im Moment keine Lust.«

»Dann trinke ich es eben!«

Er leerte das Glas und schenkte sich ein weiteres ein. »Ich werde jemanden zur Bewachung des Hauses abstellen.«

Anne nickte und lächelte in sich hinein. »Weiber! Nicht wahr, Herr Jensen?«

»Erzählen Sie mir davon.«

Sie steckte sich eine Haarspange zwischen die Zähne, ordnete das Haar zu einem Knoten und fixierte ihn mit der Spange. »Wann nehmen Dinge ihren Anfang? Mein Leben hat in Hanoi begonnen. An die Zeit davor kann ich mich kaum erinnern.«

Er schaute resigniert an die Decke. »Okay, sprechen wir über was anderes. Wie lange kennen Sie dieses Individuum schon?«

»Angela?«

»Nein, die lassen wir für einen Moment beiseite. Ich meine denjenigen, mit dem Sie in Kandestederne waren. Wir wissen, dass es sich um keinen Anhalter handelt. Wie lange ging das schon?«

»Er war es nicht.«

»Wie lange kannten Sie sich schon?«

Anne schaute weg. »Ein halbes Jahr, vielleicht etwas länger. Wir hatten uns kennen gelernt, während mein Mann verreist war. Er war ständig verreist. Das soll keine Entschuldigung sein. Ich weiß, was Sie denken, aber so war es nicht.«

Sie wischte sich die Tränen von der Wange. »Aber es konnte ja zu nichts führen. Das wussten wir beide. Ich liebte David. Das tat ich wirklich. Und tue es noch immer.«

»Nun gut, das gehört ja gewissermaßen der Vergangenheit an, wenn Sie mir die Bemerkung erlauben. Ist Ihr Freund jemals hier im Haus gewesen?«

»Ein einziges Mal. In der Garage. Er ist wirklich ein lieber und netter Mensch und wäre niemals imstande …«

Er schloss die Augen.

»Wie haben Sie ihn kennen gelernt?«

Anne zögerte kurz. »Ich bin ihm an einer Tankstelle begegnet. An einem Tag im April. In diesem Jahr.«

Jensen rieb sich sein unrasiertes Gesicht.

»Haben Sie irgendwann über die Möglichkeit gesprochen … Sie wissen, was ich meine.«

»Nein, darüber haben wir nie gesprochen.«

»Frau Zeeberg, ich sehe Ihnen an, dass Sie mich anlügen.«

Anne lehnte sich zurück. »Würde ich die Wahrheit kennen, könnte ich Sie anlügen, aber da ich die Wahrheit nicht kenne, kann ich auch nicht lügen.«

»Erzählen Sie mir von Ihrem Verhältnis.«

Anne schüttelte den Kopf. »Ach, das war doch nur heiße Luft. Eine Illusion. Lau sagte, dass er alles für mich tun würde. Ich wusste nicht, was er meinte, aber als wir das letzte Mal in Kandestederne waren, bekam ich plötzlich Angst. Wir hatten zu viel getrunken. Ich hatte damit angefangen und war der ganzen Situation ziemlich überdrüssig. Wie sprachen von Maria und der Treppe zum See.«

»Sie sagten, Sie bekamen plötzlich Angst. Was hat Sie ängstlich gemacht?«

»Ich weiß es nicht. Plötzlich schien es in Reichweite. Er ist schon ein komischer Kauz; man weiß bei ihm nie so richtig, wann er Spaß macht und wann es Ernst ist. Ich bat ihn, sich das aus dem Kopf zu schlagen, und er sagte, das hätte er bereits getan. Wir haben dann verabredet, uns ein letztes Mal in Helsingør zu treffen.«

Jensen rutschte auf seinem Stuhl nach vorne. »Einen Augenblick. Sie haben also darüber gesprochen, Ihren Mann zu töten?«

»Wir haben darüber gesprochen, ein gemeinsames Leben zu führen.«

»Sie sprachen über Maria und die Treppe. Sie sprachen von der Möglichkeit.«

»Soweit ich mich erinnere, waren Sie nicht dabei, Herr Jensen.«

Er senkte die Stimme. »Frau Zeeberg, wir können es kurz machen oder in die Länge ziehen. Wenn es mir gefällt, lässt sich dieses Gespräch auch in meinem Büro fortsetzen. Das wird vermutlich noch viel länger dauern, aber dann verbringen Sie die Nacht eben bei uns. Wir haben in der Regel noch ein Zimmer frei. Das ist zwar nicht sehr komfortabel, aber eines kann ich Ihnen versichern: Wir machen jetzt weiter bis zum bitteren Ende, denn Ihre Ausflüchte bin ich endgültig Leid.«

»Wir haben unseren Spaß damit getrieben.« Anne versuchte den Rücken zu strecken. »Wir haben uns alles so detailliert ausgemalt, dass es nur ein Spaß sein konnte. Hören Sie, Jensen? Ein Spaß. Wir waren betrunken, das spielt keine geringe Rolle.«

»Ihr Mann würde sicherlich sagen, das spielt überhaupt keine Rolle, denn er wurde nicht von jemandem umgebracht, der betrunken war, sondern von jemandem, der absolut kaltblütig handelte. Der Mord war bis in kleinste Detail geplant.«

»Ich habe Ihnen doch gesagt, dass wir den Plan verworfen haben. Wir hatten ihn im Rausch gefasst und selbstverständlich verworfen, als wir wieder nüchtern waren. Wir saßen in der Garage, Herrgott, und waren uns geradezu rührend einig, wie lächerlich wir uns benommen hatten. Haben dann ein letztes Treffen in Helsingør verabredet.«

Anne sprach weiter, als würde sie mit sich selbst reden: »Von da an ging alles schief. Von da an schien alles unwirklich. Irgendwas muss zwischen uns getreten sein.«

»Und Sie haben seitdem keinen Kontakt mehr?«

Anne schüttelte den Kopf.

»Wenn wir die bösen Geister einmal beiseite lassen«, Jensen kratzte sich am Nacken, »so besteht doch die Möglichkeit, dass Ihr Freund seinen eigenen Plänen zum Opfer fiel. Dass er tot ist. Schließlich ist er verschwunden. Ein Mann, der ein gutes Gewissen hat, muss sich nicht verstecken.«

Anne blickte auf. »Das dürfen Sie nicht sagen.«

»Wusste irgendjemand von ihrem Verhältnis?«

»Nein, das heißt ... mein Mann wusste, dass es da einen anderen gab. Wir haben darüber nie geredet, aber irgendwie lag das Thema in der Luft. Die Luft war verpestet davon. David war ein äußerst diskreter Mensch, sehr stolz, und mit dem Stolz verband sich eine gewisse Verletzlichkeit. Er hatte allen Grund, sich verletzt zu fühlen, und ich hatte mich wirklich entschieden, die Affäre zu beenden. Das ist ja das Sinnlose. Die Geschichte mit Lau und mir war praktisch beendet. Das Band war zerschnitten.«

»Ihr Mann wusste also Bescheid?«

»Ich konnte nie irgendwas tun, ohne dass mein Mann Bescheid wusste.«

Jensen schüttelte den Kopf. »Sie haben miteinander ein Glas Portwein getrunken. Ihr Mann kannte seinen Mörder.«

»David kannte seinen Mörder, aber er kannte Lau nicht, und deshalb haben sie auch keinen Portwein miteinander getrunken. Außerdem verstehe ich gut, warum Lau sich irgendwohin zurückgezogen hat, um darüber nachzugrübeln, was überhaupt passiert ist. Vielleicht glaubt er, dass ich es gewesen bin.«

Jensen räusperte sich. »Wenn ich wiederholen darf: Sie hatten sich also in Helsingør verabredet. Warum dort?«

»Weil er Reisebusse fährt. Er musste an diesem Tag nach Kronborg.«

»Für welches Unternehmen?«

»Das weiß ich wirklich nicht.«

Jensen kniff die Augen zusammen. »Sie wissen ziemlich wenig.«

»Ich erzähle Ihnen alles, was ich weiß.«

Jensen stand auf und begann, mit den Händen in den Taschen, im Zimmer umherzugehen. »Gut, Sie fuhren also nach Kronborg.«

»Ja, aber er war nicht da.«

Jensen nahm ein Buch aus dem Regal und stellte es wieder hinein.

»Ich glaube Ihnen überhaupt nichts.«

Anne sank tiefer in ihren Stuhl, verschränkte die Hände hinter dem Kopf und schloss die Augen.

Jensen steckte die Hände in die Taschen. »Selbst jetzt spüre ich, dass Sie ein Spiel mit mir treiben.«

»Warum, glauben Sie, habe ich Sie dann angerufen?«

»Keine Ahnung. Hier ist keine Menschenseele. Das Haus ist leer. Und Sie behaupten, das Licht wäre aus- und wieder angegangen und dass drei Filme fehlen.«

»Glauben Sie etwa, ich hätte Ihre Gesellschaft vermisst oder den Verstand verloren?«

»Okay, darf ich Sie so verstehen, dass Ihr Freund Sie nach Helsingør gelockt hat?«

»Warum hätte er das tun sollen?«

Jensen biss die Zähne aufeinander. »Weil er hier im Haus noch etwas zu erledigen hatte. Ist das so schwer zu begreifen? Und was, zum Teufel, soll dieser okkultistische Schwachsinn? Sie verabreden ein Treffen, fahren vierzig Kilometer in Richtung Norden, aber er versetzt Sie, und als Sie nach Hause kommen, ist Ihr Mann auf genau dieselbe Art und Weise ums Leben gekommen, wie Sie in Kandestederne geplant hatten, und trotzdem sitzen Sie jetzt hier und behaupten, dass er es nicht gewesen ist. Ich kriege noch Kopfschmerzen, wenn ich mir weiter so einen Scheiß anhören muss.«

Anne schaute ihn flehentlich an. »Das kann ich ja alles verstehen, aber der Mann, den ich kenne, kommt als Täter einfach nicht in Frage. Das ist undenkbar. Übrigens bin ich keine achtzehn mehr, ich verfüge über ein wenig Menschenkenntnis, und Lau ist einfach nicht der Typ dazu.«

»Es gibt keinen bestimmten Typus.«

»Außerdem hatten wir die Aktion abgeblasen.«

Jensen starrte aus dem Fenster. »*Er* hat gar nichts abgeblasen. Er hat alles so gemacht, wie Sie es besprochen hatten, und jetzt ist Ihr Mann tot. Die eigenen Stufen hinuntergeschleudert. Ein vorsätzlicher, eiskalt geplanter Mord.«

»Genau, Herr Jensen. Genau der Meinung bin ich auch. Irgendwas oder irgendwer ist uns in die Quere gekommen. Jemand, der bewusst und eiskalt gehandelt hat.«

Jensen setzte sich auf einen Stuhl und zückte einen kleinen Notizblock.

»Er heißt also Lau. Und weiter?«

Anne sah quer durch die Wand und verlor sich in einer grausamen Linie, die Meer und Himmel voneinander trennte:

Er läuft am Strand entlang. Mit den Wolken um die Wette. Es endet unentschieden, so wie alles im Leben.

Von mir für dich, meine geliebte Anni.

Was soll man mit einer Muschelschale anderes anfangen, als ihren Finder zu vermissen und gleich der Schale Heimweh zu empfinden.

Sie wandte den Kopf ab. »Ich kenne nur diesen einen Namen, Lau.«

Jensen ballte die Fäuste. »Erzählen Sie mir keine Märchen. Sie wissen genau, wie er heißt. Da wird man mitten in der Nacht aus den Federn geholt und jagt mit Vollgas hierher und dann muss man sich so einen Bockmist anhören!«

Anne starrte vor sich hin.

Jensen sprang auf. »Gut, Sie wollen es ja nicht anders.«

Er stampfte durch den Raum.

»Herr Jensen, seien Sie so nett und setzen Sie sich wieder. Ich kann hier nicht allein sein.«

»Wie heißt er?«

Anne antwortete nicht.

»Sie kommen mit!«

»Er heißt Lauritz Andersen.« Anne betrachtete ihre Hände und flüsterte erneut seinen Namen: »Lauritz Andersen.«

Sie ließ den Kopf hängen, wurde plötzlich von einem heftige Weinkrampf geschüttelt, ging in die Küche, sank auf einen Stuhl und lehnte sich über die Tischplatte.

Jensen kam zu ihr. Er hielt ein Glas mit Whisky in der Hand.

»Trinken Sie!«

Ohne ihn anzusehen nahm sie das Glas und kippte den Whisky in den Ausguss.

»Wo wohnt er?«

»Ich weiß nicht.«

»Herrgott noch mal, er hat Ihren Mann umgebracht. Er ist gemeingefährlich und unberechenbar. Schleicht sich mitten in der Nacht ins Haus und jagt Ihnen einen tödlichen Schrecken ein. Er ist krank und gefährlich. Wo wohnt er, Anne?«

»Würden Sie bitte aufhören, mich anzuschreien?«

Er wurde ein wenig leiser. »Damit habe ich noch nicht mal angefangen. Wo wohnt er?«

Sie schloss die Augen. »In Østerbro. Svendborggade 32.«

Endlich ist es hell geworden. Sie sitzt mit einer Tasse Tee im Kaminzimmer und unterhält sich mit einer Polizistin, die von ihrem vierjährigen Sohn erzählt, der zum Schwimmunterricht geht und Angst hat, den Kopf unter Wasser zu halten. Vor der Haustür parkt ein Wagen, in dem zwei ihrer Kollegen sitzen. Anne erkundigt sich nach ihren Arbeitszeiten, und sie beschließen, sich zu duzen. Nach Stunden wird die Polizistin von einem männlichen Kollegen abgelöst, der sich im Haus umsieht wie ein Tourist.

Um 12 Uhr ist Jensen zurück. Er befindet sich in Gesellschaft Erik Møllers und eines Mannes, der die Uniform der dänischen Staatsbahn trägt.

Sie stehen in der Eingangshalle, ihre Kleider riechen nach dem gestern gefallenen Schnee.

Jensen hat sein altes aggressives Wesen wiedererlangt. »Kennen Sie diesen Herrn, Frau Zeeberg?«

Anne betrachtet den Mann, der von Jensen zu Møller und wieder zurück blickt.

»Nein, ich habe ihn nie zuvor gesehen.«

Jensen stemmt seufzend seine Hände in die Hüften.

»Sein Name ist Lauritz Andersen. Er wohnt in der Svendborggade 32, Kopenhagen Ø.«

19

Unter den ultravioletten Strahlen des Solariums begegnen sich Eitelkeit und Verlogenheit. In der genau bemessenen halben Stunde schwellen und röten sich die Körper unter der künstlichen Sonne, denn nichts ist echt an diesem Lichtsandwich, das einen bronzenen Farbton verleiht, der aussieht, als sei er mit dem Pinsel aufgetragen.

Danach schwimmt sie vier Bahnen im künstlichen Wasser des Bassins und beendet das Programm, indem sie sich zehn kreideweiße Plastiknägel auf die Finger stecken lässt. Ihre Kosmetikerin kann stundenlang über den Einfluss der Fingernägel auf das weibliche Selbstbewusstsein reden, gibt aber dennoch ihrer Verwunderung Ausdruck, dass eine Frau mit so hübschen natürlichen Nägeln zehn aus Plastik bevorzugt.

»Das Unechte interessiert mich eben.«

Anne lächelt ihre Kosmetikerin an und vereinbart den nächsten Termin.

Es ist ihr geglückt, Tag und Nacht zu vertauschen. Sie hat dies bewusst getan, indem sie sich einen Schlafrhythmus angeeignet hat, der den Tag annulliert. Es macht ihr nichts aus, wach zu sein, doch sie verträgt das Licht nicht. Sie genießt es sogar, am Nachmittag aufzustehen, ein oder zwei Stunden hinter der hauchdünnen Gardine zu verbringen und zu beobachten, wie die fahle Novembersonne einer Dämmerung weicht, die von überallher kommt.

Sie führt Selbstgespräche und findet Trost dabei. Wenn das gesprochene Wort nicht weiterhilft, vertraut sie sich ihrem alten Tagebuch an, formuliert lange Sätze, die ihr fremd und gleichzeitig charakteristisch erscheinen.

Hin und wieder nimmt sie den Zug bis ins Zentrum von Kopenhagen. Es ist dunkel und alle Geschäfte sind geschlossen. Durch die nasskalten Straßen der Stadtmitte streifen Gruppen rußfarbener Gestalten, die lärmen und sie anrempeln, doch wer allein reist, muss büßen, das weiß sie. Dennoch fühlt sie sich sicher in diesem Niemandsland und verspürt nichts als gespannte Erwartung, als sie drei schattenhaften Gestalten im Zug begegnet. Sie befinden sich zu viert in dem neonfarbenen Wagen, und zwischen Vesterport und Østerport rücken die drei zusammen. In ihren Augen sieht sie ihren sinnlosen Hass, ihre Angst und ihr gnadenloses Begehren. Sie hetzen einander auf und verwandeln sich in ein sechsarmiges und sechsbeiniges Tier. Doch als sie auf einem der Sitze schon auf dem Rücken liegt und ihnen direkt in die Augen blickt, stürzen sie Hals über Kopf aus dem Wagen.

Die meisten Nächte im November sind wie andere Nächte auch. In diesem Monat nimmt man einen ruß- und aschefarbenen Teint an, nur die Heimatlosigkeit leuchtet im Dunkeln.

Sie ruft es ihnen nach, während sich ihre Schritte hinter den schlafenden Häusern verlieren.

Vor dem Haus am See öffnet sie ihre Handtasche und steckt den Schlüssel ins Schloss.

»Wir feiern, dass heute Mittwoch, der achte November ist.« David und Franz prosten sich zu.

Gritt lacht laut und schrill.

Anne hebt ihr leeres Glas.

»Was ist an Mittwoch, dem achten November, denn so Besonderes?«

»Mittwoch, der achte November«, antwortet er, »ist ein ganz besonderer Tag. Denn es ist der Tag vor Donnerstag, dem neunten November.«

Die Worte hängen immer noch in der Luft. Sie wiederholt sie, während sie die Haustür öffnet. Sie setzt sich an den Schreibtisch, schraubt die Kappe ihres Füllers ab und schreibt stundenlang. Zwanzig dicht beschriebene Seiten, die sie im Kamin verbrennt.

»Manche Wörter«, flüstert sie, »haben eine sehr kurze Lebensdauer. Und noch bin ich es, die entscheidet.«

Auf dem Schreibtisch liegt das gedruckte Programm eines Konzerts, das sie nie gehört hat. Weil ihre Gedanken woanders waren. Auf der Vorderseite des Programms sieht man den Solisten frei schwebend mit großen, silberfarbenen Flügeln. Es landet ebenfalls im Feuer.

Nach einer Woche gelingt es ihr kaum noch, während der regelmäßigen Gespräche mit Møller und Jensen die Augen offen zu halten, und die beiden Polizisten scheint ihre aussichtslose Suche nach einem unsichtbaren Phantom genauso ermüdet zu haben wie sie.

Am Anfang waren sie rüde mit ihr umgesprungen. Hatten sie festgenommen. Ihr gedroht. Sie mit Fragen bombardiert. Sie nahmen ihr die Geschichte mit dem falschen Lauritz Andersen, Svendborggade 32, Kopenhagen Ø, einfach nicht ab.

Jensen sagte es ihr ins Gesicht. »Haben Sie einfach ins Telefonbuch geschaut und sich irgendeinen Namen rausgesucht, um uns eine weitere Lüge aufzutischen?«

»Was hätte ich denn davon gehabt? Können Sie mir das mal sagen? Außerdem habe ich nicht gelogen und sage nichts als die reine Wahrheit.«

»Ihr Loverboy hat Ihren Mann umgebracht. So einfach ist das.«

Im Büro kehrte Stille ein. Anne blickte zu Boden. Møller sah aus, als wolle er am liebsten nach Hause gehen, während der große, dicke Jensen seine Pastillendose nicht finden konnte.

Er senkte die Stimme. »Was mich nachts nicht schlafen

lässt, ist die Frage, was Ihr Loverboy für ein Spiel treibt. Denn es wird ja immer besser.«

»Was wird immer besser, Herr Jensen?«

Er plusterte sich auf. »Die ganze Geschichte. Zuerst verziehen Sie sich nach Helsingør, dann taucht ihr Liebhaber auf, tötet Ihren Mann und löst sich später in Luft auf. Und wir präsentieren Ihnen einen sechsundfünfzigjährigen Eisenbahner, der noch nie was von David Zeeberg gehört hat und sich am neunten November zwischen 13 und 14 Uhr im Zug nach Fredericia befand.«

Anne zuckte die Schultern.

Møller schaute sie mit seinen traurigen Hundeaugen an. »Warum hat Ihr Freund Ihnen seine wahre Identität verschwiegen?«

»Vielleicht hat er sich die andere Identität einfach ausgedacht«, sagte Anne. »So, wie er sich mich ausgedacht hat.«

»Hört sich nicht besonders logisch an«, murmelte Møller.

Anne lächelte. »Dann betrachten Sie doch den ganzen Fall als unlogisch. Haben Sie denn noch nie einen Fall gehabt, in dem es fünf Verdächtige gab, die sich alle als unschuldig erwiesen, weil ein Sechster plötzlich ein Geständnis ablegte?«

Møller sagte, das müsse er wohl einräumen. Jensen fragte seinen Kollegen, ob er nicht irgendwas in seinem eigenen Büro zu tun hätte.

Møller nickte und ging aus dem Zimmer. Anne schaute ihm nach und suchte ihre Sachen zusammen. »Was schenken Ihnen Ihre Mitarbeiter zu Weihnachten, Herr Jensen?«

»Letztes Jahr habe ich Pfeifenreiniger bekommen.«

»Ich wusste gar nicht, dass Sie rauchen.«

»Tue ich auch nicht. Amüsieren Sie sich, Frau Zeeberg?«

Sie antwortete, sie amüsiere sich nicht. »Aber bei Ihnen ist mir immer noch fröhlicher zumute als zu Hause.«

»Sie haben uns hinters Licht geführt.«

»Ich lebe hinter dem Licht.«

»Wir können Sie immer noch wegen Mitwisserschaft und Unterschlagung von Beweismaterial festnehmen.«

»Tun Sie, was Sie nicht lassen können.«

Hinterher fährt sie nach Hause und legt sich schlafen, um am späten Abend aufzuwachen und der Nacht in die Augen zu starren. Sie nimmt einen Aschenbecher mit in die Küche, leert ihn aus, geht wieder nach oben, zündet sich eine neue Zigarette an und wartet. Ein britisches Fernsehteam und ein französischer Journalist hatten ihr einen Besuch abgestattet, Leitungen und Kabel verlegt, geblitzt und Fragen gestellt, und nachdem sich die Tür endlich hinter ihnen geschlossen hatte und das Geräusch ihrer Autos verklungen war, hatte sie gelächelt, wie nur diejenigen lächeln, die nicht mehr weinen können.

Alles ändert sich jedoch, als der Eisenbahner aus der Svendborggade sich plötzlich daran erinnert, vor ungefähr einem Jahr im Hallenbad in Øbro seine Brieftasche verloren zu haben.

In Jensens armseligem Büro sitzen drei Menschen und schauen in die Luft.

»Behaupten Sie immer noch, dass ich Sie hinters Licht geführt habe?«

Anne bekommt keine Antwort, weil Jensen die Sprache und Møller die Energie verloren hat. Was Anne verloren hat, nimmt sie mit sich in die Nacht.

Vor dem Haus steht rund um die Uhr ein Einsatzwagen, doch alles für die Katz, denn der Gesuchte taucht nicht auf. Für Anne heißt er immer noch Lau. Obwohl sie sich daran erinnert, dass er regelmäßig ins Hallenbad in Øbro geht, und obwohl sie begreift, dass er sich bewusst die Identität eines anderen Mannes zugelegt hatte, heißt er für sie immer noch Lau und bleibt der sanfteste und poetischste Mensch unter der Sonne. Indessen holt sie die Erinnerung an ihr erstes Gespräch ein.

Ein Tag im April an der Tankstelle. Eine rein zufällige Begegnung. Das Gespräch ist nett, ungezwungen und banal, enthält jedoch einen Code.

»Danke für die Hilfe.«

»Keine Ursache. Ich heiße Lauritz, das heißt, eigentlich heiße ich anders.«

»Und wie heißt du?«

»Sag einfach Lau zu mir.«

Jensen hatte ihn als Phantom bezeichnet und damit genau ins Schwarze getroffen. Und Zufall ist ein relativer Begriff.

Die Tage ziehen ereignislos vorüber, doch ihr Kooperationswille kennt keine Grenzen. Sie hat sich bereiterklärt, als Lockvogel in der Raststätte an der Autobahn nach Helsingør zu sitzen, in Gesellschaft von Busfahrern und Ausflüglern, Staubsaugervertretern und getarnten Kriminalbeamten. Sie weiß gar nicht, wie viele Tassen Kaffee sie in dieser Cafeteria, deren Personal sich bereits wundert, schon getrunken hat.

Sie weiß, dass ihnen die Felle davonschwimmen. Theis Jensen hat es ihr gesagt.

»Er geht uns durch die Lappen. Mit jedem Tag wird es schwieriger, ihn zu finden. Ist es das, was Sie wollen?«

»Nein, ist es nicht.«

»Dann helfen Sie uns, verdammt noch mal.«

»Das versuche ich doch, Nacht für Nacht. Meinen Mann werde ich nie zurückbekommen, aber ich hoffe, ich finde meinen Verstand wieder.«

»Wie versuchen Sie es?«

»Indem ich in die Dunkelheit vordringe. Dort ist er zu finden. Vielleicht wollen Sie mich einmal begleiten?«

Sie hat eine geheime Telefonnummer bekommen. Die Telefaxe aus New York liegen in einer meterlangen Rolle auf dem Boden. Einmal hat sie ein recht ultimatives Gespräch mit Angela geführt, die ihr immer wieder dieselbe Frage stellte:

»Are you or are you not off the hook?«

Nachts schminkt sie sich akribisch, zieht ihre schönsten Abendkleider an, macht die Balkontür auf, lässt sich richtig durchpusten und legt sich danach, steif vor Kälte, wieder ins Bett. Sie hat Besuch von einem Psychologen bekommen und eingewilligt, sich hypnotisieren zu lassen. Was sie während dieser Sitzungen gesagt hat und was Jensen und Møller diesen entnommen haben, weiß sie nicht, redet sich jedoch ein, es würde nichts ändern.

Eines Tages im Dezember kommt Møller vorbei, um, wie er sich ausdrückt, zu sehen, wie es ihr gehe. Er trägt einen selbstgestrickten Pullover und riecht nach Blumenkohl.

Es ist halb 8 Uhr abends, und Anne ist gerade aufgewacht.

»Jensen hat mir erzählt, dass Sie verreisen wollen?«

»Ja, das stimmt. Ich will ins Ausland und bin mir vollkommen klar darüber, dass ein getarnter Polizist mich begleiten wird. Es würde mich freuen, wenn Sie das wären.«

»Wo fahren wir hin?«

»Nach Indochina. Wir werden den Perfume River hinunterfahren, dreieckige Hüte aus Reispapier und grüne Ray-Ban-Sonnenbrillen tragen. Hué wird Ihnen gefallen, die Berge, die Bambuswälder, die Pagoden, die verbotene Stadt, aber vor allem der Fluss.«

Sie verlor sich für einen Augenblick in der Erinnerung an das Chinesische Meer. Die Reise dorthin war ein Erlebnis für sich gewesen. Zuerst mit dem Fahrradtaxi, später mit einem der langen, schlanken Hausboote. Quer über die Lagune, deren Wasser so blank ist wie das Blatt eines Messers. Die riesigen Fischernetze hängen über dem Wasser wie orientalische

Schriftzeichen. Die Monotonie hat eine neue Qualität erreicht und findet ihren Ausdruck im Brummen des Motors und den Lauten der Kapitänsfrau, die ihr Kind in der Hängekoje unter dem Halbdach wiegt. Sie müssen den Sandberg einer Landzunge überwinden, die das Meer von der Lagune trennt. Vom flachen Sandstrand aus blicken sie über die Brandung. Fischerboote schaukeln sachte im Dunst, das Licht ist grün, grün und nochmals grün. Der Wind lässt die trockenen Palmblätter hölzern aneinander schlagen und ein Gespräch fortsetzen, das sie seit Anbeginn der Zeiten führen.

Sie liegen am Strand und lassen ihre Körper vom Sand streicheln, flüstern ihm ins Ohr, in einer Sprache, die nur der Sand kennt.

»Bald ist Weihnachten, Frau Zeeberg.«

Møller reibt die Hände mit einem Laut aneinander, der in ihr eine Erinnerung weckt.

»Ja, bald ist Weihnachten, Herr Møller.«

»Das kann eine ziemlich anstrengende Zeit sein.« Er seufzt laut. »Meine Frau fragt mich jeden Tag, was ich mir wünsche, und ich bin nicht besonders einfallsreich. Was ist mit Ihnen? Haben Sie irgendwelche Wünsche?

»Ich wünsche mir dasselbe wie jedes Jahr.«

»Und was ist das?« Er lächelt erwartungsvoll.

»Überfluss. Darum dreht sich doch alles an Weihnachten, oder?

Møller räuspert sich. »Ich glaube, aus Vietnam wird nichts. Ich habe Angst vor dem Fliegen.«

»Schade. Wir könnten im Huong Giang Hotel wohnen, das einen alten und einen neuen Trakt hat. Der alte ist unbedingt zu bevorzugen. Statt einer Klimaanlage gibt es einen großen Ventilator, und das Wasser wird nie richtig warm. Das Essen ist scheußlich, und die Dämmerung in dieser Gegend geht durch mich hindurch wie Röntgenstrahlen.«

»Wollen Sie sich in Vietnam mit jemandem treffen?«

Sie sieht ihn an und geht zum Kamin, um Feuerholz nachzulegen.

»Ja, ich bin mit einem unermüdlichen, unverwundbaren und sehr einsamen Mädchen verabredet.«

Nachdem Møller sich verabschiedet hat, setzt sie ihre nächtliche Arbeit fort und schaut Davids Papiere durch. Sie hat ihre innere Ruhe wieder gefunden, indem sie seine Briefe, Noten und Tagebücher sortiert, katalogisiert und archiviert. Nie zuvor war so viel Ordnung in seinen Dingen. Die Biografien über ihn hat sie alphabetisch geordnet und nach Sprachen sortiert. Die Videokassetten und Schmalfilme in Schwarzweiß, die sie und Angela dem Privateigentum zugeordnet haben, sind nach Größe und Jahreszahl sortiert. Hinsichtlich der Titel hat sie eine Computerdatei angelegt.

Im Morgengrauen, wenn sie fertig ist, fällt sie in der Regel von selbst in Schlaf und muss selten zu einer Schlaftablette greifen.

Sie hat ihr Visum aus Stockholm erhalten und bei der Air France ein Flugticket gebucht. Sie wird über Paris fliegen und in Bangkok zwischenlanden. Bei ihrer Bank hat sie Dollar bestellt und dem Hotel Pullman Metropole in der Ngo Quyen Street ein Fax geschickt, das ihre Reservierung bestätigt.

Im Schrank entdeckt sie das alte Baumwollkleid, das sie einst geschenkt bekam, weil ihre eigenen Kleider nass waren. Sie legt es ganz oben in den Koffer, gemeinsam mit einigen Fotos, die sie vom Bett der Suite aus gemacht hatte. Auf einem sieht man ein Schokoladetäfelchen, eine Minute, bevor es gegessen wurde, und in einer Schublade hat sie die Seife gefunden, um die sie ihn erleichtert hatte, während sie in seinem Bademantel durch das Zimmer getänzelt war. Gefolgt von Aufnahmen eines Stuhls, eines Sofas und eines Garderobenständers für Hose und Jackett. Der kleine Baldachin über dem

Fenster und das haarsträubende Wirrwarr der elektrischen Installationen. Gemeinsam bilden sie eine sinnlose Dokumentation, die nie jemanden interessieren wird. Ein Foto nach dem anderen wird vom Feuer verzehrt, rollt sich zusammen und wird zu Asche – es handelt sich ja bloß um Diebesgut –, und obwohl die Schokolade ordinär und viel zu süß war, klebt sie immer noch zwischen den Zähnen. Süßlich wie die Lüge und glatt wie die Zunge, die sie formuliert. So beginnt kein neues Leben, es sei denn, es ersteht aus der Asche.

Doch es gibt Bilder, die sich nicht verbrennen lassen, sondern ganz von selbst auftauchen. Immer und immer wieder öffnet sie die Pforte zum Paradies der Reichen und nestelt an ihrem durchnässten Kleid. Immer und immer wieder hebt er den Blick von der Zeitung und führt sie in das Restaurant mit den vielen Ventilatoren. Sie erzählt von ihrem Leben als Reporterin und von ihren Essgewohnheiten in dem russischen Hotel namens Kim Lien, und er äußert etwas über Vietnam im Allgemeinen und über Hanoi im Besonderen, und sie setzen sich in ein bananenförmiges Boot und treiben einen Fluss aus Glas hinunter, und es dämmert und wird Abend, und sein Kopf liegt auf der Bahre, die von einer schwarzhaarigen Absolventin des Konservatoriums geschoben wird, und die Brandung schäumt weiß, und die Palmen klappern im Wind, und das blaue Laken fliegt auf wie ein Drache und entblößt den geschundenen Körper, doch die Finger sind unbeschadet, denn sollte das Hotel brennen und er gezwungen sein, aus dem vierten Stock zu springen und sich beinahe Hals und Schädel zu brechen, kann man doch sicher sein, dass seine Finger unversehrt bleiben.

In einer Schale auf der Kommode befindet sich eine granulierte, kalkhaltige Substanz, die so feinkörnig ist, dass man sie beinahe als Pulver bezeichnen kann. Sie schüttet sie in einen Umschlag, der in der kleinsten Tasche des Koffers Platz findet. Ihr Plan hinsichtlich des Granulats ist diffus, doch das

Bild hat sie bereits vor Augen: die Frau an dem grünen Fluss, die eine zerstoßene Muschelschale in das ewig wandelbare Wasser streut, das von den Bergen ins Meer fließt. Denn was soll man mit einer Muschelschale anderes anfangen, als ihren Finder zu vermissen und gleich der Schale Heimweh zu empfinden?

Langsam wird der Schrank von Fräcken, Smokings, Anzügen, Hemden und Schuhen befreit. Zurück bleibt Davids alte Schultertasche, die unter anderem einen schwarzen Augenbrauenstift enthält. Anne dreht sie um und leert ihren Inhalt auf die Bettdecke. Füller, Tintenpatronen, Nagelfeile, Handlotion, ein Stadtplan von Berlin, zwei Batterien für einen Rasierapparat, der Augenbrauenstift und eine Aprilausgabe von *National Geographic*.

Sie tauscht die Tintenpatronen im Füller aus und schreibt seinen Namen auf ihren Handrücken. Dann färbt sie ihre Augenbrauen mit seinem schwarzen Stift. Nagelfeile und Batterien schmeißt sie weg. Den Stadtplan von Berlin stellt sie in das Regal. Übrig bleibt das *National Geographic*, das vier große Reportagen enthält: eine über Sinti und Roma, eine über Tutanchamun, eine über Harlem und schließlich eine über die Entdeckung eines kleinen, gelben Froschs.

Eine Saatkrähe schickt ihren heiseren Schrei quer über den See, wie ein schwarzer Strich auf weißem Papier.

Sie legt sich aufs Bett und versucht ihre Atmung unter Kontrolle zu bringen. Ihre Hand greift nach dem Hochglanzmagazin.

Leg es weg, Anne, sagt ein Stimme. Verbrenn es so wie die Fotografien, schließ deinen Koffer, flieg nach Hanoi, verschwinde im Dunst des Chinesischen Meeres, lausche dem Sand und vergiss alles andere.

Doch sie schlägt die Seite 21 auf und betrachtet eine Luftaufnahme des Dschungels am Amazonas. Der Artikel handelt von einem Stoff namens NNB 14.

Jetzt ist es still, genauso still, wie es ihr behagt. Sie sitzt im Bett, hat die Knie ans Kinn gezogen und den Blick nach innen gerichtet. Sie fliegt durch geschlossene Türen, von Raum zu Raum, vom Licht ins Dunkel, immer tiefer hinein, bis sie die letzte Tür erreicht, die sich auf das Kommando einer artifiziellen Stimme hin öffnet, die sie auffordert, zum Regal zu gehen, auf dem sich die präzise geordneten Videokassetten und Schmalfilme befinden. Alles ist jetzt so systematisch angeordnet, dass sie den Filmbestand im Nu mit der neuen Computerdatei abgleichen kann. David war schon immer ein leidenschaftlicher Hobbyfotograf gewesen, hatte seit 1990 aber keine Videoaufnahmen mehr von sich und seiner Umgebung gemacht. Die früher aufgenommenen Kassetten sind unbeschädigt, doch drei Filme fehlen. Sie wurden während eines nächtlichen Einbruchs entwendet. Was auf diesen drei Filmen zu sehen ist, wird sie niemals erfahren, doch in der Computerdatei werden sie unter drei verschiedenen Titeln geführt.

Mehr muss sie nicht wissen.

Kaum hörbar flüstert sie die Namen der drei Orte und spürt, wie sich die Kälte in ihrem Körper ausbreitet. Val d'Isère, 1988; Lillehammer, 1989; St. Moritz, 1990. Die Skier hängen immer noch in der Garage. Die Filme sind verschwunden. Was auf deren Bildern zu sehen ist, kann man sich denken. Berge, die Sonne und die Schatten der drei Akteure.

Ein gefährliches Dokument.

»So ist es also.« Sie schließt die Augen und nickt. »So ist es also.«

Sie friert bis ins Mark und geht ins Badezimmer.

Unter den warmen Strahlen hört sie zwei frohe Stimmen, deren Lachen und Unbeschwertheit wie ein sanfter Strom sind.

»Wusstest du, dass man im Urwald des Amazonasgebiets einen gelben Frosch entdeckt hat, in dessen Drüsen eine Substanz gefunden wurde, die NNB 14 heißt und unsterblich macht?«

»Nein, das wusste ich nicht, Lau, das wusste ich wirklich nicht. Ist das so wichtig?«

Zwei Menschen trinken Portwein miteinander. Sie haben sich viel zu erzählen. Viele Gemeinsamkeiten. Das Einzige, worüber sie nicht sprechen, ist, dass der eine bald sterben wird. Auch als sie an der Treppe stehen und ihre Kleider im Wind flattern, ist ihre Vertrautheit ungebrochen. Erst als der alte Mann durch die Luft segelt, begreift er, dass seine silberfarbenen Flügel eine Illusion sind, eine simple Fotomontage, um den Kartenverkauf anzukurbeln. Und als er auf der zwölften Stufe aufprallt, ist es für Reue, gar Erkenntnis zu spät.

»Wo hast du all das merkwürdige Zeug nur her?«

»Das ist aus einem Artikel, den ich gelesen habe. Ein Freund hat ihn mir gezeigt, absolut seriös, und jetzt ist die Jagd also eröffnet.«

»Auf was?«

»Auf den letzten gelben Frosch.«

Sie nimmt den Umschlag mit der pulverartigen Substanz aus dem Koffer, öffnet die Balkontür und schaut der einstigen Muschelschale nach, die der Wind mit sich forträgt. Verschwunden ist sie und verschwunden ist Lau aus Østerbro.

Sie steht hinter der hellen Gardine des Schlafzimmers und flüstert durch den hauchdünnen Stoff. »Hätte ich es die ganze Zeit wissen sollen? Hast du denn nie eine Andeutung gemacht? Doch, mehrere. Denn so mochtest du es am liebsten. Das Spiel mit dem Feuer gehörte dazu.«

Die weißen Haarsträhnen hängen dem in sich gekehrten Pianisten ins Gesicht, das Konzentration, Schmerz und Wollust ausstrahlt. Dann kommt der Höhepunkt, die äquilibristischen Finger, die berühmten Oktaven, die er schneller greift als er eigentlich kann. Daher das Risiko. Daher das Gefahrenmoment. Er balanciert am Rande des Abgrunds. Das Publikum hält den Atem an. Einige habe sich erhoben, um diesem Akt der Todesverachtung aus nächster Nähe beizuwohnen.

Er lässt die Hände über den Tasten schweben, die Finger gespreizt, der Nacken gespannt.

Der Pianist schließt die Augen und lehnt sich zurück.

In New York piept Angelas Handy. Anne bittet sie, ihr eine Liste der geplanten Konzerte in Skandinavien bis zum Jahresende zu faxen. Eine Stunde später ist sie da. Es sind eine Menge Veranstaltungen, vor allem um die Weihnachtszeit. Doch Anne findet nicht, wonach sie sucht, also bittet sie Angela, ihr den vollständigen Terminplan aller Länder zu faxen.

Erst im Morgengrauen trifft er ein. Auf dem dünnen Papier sind sämtliche klassischen Konzerte aufgeführt, die über das Internet zu buchen sind. Das Fax ist drei Meter lang und Anne geht es akribisch durch.

Nach einer halben Stunde legt sie Stan Getz auf, lehnt sich zurück und zündet sich eine Zigarette an, denn nichts auf dieser Welt ist so indolent wie der Klang von Getz' Tenorsaxofon und nichts so beruhigend wie der Anblick der Rauchspirale einer Zigarette.

Anne blickt sich um. Das Haus schweigt. Etwas ist geschehen.

Sie nimmt Marias Vase aus dem Regal, hebt sie über den Kopf, schließt die Augen und zählt bis zehn. Stellt sie zurück und entschuldigt sich laut. Dich will ich dabeihaben, denkt sie, auf meiner letzten Tour. Komm nur mit, ich bin weit gereist. Bin überall auf der Welt gewesen. Schau dir bloß die Stempel in meinem Pass und die Linien auf meiner Hand an. Ich kenne die Abflughallen dieser Welt wie meine Westentasche. Weiß genau, wo ich die Markenartikel bekomme, die ich suche. Doch dort, wo wir hin wollen, bin ich noch nie gewesen. Ein kurzer Besuch im Niemandsland. Ich brauche keinen Pass, kein Visum und keine Devisen. Nur Mut. Weder Rachedurst noch Frustration oder Gerechtigkeitssinn treiben mich an. Ich tue es, weil mir keine Wahl bleibt. Ich habe keine Erwartungen und mache mir keine Hoffnungen. In diesem Augenblick fühle ich mich kalt und trocken und meiner Sache vollkommen sicher. Aber werde ich es auch sein, wenn ich ankomme?

Doch wenn es schon getan werden muss, dann richtig.

Anne lächelt und vergießt eine Träne, die den Augenwinkel verlässt, ohne von anderen begleitet zu werden.

»Jetzt komme ich, mein Liebster«, flüstert sie, »jetzt komme ich.«

20

Er sitzt zu ihrer Rechten im hellblauen Propellerflugzeug der Mærsk Air, das so laut ist, dass sie sich während des Steigflugs nicht miteinander unterhalten können. Theis Jensen ist so mürrisch und wortkarg wie immer. Offenbar hat sie ihn an seinem empfindlichsten Punkt erwischt, dort, wo er die Kontrolle verliert und sich anderen unterordnen muss. Als die Maschine ihre maximale Flughöhe erreicht hat, lehnt er sich zu ihr hinüber und sagt, er hoffe, dass ihr Geld und seine Zeit nicht vergeudet werden.

Anne tätschelt ihm beruhigend den Arm. Irgendetwas an seiner zwanghaften Verdrossenheit stimmt sie versöhnlich. Vielleicht hat es mit seiner Kleidung zu tun. Den schwarzen, blank geputzten Schuhen mit den schiefen Absätzen sowie der Tatsache, dass er sich die Mühe gemacht hat, ein weißes Hemd und einen Schlips anzuziehen, der aussieht, als hätte er ihn als zweiten Preis in einem Preisausschreiben gewonnen. Der Anzug macht ihn jünger und womöglich verletzlicher, und vielleicht ist es das, was ihn verdrießt.

»Sitzen wir ihretwegen oder meinetwegen hier, Frau Zeeberg? Ich habe nämlich anderes zu tun, als bösen Geistern nachzujagen.«

»Ich tue es meinetwegen, aber ich glaube, Sie werden den größten Nutzen daraus ziehen, Herr Jensen.«

Er dreht den Hals in dem engen Kragen, murmelt irgendwas über die große Arbeitsbelastung und sein Unbehagen in kleinen Flugzeugen. In der Tasche hat er eine Boulevardzeitung, in die er einen flüchtigen Blick wirft, bevor er sie wegwirft.

Anne blickt aus dem ovalen Fenster.

»Schleswig-Holstein ist hübsch im Dezember. Schwarz und braun und ordentlich.«

Er schüttelte irritiert den Kopf, kramt in seinen Taschen nach den unentbehrlichen Pastillen, findet die Dose und stellt fest, dass sie leer ist.

»Sie können einen Kaugummi von mir haben.«

Sie reicht ihm die Packung. Er verzieht das Gesicht.

»Hätten meine Kollegen in Hamburg das nicht erledigen können?«

»Vermutlich schon, aber dann würde uns der Rimskij-Korsakow entgehen.«

Im Taxi, das sie vom Flughafen ins Zentrum brachte, bat er sie zu erklären, was geschehen war. Sie erklärte, sie habe im *National Geographic* einen Artikel über einen kleinen, gelben Frosch entdeckt. Eine Mitteilung, die nicht dazu beitrug, seine Laune zu verbessern.

»Der Artikel handelte von einer Substanz«, fuhr sie fort, »die NNB 14 genannt wird und angeblich den Schlüssel zum ewigen Leben enthält.«

»So wie Weizenkleie?« Er lachte in sich hinein.

Anne nickte. »Und jetzt ist die Jagd eröffnet.«

»Welche Jagd?«

»Die Jagd nach dem kleinen, gelben Frosch.«

Er kniff die Augen zusammen. »Ich dachte, wir sind aus einem anderen Grund hier.«

Sie nickte und schaute starr in die Luft. »Stimmt, aber ohne den kleinen gelben Frosch wären wir niemals so weit gekommen.«

»Aber wir sind doch diesem Lau auf den Fersen, oder?«

Anne schüttelte den Kopf. »Nein«, flüsterte sie, »es ist nicht Lau, dem wir auf den Fersen sind.«

Sie sah sich selbst von außen, eine resignierte Frau mit einer revidierten Einstellung, was das Wort Notwendigkeit betraf. Vielleicht hatte sie deshalb Angela in New York angerufen. Vielleicht, damit diese ihr bestätigte, dass sich gewisse Dinge nicht verändern.

Anne nahm einen Schluck von ihrer Cola und blickte verstohlen zu ihrem Nachbarn hinüber.

Er trommelte mit den Nägeln auf die Armlehne.

Anne lächelte ihm zu. »Entspricht das nicht genau Ihrer Erfahrung? Selbst wenn man alles genauestens plant und alle Eventualitäten berücksichtigt, übersieht man immer ein winziges Detail, das schließlich alles über den Haufen wirft.«

»Wenn Sie's sagen«, murmelte er.

Sie kamen von Norden in die Stadt. Anne bat den Taxifahrer, einen Umweg zu fahren, damit Jensen die Kanäle kennen lernte.

»Eine schöne Stadt«, sagte sie leise. »Ich habe mich immer wohl gefühlt in Hamburg. Ich glaube, weil diese Stadt aus ihrem Reichtum keinen Hehl macht. Sind Sie historisch interessiert, Herr Jensen?«

»Was spielt denn das für eine Rolle?«

»Gar keine, war nur so eine Frage. Man lernt nichts aus der Geschichte. Zu spät ist zu spät.«

Er rutschte auf dem Sitz hin und her und murmelte, dass sich die Geschichte seiner Erfahrung nach stets wiederhole.

»Genau das habe ich gemeint.«

Jetzt schaute er sie grimmig an. »Fühlen Sie sich mir überlegen, Frau Zeeberg? Glauben Sie, dass Ihnen Ihr Geld das Recht gibt, auf mich herabzublicken?«

»Ganz und gar nicht. Ich glaube, ich habe noch nie auf jemanden herabgeblickt, abgesehen von einem vietnamesischen Rikschafahrer, und das war ein großer Fehler.«

»Was tun Sie dann?«

»Vielleicht repetiere ich. Mein Mann sagte immer, er habe

seine Lektion gelernt, aber das hatte nichts mit Hamburg, auch nicht mit Charlie Parker zu tun. Es war seine Art und Weise, mir zu sagen, dass er mich durchschaut hatte. Wir haben einander Morsezeichen gesendet. Genau wie Sie und ich uns Morsezeichen senden. Ich hätte es Ihnen sagen sollen, bevor wir hierher fuhren.«

»Was hätten Sie mir sagen sollen?«

»Wie unsicher ich mir bin. Was die ganze Reise angeht. Ich kann Ihnen absolut keine Garantie geben. Vielleicht nehmen wir nichts als Rimskij-Korsakow mit nach Hause.«

Jensen seufzte auf. »Dann nehmen wir ihn halt deswegen fest.«

Anne lächelte, wurde jedoch schnell wieder ernst.

»Vielleicht haben wir mehr Glück. Mein Mann war der Ansicht, dass ihm sein Talent Absolution erteilte. Dass für ihn andere Regeln galten. Das war auch der Fall. Man lebte in seiner Welt. Er war Gott. Beinahe zumindest.«

Jensen schaute sie an und senkte die Stimme zu einem Flüstern. »Okay, jetzt sagen Sie mir, warum wir hier sind.«

Sie schaute durch ihn hindurch.

»Wir gehen in die Dunkelheit, Herr Jensen.«

Als das Taxi anhielt, lagen die Binnenalster zur Linken und das prachtvolle Vier Jahreszeiten zu ihrer Rechten.

Anne bezahlte den Fahrer, stieg die wenigen Stufen hinauf, ging durch die Drehtür und betrat die Hotellobby. Sie dachte an die vielen Male, die sie im Vier Jahreszeiten gewohnt hatten. Als ob der exzellente Service des Hotels nicht genug gewesen wäre, hatte David Zeeberg immer eine Sonderbehandlung und die Suite bekommen, die zur Binnenalster hinausging.

Jensen schaute sich mit grimmigem Lächeln um. »Ja, hier fehlt es in der Tat an nichts. Wer leistet sich so was?«

»Die Snobs.« Sie lächelte verhalten. »Unterschätzen Sie ja deren Anzahl nicht.«

»Das würde mir nicht im Traum einfallen.«

Anne wurde von dem Hotelmanager begrüßt, der ein paar Worte über Davids Tod sagte und ihr mit einem unmissverständlichen Blick den Zimmerschlüssel überreichte.

Jensen blickte verstohlen von einer zur anderen Seite und ließ sich zum Fahrstuhl dirigieren.

»Wir wohnen auf derselben Etage.« Anne folgte dem Piccolo. »An Ihrer Stelle würde ich den Aufenthalt genießen.«

Sie sah auf ihre Uhr. »Es ist jetzt halb zwei. Wir können noch ein wenig in die Stadt gehen oder uns in fünf Stunden in der Lobby treffen. Das Essen im Vier Jahreszeiten ist hervorragend. Sie haben ein Restaurant mit thailändischer Küche. Falls Sie das mögen.«

Jensen zog seinen Hosenbund nach oben. »Mag ich aber nicht. Ich bin ein simpler Kriminalbeamter, der gebratenen Speck mag und mit größtem Vergnügen die einschlägigen Revolverblätter liest. Ich habe eine Totozeitung abonniert und schaue mir die Boxkämpfe auf Eurosport an, und nachdem ich zum Abendessen meine zwei Tuborg getrunken habe, pflege ich laut zu rülpsen.«

Anne lächelte. »Das nehme ich Ihnen nicht ab, Herr Jensen.«

Sie betraten den Aufzug. Er sandte ihr sein brutalstes Lächeln. »Ich möchte Ihnen ungern Ihr Weltbild kaputtmachen.«

»Sie kennen mein Weltbild doch gar nicht. Ich mache mir nämlich auch nichts aus thailändischer Küche. Im Grunde habe ich kaum Appetit und finde, gegen gebratenen Speck ist absolut nichts einzuwenden.«

»Das will ich meinen.«

Er schaute sie an. Zum ersten Mal nicht mit abfälliger Miene.

»Was machen wir später?«

»Später gehen wir ins Konzert. Das gehört sicher auch zu den Dingen, die Sie nicht ausstehen können, oder?«

»In dieser Hinsicht habe ich den Überblick verloren.«

»Und klassische Konzerte stehen ganz oben auf der Liste?«

»Im Gegenteil. Ich spiele Pikkoloflöte im Polizeiorchester.«

»Ist das wahr?«

»Nein.«

»Umso besser. Wir werden es schon überleben. Es ist kein großes Konzert, vielleicht werden gar nicht so viele Zuhörer da sein. Andererseits ist der Dezember traditionell ein guter Monat für klassische Konzerte.«

Anne stieg aus dem Fahrstuhl und hielt Jensen die Tür auf, der mit seinem kleinen Koffer hinterher stapfte.

Sie lächelte ihn an. »Das Konzert findet im Museum für Kunst und Gewerbe am Steintorplatz statt. Wenn Sie genügend Zeit haben, sollten Sie zu Fuß hingehen und sich die Ausstellung ansehen. Die Jugendstil-Sammlung ist ziemlich einzigartig. Das Konzert beginnt um 20 Uhr. Das Programm ist viel versprechend.«

Anne holt einen Zettel aus ihrer Tasche. »Scarlatti, Weber, Schumann und zum Schluss Rimskij-Korsakow.«

»Ich kann's kaum noch erwarten.« Er begann den Flur hinunterzugehen, während er hinzufügte, er sei nicht zum Spaß hicr und habc zwci Vorgcsctztc, dic Rcchnungcn und Bclcgc, vor allem aber Resultate sehen wollten.

Vor seiner Tür blieb er stehen. »Außerdem habe ich noch drei andere Fälle, die auf mich warten. Den Luxus klassischer Konzerte leiste ich mir nur selten.«

Anne ging zu ihm. »Für die Qualität des Konzerts übernehme ich keine Garantie. Das ist immer ein Lotteriespiel. Manchmal denkt man, der Abend sei verpfuscht, während man ein anderes Mal schier aus dem Häuschen ist vor Begeisterung. Ich hoffe, das Letztere wird heute der Fall sein. Treffen wir uns um halb sieben im Restaurant?«

Er schloss die Tür auf und stellte seinen Koffer hinein.

»Und was, haben Sie gedacht, soll ich in der Zwischenzeit tun?«

Sie blieb stehen, machte auf dem Absatz kehrt und ging in sein Zimmer. Er blieb im Türrahmen stehen und stemmte die Hände in die Hüften.

Anne breitete die Arme aus. »Ich hoffe, die Einrichtung ist nach Ihrem Geschmack, und was Ihre Zeit angeht, schlage ich Ihnen eine Beschäftigung vor, mit der ich mir in den letzten vier Wochen die Zeit vertrieben habe.«

Sie wandte ihm den Rücken zu und trat ans Fenster.

Er knallte die Tür zu. »Eine Beschäftigung?«

»Denken Sie über das Leben nach, Herr Jensen.«

Er ging zu ihr.

»Ich wollte nicht unverschämt sein«, flüsterte sie und schniefte. »Ich bin die Letzte, die Ihnen gute Ratsschläge geben will.«

Er reichte ihr ein Taschentuch. Sie trocknete sich die Augen, gab es ihm zurück, setzte sich auf den Couchtisch und lauschte dem Geräusch eines Staubsaugers und dem Klingeln eines Telefons.

»Sie müssen es doch wissen«, sagte sie, »ob man das bekommt, was man verdient. Sie arbeiten doch im Dienste der Gerechtigkeit.«

Er schüttelte den Kopf. »Ich bin ein Teil des öffentlichen Strafsystems. Das ist etwas ganz anderes. Mich beschäftigt die Frage, ob David Zeeberg das bekam, was er verdiente.«

Sie starrte in die Luft. »Die Frage ist nicht unberechtigt.«

»Kennen Sie die Antwort?«

»Ja, ich kenne die Antwort. David bekam ein angemessenes Urteil. Haben Sie etwas dagegen, wenn ich rauche?«

Jensen machte eine gleichgültige Geste. Anne zündete sich eine Zigarette an.

»Wie ist Ihr Leben, Herr Jensen?«

Er ließ sich aufs Sofa fallen. »Mein Leben ist so wie das der meisten Leute. Mit Höhen und Tiefen.«

»Warum sind Sie so zornig?«

»Ich bin nicht zornig, höchstens schlecht gelaunt.«

»Was sagt Ihre Frau dazu, dass Sie schlecht gelaunt sind? Das ist doch sicher kein Vergnügen für sie.«

»Ich habe keine Frau, falls Sie das interessiert. Ich hatte mal eine Frau. Wir wurden geschieden. Danach hatten wir nur noch einen Hund zusammen, einen Gemeinschaftshund, aber der lebt nicht mehr. Mitzi ist vor einem Monat gestorben. Scheußliches Vieh. Hat mich schon angeknurrt, wenn ich ihm nur ein Halsband anlegen wollte.«

»Und jetzt sind Sie ganz allein?«

Er zog seine Hose nach oben. »Nein, ich habe einen neuen Hund. Selbe Rasse, selbes Temperament. Gestern hat er mich in den Fuß gebissen, während ich schlief.«

»Wen man liebt, den züchtigt man.«

»Wenn Sie es sagen, muss es wohl stimmen.«

Anne lächelte und ließ die Asche auf ihre Hand fallen. »Haben Sie nie von anderen Dingen geträumt? Das ist, so viel ich weiß, ein gängiger Zeitvertreib.«

»Das stimmt, und ich mache da keine Ausnahme, also kaufe ich mir immer einen ganzen Haufen Rubbellose, weil ich es für das Beste halte, mein Schicksal in die Hand des Zufalls zu legen.«

»Wovon träumen Sie?«

»Das kann ich Ihnen sagen.« Er warf die Beine auf den Couchtisch. »Ich träume davon, meine Überstunden abzufeiern. Ich möchte eine Gehaltserhöhung, eine bessere Wohnung und ein Auto, das morgens startet. Und wenn auch noch eine Beförderung drin sein sollte, würde ich mich nicht beklagen.«

Anne drückte die Zigarette aus. »Aber was macht Sie richtig glücklich?«

Er starrte in die Luft und zuckte mit den Schultern.

Sie nickte. »Jetzt wissen Sie jedenfalls, wie Sie die Zeit totschlagen können. Außerdem ...« Anne machte eine kleine Pause und drehte an ihrem Uhrenarmband, »außerdem haben Sie die ganze Zeit Recht gehabt.«

»Womit?«

»Was mich angeht. Ich bin mitschuldig. Hundertprozentig mitschuldig. Ein anderer hat für mich die Drecksarbeit erledigt. Für mich war das sehr bequem so.«

Er beugte sich vor. »Wissen Sie, was Sie da sagen?«

»Ja, das weiß ich. Wir Frauen haben eine geheime Beziehung zum Feuer. Welche Beziehung das Feuer zu uns hat, ist schwer zu sagen.«

»Wollen Sie mir etwa sagen, Sie hätten einen Mord in Auftrag gegeben?«

»Ich sage Ihnen nichts anderes, als das, was ich Ihnen schon die ganze Zeit gesagt habe, aber Sie brauchen mich deshalb nicht ins Gefängnis zu stecken. Das wäre Platzverschwendung. Da bin ich nämlich bereits.«

»Das wird dem Amtsgericht nicht genügen.«

»Natürlich nicht, und ich weiß auch nicht, ob ich irgendetwas in Auftrag gegeben habe, aber ich wurde beim Wort genommen und verlor die beiden Männer, die ich liebte.«

Jensen verschränkte die Arme. »Was für eine Lovestory. Ich bin ganz gerührt.«

»Sie haben vollkommen Recht.« Anne öffnete die Tür zum Balkon und warf die Zigarette hinaus. »Es handelt sich um eine Lovestory, nur leider fand sie ohne mich statt. Das ist das Tragische an ihr.«

21

Jensen ist ein pünktlicher Mann und erscheint zur verabredeten Zeit. Sie essen nicht thailändisch, sondern entscheiden sich für das internationale Restaurant des Hauses, bestellen geräucherten Lachs und Pekingente und bekommen einen Tisch am Fenster.

Anne studiert die Weinkarte, Jensen bestellt ein einheimisches Bier. Es gibt eine Vielzahl erstklassiger Weine, die sich zu Wild eignen, doch plötzlich beginnen ihre Hände zu zittern. Sie nimmt ihr Wasserglas und will es zum Mund führen, doch ihre Hand versagt ihr den Dienst. Sie verschüttet das Wasser und spürt, dass sie hier weg muss, hinauf auf ihr Zimmer. Sie schafft es bis zum Fahrstuhl, dann knicken ihre Beine ein. Durch die Scheibe erkennt sie Jensen. Er bewegt die Lippen und läuft die Treppe hinauf.

Zwei Minuten später liegt sie im Bett unter der Decke. Er steht am Fußende und stemmt die Hände in die Hüften.

»Das geht vorüber«, flüstert sie. »Gehen Sie nur wieder ins Restaurant hinunter. Ich komme in fünf Minuten. Ich habe sowieso keinen Hunger.«

»Soll ich nicht lieber einen Arzt holen?«

Anne lächelt. »Das lässt sich nicht behandeln. Seien Sie so nett und gehen Sie einfach nach unten. Es geht mir schon wieder besser.«

Nachdem er das Zimmer verlassen hat, steht sie auf, geht ins Badezimmer, setzt sich vor den Spiegel und legt neues Make-up auf.

»Steintorplatz«, sagt sie leise, »Museum für Kunst und Gewerbe, 20 Uhr. Die Eintrittskarten sind in meiner Tasche. Sie waren nicht teuer. In anderthalb Stunden, erst in anderthalb Stunden. Das schaffst du, Anne.«

Theis Jensen sitzt in der Lobby. Er sieht aus wie ein Mann in der Fremde.

Anne geht zu ihm. »Guten Abend, Herr Jensen.«

»Geht es Ihnen besser?«

»Ja, es geht mir besser.«

Sie legt ihren Schlüssel auf den Tresen der Rezeption und öffnet die Tür nach draußen.

Es ist ein kalter und klarer Abend mit einer kleinen, hübschen Neumondsichel und einem zarten, eisblauen Sternenhimmel. Er betrachtet sie mit einem Ausdruck, den man leicht mit Freundlichkeit verwechseln könnte.

»Sind Sie nervös?«

Sie lächelt verhalten. »Ich habe doch keinen Anlass, nervös zu sein.«

»Wollen wir zu Fuß gehen?«

»Ja, lassen Sie uns zu Fuß gehen. Ein Taxi kriegen wir sowieso nicht.«

Obwohl sie sich beeilen, ist es bereits nach acht, als sie ihr Ziel erreichen. Jensen treibt sie an, doch Anne beschwichtigt ihn und fragt sich durch. Ein freundlicher Herr teilt ihnen mit, das Konzert finde im großen Vortragssaal statt.

Mit Jensen im Schlepp hastet sie an Tafeln und Ausstellungsvitrinen vorbei, irrt sich in der Richtung, stößt mit ihm zusammen, entschuldigt sich, biegt um die Ecke und hält sich an ein Ehepaar, welches dasselbe Ziel zu haben scheint.

Die Türen des Saals sollen gerade geschlossen werden.

Jensen blickt sie abwartend an. Sie nickt ihm aufmunternd zu und gibt dem Mädchen an der Tür ihre beiden Eintrittskarten.

»Wie lange wird es dauern?« Er spricht mit gedämpfter Stimme.

»Ich weiß es nicht. Vielleicht nur fünf Minuten, vielleicht anderthalb Stunden.«

Die Bestuhlung des Saals richtet sich nach der erwarteten Zuhörerzahl, und als das Licht auf der kleinen Bühne angeht, befinden sich knapp fünfzig Menschen im Raum.

Die Frau, die sich an den Flügel setzt, ist ungefähr dreißig Jahre alt. Mit großem Einfühlungsvermögen spielt sie ein Stück von Scarlatti. Anne betrachtet ihren Begleiter, der aussieht, als sei er auf das Schlimmste gefasst.

Nach zwanzig Minuten lehnt er sich zu ihr hinüber.

»Wie finden Sie es?«

»Durchschnittlich. Ich bin keine Expertin. Hinterher kommt eine französische Pianistin namens Amélie D'Arco. Sie spielt Schumann und Weber.«

»Wird sich das lohnen?«

»Vermutlich nicht, aber danach fehlt nur noch Rimskij-Korsakow.« Anne nimmt ihre Cola. »Und das wird sich lohnen.«

Während des Schumann ging sie hinaus, um zu rauchen. Jensen folgte ihr. Fragte, ob alles nach ihren Vorstellungen verlaufe. Ob er selbst denn gar nichts tun könne. Anne antwortete, dies sei das Beste an der ganzen Sache, dass man selbst nichts zu tun brauche.

Sie schaute auf die Uhr. »In wenigen Minuten«, sagte sie.

»Was geschieht dann?«

Sie drückte ihre Zigarette an einer Säule aus. »Dann sind wir am Ziel.«

Zehn Minuten später nahm Amélie D'Arco ihren wohlverdienten Beifall entgegen. Es folgte das übliche Scharren der Füße und Stühle, einige verließen den Saal, andere kamen hinzu.

Anne schlug vor, sich in der Mitte des Saals ganz nach links zu setzen.

»Da ist die Akustik zwar nicht besonders, aber dafür sind wir nahe am Ausgang.« Sie bedachte Jensen mit einem missglückten Lächeln. »Das war einer der zahllosen Aussprüche meines Mannes, wenn es um mittelmäßige Konzerte ging.«

In diesem Moment erklang der erste Akkord. Die Deckenbeleuchtung wurde hastig gelöscht, sodass für einen Augenblick absolute Dunkelheit herrschte. Der Auftritt des Solisten war dem Publikum und dem Beleuchter vollkommen entgangen. Endlich flammte das Bühnenlicht auf.

Jensen blickte zu Anne. »Rimskij-Korsakow?«

Sie antwortete nicht, sondern starrte den jungen Mann im grauen Anzug an, der sich mit der Virtuosität eines Meisters und dem Wagemut eines Trapezkünstlers in den *Hummelflug* gestürzt hatte. Er war hochkonzentriert und schien dennoch nur zu seiner eigenen Unterhaltung zu spielen. Die Augen waren auf Klaviatur und Noten gerichtet. Hin und wieder gestattete er sich einen Blick ins Publikum, als wolle er sagen: Ist das nicht lustig? Das Lächeln auf seinen Lippen schien nicht von dieser Welt, und als sie näher hinsah, stellte sie fest, dass er keine Socken trug.

Jensen lehnte sich zu ihr. »Ist er gut?«

»Ja, das ist er«, flüsterte sie. »Viel besser als ich dachte. Haben Sie Ihr Handy dabei?«

»Immer.«

»Dann rufen Sie Ihren Kollegen an.« Anne suchte ihre Sachen zusammen und nahm ihren Mantel über den Arm.

»Meinen Sie Møller? Erik Møller?«

»Sagen Sie ihm, er soll sie zurückrufen.«

»Jetzt gleich, mitten während des Konzerts?«

Anne nickte und sah, wie Jensen die Nummer eintippte.

Es dauerte nur zwei Minuten. Dann piepte Jensens Handy. Die Leute drehten sich um und starrten ihn an. Anne bat ihn, es klingeln zu lassen und stand auf. Die Leute waren erbost und beschwerten sich lautstark.

Der junge Pianist auf der Bühne fühlte sich gestört. Er brach ab, lehnte sich zurück, schützte sich mit dem Handrücken vor dem Scheinwerferlicht und blinzelte in die Menge.

Anne drückte sich an zwei Stühlen vorbei und ging zum Ausgang. Aller Aufmerksamkeit war jetzt auf sie gerichtet, was sich nicht änderte, als sie die Deckenbeleuchtung anschaltete.

Sie hatte nun Blickkontakt mit dem Pianisten, der mit hängenden Armen neben dem Flügel stand. Sie sahen sich in die Augen, zwischen ihnen befand sich die Seine und der Rest des Lebens. Und obwohl er sie nicht hören konnte, flüsterte sie: »Du warst in Paris. Kim hatte es ja gesagt: ›Eigentlich wollten wir ins Polydor essen gehen, gleich um die Ecke, aber er hat im letzten Moment abgesagt.‹ Die Rede war von dir, mein Geliebter.«

Er blickte sie an. Seine Augen waren weit geöffnet. Seine Lippen umspielte ein sonderbares Lächeln. Ein Lächeln, das sie nie zuvor gesehen hatte.

Sie nickte. Du klangst so überzeugend am Telefon, als ich die Stufen zum Haus hinaufging. Jetzt sehe ich dich vor mir, wie du an Davids altem Flügel sitzt, während du mich durch das Gartenfenster beobachtest. Hätte dir nicht jeder die Geschichte mit dem kleinen Mädchen abgenommen, das mit steifen Fingern *Für Elise* klimperte? Du warst die Ruhe selbst und spieltest ein Spiel, das du ebenso gut beherrschtest wie David das seine. Ich erinnere mich immer noch an das Ende unseres Gesprächs, als ich mich dem Haus näherte.

›Äh, Anne, ich muss jetzt leider gehen. Aber wir müssen uns wirklich einmal kennen lernen, unbedingt.‹

Anne öffnete die Tür und schaute sich ein letztes Mal um. Er stand dort, wo er die ganze Zeit gestanden hatte, neben dem Flügel. Er sandte ihr einen Luftkuss.

Kurz darauf stand sie auf dem Gang, wo Jensen gerade in

sein Handy rief, dass Møller verdammt noch mal später anrufen solle.

Anne nahm einen Schluck von ihrer Cola und gab Jensen das Programm.

Er fächelte sich damit Luft zu. »Ich glaube, Sie sind mir eine Erklärung schuldig.«

»Der Pianist ist ein ehemaliger Schüler von David. Ein großes und vielseitiges Talent. Sein Name ist Jonas Berg.«

Jensen starrte in die Luft. Drinnen im Saal hatte sich der Solist zu einer Zugabe entschlossen. Er spielte eine anspruchsvolle, recht unbekannte Variation über Bachs *Weinen, klagen, sorgen, zagen.*

Anne lauschte der Musik und wusste nicht, ob es David oder sein Schüler war, der da spielte.

Sie zog ihren Mantel an und streckte Jensen die Hand entgegen.

»Früher sagte man: Leben Sie wohl.«

»Wollen Sie jetzt gehen?« Er breitete hilflos die Arme aus. »Was ist mit ihm da drinnen?«

Anne schaute zum Eingang des Saals. »Früher nannte er sich Lau und behauptete, er wohne in der Svendborggade. Er hat auch gesagt, er sei Busfahrer.«

»Also war er es, der Ihren Mann getötet hat?« Jensen hob die Brauen.

Anne knöpfte ihren Mantel zu. »Er hat seinen Stiefvater getötet. Wir sollten da unterscheiden.«

Jensen kniff ein Auge zu. »Was hat ihm das gebracht? Geld?«

Anne zog ihre Handschuhe an und schüttelte den Kopf.

»Ich habe selbst keine Kinder und will Ihnen deshalb keinen schlauen Vortrag halten, aber die Managerin meines Mannes sagte einmal, dass Kinder alles dafür täten, von ihren Eltern geliebt zu werden, dass sie es ihnen aber nie recht machen könnten. Einige von uns können nämlich nicht verbergen, dass sie das Unmögliche von ihren Kindern verlangen. So zu werden wie sie.«

Drinnen im Saal wurden die Tasten mit unnötiger Härte angeschlagen.

Anne sah Jensen wie durch eine Milchglasscheibe, nahm ihr Taschentuch und trat einen Schritt zurück. »Vielleicht lassen Sie ihn noch zu Ende spielen. Es dauert sicher eine Weile, bis er wieder einen Flügel zu Gesicht bekommt.«

Im geräumigen Badezimmer des Hotels befindet sich ein Wandtelefon. Sie ruft im Restaurant an, bestellt sich einen Château de Chambrun und denkt an die Frau, die in der Lobby gesessen und Zeitung gelesen hatte. Obwohl sie ihr die Seite zuwandte, erkannte sie ohne weiteres die dunkelroten Lippen und das Haar wieder, das an das Fell eines Leoparden erinnerte. Sie hatte sie schon öfter gesehen. In Berlin, Mailand, New York und Stockholm, ja sogar in den finstersten Träumen ihrer Kindheit.

Anne trägt eine Reinigungscreme auf ihr Gesicht auf, zieht den weißen Bademantel des Hotels an, geht in den Wohnraum, zieht die Gardine beiseite und betrachtet Hamburg by night.

Es klopft an der Tür.

Draußen steht ein Mädchen mit einem Tablett, auf dem sich ein Glas und eine Flasche Château de Chambrun befinden. Sie fragt, ob sie die Flasche öffnen solle.

Anne betrachtet den Rücken des Mädchens und ihre geschickten Finger, die den Flaschenöffner mit Kraft und Eleganz handhaben. Danach schnuppert das Mädchen am Korken, schenkt ein wenig in das Glas ein und wartet, bis Anne probiert hat und anerkennend nickt.

Anne schließt die Tür hinter ihr, geht ins schmale Ankleidezimmer und löscht das Licht.

»Bist du verrückt geworden?«

Flüstert eine Stimme.

»Ich habe mich gefragt, ob David mich wohl sympathisch fände. Ich glaube, ich würde alles dafür tun.«

Sagt ein anderer.

Leicht erkennbare Stimmen, die für immer der Dunkelheit angehören werden.

Sie öffnet die Tür, durchquert die Suite und geht ins Badezimmer, dreht den Wasserhahn auf und streut etwas Badesalz in die Wanne, die sich mit sanftem Plätschern füllt.

»Er sagt Papa zu dir?«

»Ich weiß nicht, ob mir das gefällt, aber so ist er eben.«

»Warmherzig?«

»Ungestüm.«

»Und dir ist eine gewisse Distanz am liebsten, nicht wahr?«

»Ja, so ist es wohl.«

Die Stadt scheint vollkommen still. Das Vier Jahreszeiten ist ein Hotel, das sich darauf versteht, die Geräusche zu verschlucken. Hier gibt es keine Autos, keine Einsatzwagen und keine Nachbarn. Man schwebt in einem Würfel unter dem Himmel. Nur das leichtes Rauschen des Nichts ist zu hören.

Sie stützt sich gegen die Wand und beugt sich über die Wanne. Auf dem Grund des eisblauen Wassers liegt eine Perle, doch als sie genauer hinsieht, erkennt sie, dass es sich nur um einen Ohrring handelt.

Die Badewanne läuft fast über.

Sie macht sich nicht die Mühe, ihre Kleider auszuziehen, sondern lässt sich mit Schlafanzug und Bademantel ins Wasser gleiten. Wartet, bis der Stoff sich vollgesogen hat, und bleibt so lange liegen, bis ihr Körper kalt und farblos ist. Betrachtet den Wasserspiegel, der sich über ihr schließt und so blank ist wie das Blatt eines Messers. Verschwunden ist die Welt und eine letzte Luftblase entweicht ihrem Mund.

Viel später, als die Stadt ihre Geräusche wiedergefunden hat und im Hotel Stille eingekehrt ist, steigt sie aus der Wanne, durchquert den Wohnraum und blickt auf die Binnenalster, sieht jedoch nichts anderes als die hauchdünne Gardine, hört nichts anderes als die Tropfen, die von ihren nassen Kleidern auf den Boden fallen.